Paperskin

PAPERCUTS 1

KATIE WEBER

PAPER SKIN

KATIE WEBER
AUTORIN

Freiherr-vom-Stein-Str. 23, 69517 Gorxheimertal
autor@katieweber.de, katieweber.de

Buchcoverdesign und Buchsatz:
Kreationswunder by Katie Weber

Bestellung und Vertrieb:
Nova MD GmbH, Vachendorf

Druck: Sowa Sp. z o.o.
ul. Raszynska 13,
05-500 Piaseczno, Polska

ISBN: 9783966988629

Warnung

Dieses Buch beinhaltet unter anderem sensible Themen und / oder Gewalt - physisch als auch psychischer Natur.

Dieses Buch - diese Dilogie - wird insbesondere *ein* bestimmtes Thema aufgreifen, das einige von euch möglicherweise triggert und gewisse Erinnerungen oder Ereignisse hervorholt. Es wird euch womöglich verletzen und etwas in euch auslösen, das nicht nur unangenehm, sondern auch schmerzvoll werden kann.

Solltest du also ein traumatisches Erlebnis gehabt haben, oder empfindlich gegen Gewalt oder andere ähnliche Dinge sein, bist du hiermit gewarnt.

Paperskin ist alles, nur keine leichte Kost. Es ist keine einfache Liebesgeschichte und schon gar nicht für zarte Seelen geeignet.

Und falls du es trotzdem aus reiner Neugier wagst und ab irgendeinem Punkt nicht mehr weiterweißt, wie du mit deinen Gefühlen oder dem, was dieses Buch in dir auslöst, umgehen sollst, wende dich bitte an die deutsche Telefonseelsorge unter den Nummern:

0800 - 1110111** oder **0800 - 1110222

Vertraue dich jemandem an und hab keine Angst, um Hilfe zu beten.
Du bist nicht allein!

Für alle »Überlebenden«.

Befreit euren Phönix aus der Asche
und lasst ihn fliegen.

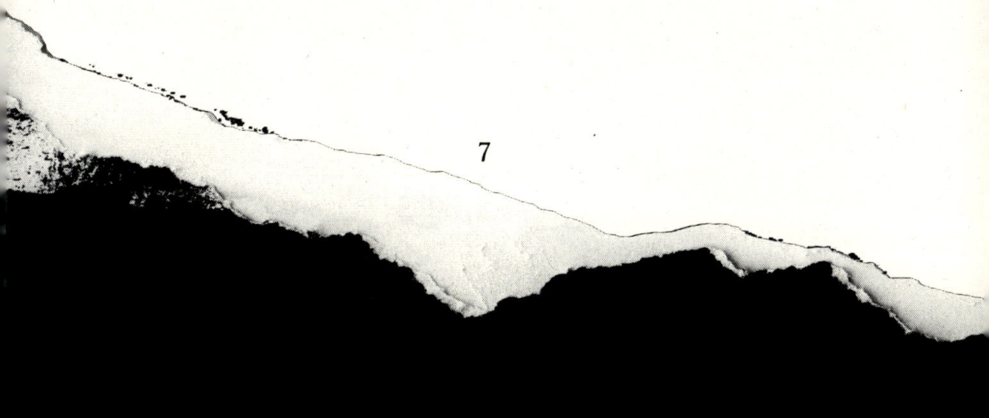

Prolog

Ich hatte nie darum gebeten,
gerettet oder gar erlöst zu werden.

Alles, was ich jemals wollte, war, unsichtbar zu sein.

Stattdessen bekam ich Dich.

Du bist in mein Leben geplatzt
und hast darin gewütet wie ein Hurrikan,
hast meine Welt zum Beben gebracht
und wie ein Tsunami alles mit dir gerissen.

Du hast mich zerstört und in Stücke gefetzt,
hast alles in Brand gesetzt
und mich zu Staub zerfallen lassen.

Und alles, was von mir übrig blieb,
war der Phoenix, der sich aus meiner Asche erhob,
nur um SIE zu jagen.

1

Das Funkeln der Sterne, die vor meinen Augen wild und bunt tanzten, stahl mir die Sicht auf mein müdes, blasses Spiegelbild, als ich, nur um mich zu vergewissern, ob es noch immer ich war, die hier stand, in den großen Spiegel an der Wand starrte. Eine merkwürdig lächelnde Fratze blickte mir entgegen, die ich in diesem Moment zwar zu kennen, allerdings nicht zu *erkennen* vermochte.

Meine grauen Augen wirkten matt und meine tiefschwarze Iris war geweitet – weitaus mehr, als sie vermutlich sein sollte. Ich biss mir hart auf die Unterlippe, bis ich den Schmerz deutlich spürte und das Blut darauf erkannte, das ich mit meiner Zunge aufhielt. Der Geschmack von Eisen breitete sich in meinem Mund aus und ließ mich breiter lächeln, zufriedener.

Ich war nicht verrückt oder selbstgefährdet. Es bereitete mir nur eine viel zu große Freude, zu sehen, wie *ich* die Kontrolle über mich und meinen Körper hatte, ohne dass mich jemand daran hindern konnte. Immerhin hatte ich dazu selten genug die Möglichkeit und nutzte sie deswegen umso intensiver, wenn ich es für nötig hielt.

Kurz schloss ich die Augen, um mich auf den Geschmack von Blut auf meiner Zunge zu konzentrieren, und genoss es, zu wissen, dass es mein eigenes war.

Ich wusste, mein Verhalten war nicht normal. Doch das war mein Leben schließlich auch nicht.

Jeder, der mich kannte und genau wusste, wer ich war, beneidete mich darum. Als einzige Tochter des County Councils, quasi der obersten Regierungsgewalt eines gesamten Countys, stand ich damit nicht nur permanent im Fokus der Bevölkerung unserer Region, sondern auch unter Schutz der County Police, allen voran des Sheriffs. Aber eben auch unter deren Beobachtung. Und gerade als Teenager war das die reinste Qual, ständig das Gefühl zu haben, verfolgt und beschattet zu werden – vor allem als junges Mädchen.

Ich hatte mich nie darum geprügelt, diesen Status zu besitzen, er wurde mir schließlich in die Wiege gelegt. Denn bevor mein Dad es an die Spitze der Macht geschafft hatte, war es mein Großvater, der diese Position eine gefühlte Ewigkeit besetzt hielt – und das ganz sicher nicht, weil ihn die Mehrzahl der County Bewohner gewählt hatten, so viel war mir mittlerweile bewusst geworden.

Die gesamte Spitze eines Countys, egal ob der Verwaltungsrat, der Council selbst oder sogar der verfluchte Sheriff, triefte und war geprägt von Korruption und

Betrug. Nur so schaffte man es eines Tages auf einen dieser machtvollen und hochbegehrten Posten. Und so halfen sich die Skrupel- und Gewissenlosen meist untereinander und ließen ihre fragwürdigen Beziehungen spielen, um als vermeintlich gewählte Amtsinhaber dort sitzen zu können, wo sie heute saßen. Dabei hatte es so gut wie niemand von ihnen wirklich verdient. Und die Bevölkerung war immer der große Verlierer und wurde um ihr Recht, einer ehrlichen Wahl und Entscheidung betrogen, ohne, dass sie es wussten.

So lief das vermutlich immer im Leben. Nichts auf dieser Welt schien echt. Genau wie die bunten, glitzernden Sterne, die gerade vor meinem leeren Gesicht aufblitzten. Wenigstens gaben sie mir so für eine kurze Zeit das Gefühl, nicht real zu sein. Nicht hier, nicht anwesend. Als würde ich, vor allem aber meine körperliche Hülle, mit dem Hintergrund verschwimmen, wie Wasserfarben, die ineinander liefen, weil man den Pinsel nicht richtig ausgewaschen hatte und die Reste der letzten Farbe sich aus Versehen, aber unvermeidlich mit den neuen mischten.

Es war ein befreiendes und zeitgleich ein verunsicherndes Gefühl, zu erkennen, dass die Wirkung der Pillen, die ich bereits vor Stunden gedankenlos und ohne zu zögern eingeschmissen hatte, langsam nachzulassen drohte. Und so lächelte ich der seltsamen Fratze im Spiegel bitter entgegen, die ich nicht wiedererkannte und spritzte mir etwas kühles Wasser ins Gesicht, bevor ich mich umdrehte und das Badezimmer verließ, das zu einem Haus gehörte, von dem ich weder wusste, wem es gehörte noch wo es sich befand.

Ich hatte nicht danach gefragt, als ich vorhin mit meinen Freundinnen hergefahren war, und niemand hatte es mir von sich aus gesagt, um der Gefahr zu entgehen, dass mein Dad oder sein verdammter Bluthund, der Sheriff, es aus mir herausbekommen und die geheime Hausparty gesprengt hätten, noch bevor sie überhaupt die Chance hatte, voll in Gang zu kommen und ihren Gästen wenigstens ein paar Stunden ihres öden Abends zu versüßen.

Harrison County war eine sehr ländliche Gegend mit sehr vielen Wäldern und nur einer wirklich großen Stadt, in der allerdings noch nie sehr viel los war. Einige Kirchen, mehrere Schulen, ein paar Geschäfte und Bars, Tankstellen und ein kleines, in die Jahre gekommenes Kino – mehr hatte Clarksburg nicht zu bieten.

Siebenundneunzig Prozent der Bevölkerung des Countys waren weißer Abstammung. Allein das sagte vermutlich mehr über diese Region aus, als es moralisch vertretbar war. Und die Spanne zwischen Arm und Reich war so groß, dass ein ganzer Canyon dazwischenlag. Mein einziger Lichtblick in dieser gefühlten Einöde war das College, auf das ich seit diesem Semester endlich gehen konnte, das allerdings nur einige duzend Meilen entfernt von Clarksburg im nächsten County lag.

Die Fairmont State University war mein Rückzugsort, meine Zuflucht vor dem, was mich zuhause in Clarksburg erwartete. Und auch wenn es außerhalb der Befugnisgewalt meines Dads lag, war mir klar, dass ich selbst dort nie wirklich frei und unbeobachtet sein würde. Vermutlich war es deswegen kein sonderlich großer Akt gewesen, Dad davon zu überzeugen, dass ich zusammen mit Clare und Valerie in eine Mädchen-WG in Fairmont, in der Nähe des Campus, ziehen würde.

Er wusste genau, er hatte auch dort seine Augen und Ohren, um mich beinahe rund um die Uhr bewachen zu lassen. Schließlich waren nicht nur die Councils, sondern auch die Cops der angrenzenden Countys miteinander verbunden. Sie alle gehörten derselben privilegierten Gesellschaft an, zu der die meisten der Bevölkerung keinen Zugang erhielten.

Trotzdem hatte ich in der Vergangenheit gelernt, wie ich die Kontrollgewalt meines Vaters über mein Leben austricksen konnte, und wandte sie ganz besonders an den Tagen an, an denen ich einfach mal wieder Luft zum Atmen brauchte. Tage, an denen ich aus meinem verdammten Käfig ausbrechen musste, um etwas anderes sehen, hören und fühlen zu können, als das, was ich bereits mein Leben lang kannte.

Ich hatte es so satt, immer nur zu funktionieren und das Mädchen zu sein, das keine Fehler zuließ. Das alles war nämlich so weit von der Wahrheit entfernt, wie die Menschheit von Weltfrieden.

Draußen im Gang dröhnte der Bass aus dem unteren Stockwerk des Hauses so sehr, dass mein Magen automatisch im selben Takt zu vibrieren begann und mir eine leichte Übelkeit bescherte. Nichts, was ich nicht längst gewohnt war. Mir war im Grunde permanent übel, die ganze Zeit über und mittlerweile beinahe jeden Tag.

Woher das kam, konnte ich mir zwar denken, doch genau aus diesem Grund hatte ich mich noch nie zu einem Arzt gewagt. Ich ahnte, wohin das alles führen würde. Und dann hatte ich nicht nur meinen Dad wieder am Hals, sondern auch gleich sein Gefolge und die neugierige Lokalpresse noch hinzu. Darauf konnte ich getrost verzichten. Wie beinahe auf alles in meinem Leben.

Ich wünschte, ich wäre jemand anderes. Jemand, der unsichtbar war und nicht pausenlos darauf achten musste, sich zu verstellen und bloß nicht anzuecken, nur um das Image der Familie zu wahren. Ich wünschte, ich wäre nicht ich. Wenigstens für ein paar weitere Stunden.

Ich wünschte, Valerie hätte noch ein paar der Pillen, die sie vor ein paar Tagen auf dem Campus von irgendeinem Typen abgekauft hatte.

Mit trockener Kehle leckte ich mir mechanisch über die Lippen, während sich meine Hand an das Holzgeländer krallte und ich mit langsamen Schritten die Treppe hinunter stieg, um irgendwo zwischen all den mir unbekannten Studenten, die sich im unteren Stockwerk in Küche, Wohnzimmer und draußen im Garten tummelten, meine Freundinnen zu finden.

Noch bevor meine Füße die letzte Stufe erklommen und ich im Erdgeschoss dieses Haus angelangt war, wurde mir so hell vor Augen, dass ich sie für einen kurzen Moment schmerzvoll schließen musste. Eine der unangenehmen Nebenwirkungen dieser kleinen, bunten Droge, die mir ansonsten das Gefühl gab, zu schweben – ja, beinahe schwerelos zu sein.

Ich wollte unbedingt mehr davon, brauchte mehr.

Zumindest für diese Nacht noch.

2

Taumelnd und mit verschwommenem Blick schob ich mich zwischen den Menschen hindurch, bis ich in der Küche endlich Valerie entdeckte, die sich gerade an dem Fass bediente, das auf dem Tisch stand, und sich ihren leeren Becher mit Bier füllte.

Ich hasste Bier. Für mich gab es kaum etwas Ekelhafteres als das. Lieber kippte ich mir ein ganzes Glas hochprozentigen Alkohol hinunter, als auch nur ein paar Schluck Bier trinken zu müssen. Meine Freundinnen waren da ganz anders als ich.

Mit kalten Fingern umschloss ich ihre Hand, um sie von dem Typen, mit dem sie gerade heftig flirtete, wegzubekommen und in eine ruhigere Ecke zu ziehen.

»Was ist los?«, fragte sie überrascht, kicherte aber unkontrolliert. Bei ihr schien die Wirkung der Pillen noch nicht annähernd nachzulassen. Oder es war zusätzlich der viele Alkohol, den sie getrunken hatte, dass sie nach wie vor so gut drauf war. Vielleicht lag es aber auch einfach an dem süßen Typen, der sie auch jetzt nicht aus den Augen ließ und mit dem sie heute Nacht noch todsicher im Bett landen würde.

Angewidert über den Gedanken verzog ich unweigerlich das Gesicht und sah sie mit schwerem Blick an. »Ich spüre fast nichts mehr«, sagte ich konzentriert direkt in ihr Ohr, um durch die laute Musik hinweg nicht schreien zu müssen. »Die Wirkung lässt schon nach.«

Val runzelte verwirrt die Stirn und musterte mich besorgt. »Geht es dir gut? Du siehst ziemlich blass aus. Willst du vielleicht lieber nach Hause? Clare könnte dir ein Taxi rufen«, schlug sie vor. Jetzt wirkte sie weder berauscht noch betrunken. Wie war das möglich? War ihre einzige Droge wirklich nur dieser fremde Typ, mit dem sie später noch Spaß haben würde?

Ich beneidete sie darum. Nicht um den Typen und auch nicht darum, dass sie heute Nacht sehr wahrscheinlich flachgelegt werden würde, sondern einfach nur die Tatsache, dass es für sie so leicht schien, sich in einen Rausch fallen zu lassen, um ihren Alltag und ihr normales Leben auszublenden. Für mich war das unmöglich.

Kopfschüttelnd sah ich sie an und wischte mir erschöpft über das Gesicht. »Ich will noch nicht nach Hause«, erwiderte ich protestierend. »Hast du denn wirklich nichts mehr bei dir, was du mir geben kannst?«

Val presste die Lippen hart aufeinander, schüttelte dann aber ebenfalls den Kopf. »Du hast schon mehr eingeschmissen, als Clare und ich zusammen. Meinst du nicht, dass es reicht?«

Ich hatte keine Lust auf ihre Moralpredigt. Wenigstens ließ ich nicht jedes Wochenende einen anderen Kerl zwischen meine Beine rutschen, so wie sie. Valerie hatte kein Recht, mich dafür zu verurteilen und schon gar nicht, mich maßregeln zu wollen. Das tat Dad schließlich schon genug, da brauchte ich das nicht auch noch von meiner besten Freundin.

»Sag mir einfach, ob hier jemand ist, den ich danach fragen kann, schon bin ich wieder weg und du kannst zurück zu deinem Toyboy«, sagte ich schnaubend, weil mir allein ihr durchschaubarer Blick mächtig auf die Nerven ging.

Valerie und ich kannten uns erst seit der Highschool, doch seitdem waren wir Freundinnen. Sie war die Erste, die mich so akzeptiert hatte, wie ich war, ohne sich bei mir wegen meiner Familie einschleimen oder sich einen Vorteil durch mich verschaffen zu wollen. Sie hatte es aber eben auch nicht nötig. Ihr Dad saß immerhin im Verwaltungsrat des Countys und war somit nur geringfügig schlechter gestellt als mein Vater. Vielleicht verstanden Val und ich uns deswegen von der ersten Sekunde so gut. Unsere Welten waren sich sehr ähnlich, auch wenn sie dennoch nicht dieselben waren.

Seufzend schob mich Val von sich, nur um mir damit zu zeigen, dass sie es nicht guthieß, was ich im Schilde führte. Trotzdem wollte sie mich nicht wie ein kleines

Kind behandeln, das nicht selbst für sich entscheiden konnte. Deswegen nickte sie mit dem Kopf zu ihrem Toyboy und sagte: »Du solltest Dallas fragen, woher du mehr von dem Zeug bekommen kannst. Er kann dir da vielleicht besser helfen als ich.«

Ich wollte ungläubig auflachen, verkniff es mir dann aber mühsam. »Der Kerl heißt ernsthaft Dallas?«

Ihre Mundwinkel verzogen sich zu einem amüsierten Lächeln. »Er ist der Gastgeber, sei also lieber freundlich, wenn du diese spezielle Info aus ihm herausbekommen möchtest, Eve.«

Eve. Ich mochte es nicht, wenn man mich so nannte. Denn auch wenn es nun mal mein Spitzname war, so erinnerte er mich jedes Mal nur an *Christmas Eve*, was in meiner Familie jedes Jahr, seit meiner Geburt, der reinste Höllentrip war.

Außerdem nannte mich Dad immer wieder so, weil er dachte, er könnte dadurch weniger streng klingen und eine engere Verbindung zu mir aufbauen. Und je mehr er es versuchte, je häufiger er mich so nannte, desto mehr hasste ich diesen Spitznamen. Doch das würde ich meinen Freundinnen niemals sagen. Ich wollte sie weder vor den Kopf stoßen damit, noch wollte ich sie dazu bringen, mich anders nennen zu müssen, nur weil ich ein Problem damit hatte.

Keiner, aber auch wirklich niemand, nannte mich mit vollem Namen. Vermutlich weil er viel zu hochtrabend klang. Als wäre ich eine verfluchte ägyptische oder griechische Göttin, die ich jedoch nicht war. Ich war durch und durch Nordamerikanerin, in meinen Venen floss sogar das Blut eines waschechten Gründervaters und Unterzeichners der Unabhängigkeitserklärung der Vereinigten Staaten von Amerika.

Benjamin Harrison, der fünfte, war einer meiner Urahnen und der Gründervater des Countys, indem mein Vater seit einigen Jahren nun schon das Sagen hatte. Meine Familie war seit Generationen an der Macht, mal mehr und mal weniger, jedoch immer so viel, dass wir sie über die Jahrhunderte nie ganz abgeben mussten. Und nur meiner Urgroßmutter war es zu verdanken, dass die Harrisons eines Tages zu Barnetts wurden und damit auch *ihr* Familienname, verknüpft mit dem ihres Mannes, zu einer Gewalt- und Kontrollmacht heranwuchs, wie sie es heute noch war.

Evanna Cleopatra Barnett. Diesen Namen konnte sich eigentlich niemand wirklich ausdenken – und doch trug ich ihn seit meiner Geburt. Evanna, weil meine Mutter diesen Namen liebte und Cleopatra, weil meine Eltern einen starken, einflussreichen Namen wollten, um meine Persönlichkeit daraus zu formen.

Ob ihnen bewusst war, dass Kleopatra nur deswegen so mächtig geworden war, weil sie unter anderem Julius Caeser um den Finger wickeln konnte und ihn zu ihrem Geliebten degradiert hatte? Sie war eine echte Femme fatale ihrer Zeit und kämpfte mit den Waffen einer Frau gegen die Vormundschaft der Männer.

Damit war sie das exakte Gegenteil meiner Mom, die ganz allein im Dienst ihres Ehemanns stand – Hausfrau und Mutter, mehr als das schien man ihr nicht zuzutrauen in unserem ach so kultivierten Gesellschaftskreis. Dabei sollte man doch glauben, dass gerade diejenigen, die die Chance dazu hatten, sie auch tatsächlich eines Tages genutzt hätten, um aus diesem Teufelskreis der Diskriminierung auszubrechen. Nicht so meine Mutter. Und auch keine ihrer Freundinnen, die alle nichts Besseres zu tun hatten, als dafür zu sorgen, dass ihr Mann, der sie unter Kontrolle hielt, dabei nur noch besser aussah, als er es ohne sie tun würde.

Ich würde das alles nie verstehen. Und ich wollte es auch gar nicht. Alles, was ich mir in diesem Moment wünschte, waren nur ein paar Pillen mehr, die mich aus dieser Welt in eine andere entführen konnten. Dafür war ich auch bereit, Dallas nach einem Tipp oder Namen zu fragen, wenn es sein musste. Vollkommen gleich, ob ich diesen Typen kannte oder nicht. Die Hauptsache war nur, dass er *mich* nicht erkannte. Denn das könnte unschöne Konsequenzen für mich haben.

Zusammen mit Valerie ging ich zurück zum Gastgeber, der sich zwar gerade mit einem weiteren mir unbekannten Kerl unterhielt, doch sein gieriger Blick lag dabei die ganze Zeit auf meiner Freundin. Er hatte also nur darauf gewartet, bis sie zu ihm zurückkam und sie womöglich endlich von hier in eins der Zimmer verschwinden konnten.

»Das ist Eve, meine Freundin«, säuselte Val ihm so laut es ging entgegen, damit ihre Worte nicht von der Musik aus dem Hintergrund verschluckt wurden. Dallas reichte mir sofort seine Hand und grinste anzüglich, als sein Blick jetzt auch über meinen Körper glitt. »Sie hätte da mal eine kurze Frage an dich, wenn das okay ist?« Valerie lächelte ihn zuckersüß an und der Typ wurde neugierig.

Mit erwartungsvollen Augen musterte er mich, bevor ich mich auf Zehenspitzen stellte, um so dicht an sein Ohr zu gelangen, wie es mir bei seiner Größe möglich war. »Kannst du mir vielleicht verraten, ob heute Abend jemand hier ist, der …« Ich wusste nicht, wie ich das sagen konnte, ohne zu direkt und dadurch vielleicht zu verzweifelt zu klingen.

Hart krallte ich mich mit meinen Fingern an die Küchentheke neben uns, um mich daran festzuhalten und nicht umzufallen, während ich nach den richtigen

Worten suchte. Doch ein Blick von Dallas in meine Augen und meine in diesem Moment viel zu große Iris verriet ihm bereits, was ich von ihm wissen wollte.

Leicht enttäuscht, wahrscheinlich weil er sich eher so etwas wie einen Dreier zusammen mit Val erhofft hatte, seufzte er, bevor er mit der Zunge schnalzte und eine gefühlt endlose Weile zu überlegen schien. Vermutlich weil er sich unsicher war, ob er mir vertrauen konnte. Denn ich war mir beinahe sicher, auf dieser Party musste es mindestens einen Typen geben, der einen Rucksack voller Drogen hatte, um sie an feierwütige Studenten verkaufen zu können. Wer wäre schließlich so dumm und würde sich ein so todsicheres und gutes Geschäft entgehen lassen?

»Wenn du wirklich guten Stoff brauchst, such nach Ken. Ist es dir aber egal, was du schluckst, kann ich dir auch gerne eine andere Alternative anbieten, Baby.« Dallas' Lächeln, das jetzt über seine Lippen zog, erzeugte eine Gänsehaut auf meinem Körper – eine, die unangenehm war und mich frösteln ließ.

Mein Blick flog zu Valerie, die seine Antwort offensichtlich wegen der zu lauten Musik nicht verstanden hatte, denn sie grinste noch immer und wartete darauf, dass ich Leine zog und sie mit diesem Typen wieder allein ließ. Das konnte sie nach diesem widerlichen Spruch allerdings vergessen.

Ich würde ganz sicher nicht gehen, bevor ich sie gewarnt hatte. Danach lag es an ihr, zu entscheiden, ob er diese eine Nacht trotzdem wert war oder nicht. Genau so, wie ich für mich entschied, dass ich noch unbedingt wenigstens eine dieser bunten Pillen einschmeißen wollte, um das Gefühl nicht zu verlieren, das mich gerade wieder verlassen wollte – nämlich das Gefühl von Gleichgültigkeit.

Ohne eine Miene über seinen dämlichen Spruch zu verziehen, sah ich Dallas abwartend an. »Ken?«, fragte ich leicht irritiert über diesen Namen. In meiner Vorstellung hießen Dealer anders. Ich hatte einen zwielichtigen Deck- oder Spitznamen erwartet, aber mit Sicherheit nicht den des Geliebten von Barbie.

Dallas beugte sich ein Stück tiefer, starrte mir dabei einige Sekunden ins Dekolletee und legte seine feuchten Lippen an mein Ohr. »Kennedy Connall. Er ist zwar wie ein verfluchtes Phantom, aber wenn er ein Geschäft wittert, wird er dich finden, bevor *du* es tust. Ich bin sicher, er ist irgendwo hier in der Nähe, frag dich einfach nach ihm durch.«

Skeptisch starrte ich ihn an. War das wirklich sein Ernst? Ich sollte mich bei den anderen Studenten hier nach einem anscheinend bekannten Drogendealer durchfragen? Und was sollte das überhaupt bedeuten, dieser

Kerl wäre wie ein Phantom? Wie zur Hölle sollte ich ihn dann finden?

Trotzdem nickte ich, immerhin hatte ich einen Namen. Mehr konnte ich von Dallas offenbar sowieso nicht erwarten. Also drehte ich mich zu meiner Freundin um, flüsterte ihr ins Ohr, was dieser Typ soeben noch zu mir gesagt hatte und dass ich mir sicher war, dass er ein riesiges Arschloch und ihren Körper nicht wert war. Den Rest musste Val selbst entscheiden.

Ohne auf ihre Reaktion zu warten, hauchte ich ihr einen Kuss auf die Wange und schob mich zwischen ihr und Dallas vorbei, um wieder aus der Küche hinaus in den Flur zu gelangen, um mich nach jemandem umzusehen, der wissen könnte, ob dieser Dealer tatsächlich heute Nacht hier war. Draußen im Garten fand ich ein paar Typen, die offensichtlich an einem Joint zogen, also entschied ich mich, mein Glück zunächst bei ihnen zu versuchen.

Ich ging hinaus und wurde augenblicklich von der kühlen, frischen Nachtluft in Empfang genommen, die meinen Kopf automatisch leichter und meine Gedanken klarer machte. Ein Zeichen dafür, dass ich schnellstmöglich diesen Kennedy finden musste, um dem Risiko zu entgehen, dass ich in weniger als einer Stunde völlig deprimiert und frustriert im Taxi auf dem Weg nach Hause saß.

Gerade als ich bei den kiffenden Jungs stehenblieb und sie nach Kennedy Connall fragen wollte, erkannte ich im Augenwinkel eine Bewegung von oben und sah irritiert hinauf. Schräg über uns war eine kleine Dachterrasse, die zu einem der oberen Schlafzimmer des Hauses gehören musste.

Mein Blick fiel auf einen dunklen Schatten, der zu einem der Partygäste gehören musste. Ein Typ, der vollständig dunkel gekleidet war, saß dort allein in der Ecke der Terrasse auf einem der Korbsessel und zündete sich gerade eine Zigarette an. Ich konnte sein Gesicht in der Dunkelheit nicht erkennen, sah nur, wie er den hellen Rauch gedehnt zwischen seinen Lippen hinausblies und mich anscheinend genauestens beobachtete.

Ehe ich begriff, wer der Typ war und wieso er ganz allein dort oben saß, erinnerte ich mich an Dallas' Worte. *»Wenn er ein Geschäft wittert, wird er dich finden, bevor du es tust«*, schoss es mir durch den Kopf und mein Herz begann augenblicklich schneller und erwartungsvoller zu schlagen.

War *er* das? War das Kennedy Connall – das Phantom?

Es gab nur eine Möglichkeit, das herauszufinden.

3

Mit langsamen, vorsichtigen Schritten betrat ich das Zimmer, das zu der kleinen Dachterrasse führte, auf der noch immer der Typ saß, den ich hoffnungsvoll als Kennedy Connall vermutete. Nach wie vor war er allein und saß in der dunkelsten Ecke mit seiner glimmenden Zigarette zwischen den Lippen und wartete anscheinend auf etwas. Oder auf jemanden.

Ich betrat wortlos die Terrasse und versuchte, das Gesicht des jungen Mannes zu erkennen. Doch hier oben, vor allem dort, wo er saß, drang kaum Licht aus dem Haus zu uns durch, sodass ich ihn in der Dunkelheit draußen kaum erkennen konnte. Ich sah nur, dass er komplett in schwarz gekleidet war und dass seine Haare ebenso dunkel sein mussten. Mehr als das konnte ich an ihm nicht ausmachen. Außer der Tatsache vielleicht, dass er ungewöhnlich ruhig und gerade deswegen bedrohlich auf mich wirkte.

»Bist du Ken?«, fragte ich leise und krächzend, als ich mich ihm gegenüberstellte, die Hände an das Terrassengeländer in meinem Rücken gekrallt, um mich festzuhalten und nicht zu sehr zu wanken oder zu taumeln. Er sollte nicht erkennen können, dass ich schon einige dieser Pillen eingeschmissen hatte.

Einige Sekunden herrschte unangenehme Stille. Bis er noch einmal lang und intensiv an seiner Zigarette zog und den Rauch erneut zwischen seinen Lippen hinausließ. »Wer will das wissen?«

Seine dunkle, düstere Stimme vibrierte klangvoll und elektrisierend durch meinen Körper und hinterließ automatisch eine Gänsehaut, die so vollkommen anders war als die, die Dallas erst vorhin bei mir ausgelöst hatte.

Ich schluckte hart und gab mir Mühe, meine Unsicherheit, die in mir aufsteigen wollte, weder zuzulassen noch zu zeigen. Einem eingeschüchterten Erstsemester würde er wohl kaum etwas verkaufen, wenn er so etwas wie ein Gewissen hatte. Ich musste mich also zusammenreißen und selbstbewusst wirken. Etwas, das eigentlich ein Kinderspiel für mich sein sollte. Schließlich hatte ich das seit meiner Kindheit gelernt und eingetrichtert bekommen. Denn nur selbstbewusste Menschen wurden zu Siegern. Und mein Dad erzog ganz sicher keinen Verlierer.

»Mir wurde gesagt, du könntest mir vielleicht weiterhelfen«, sagte ich so selbstsicher, wie ich nur konnte. Den Namen von Dallas verschwieg ich dabei allerdings bewusst. Immerhin wusste ich nicht, ob dieser Typ das zu meinem Nachteil nutzen würde. Wer wusste schon, ob die beiden sich überhaupt persönlich kannten. Und wenn, ob sie sich mochten.

Die Zigarette zwischen seinen Fingern glomm nur noch leicht vor sich hin, während er einen letzten Zug nahm und mich aus der Finsternis, in der er noch immer saß, heraus begutachtete.

Es dauerte wieder eine gefühlte Ewigkeit, bis er antwortete. Jedoch nicht ohne vorher tief und schwer zu seufzen. »Du solltest besser zu Alkohol greifen. Das ist mehr deine Kragenweite, Kleines.«

Wütend schob ich die Augenbrauen zusammen und verschränkte die Arme vor der Brust, während ich mich jetzt gegen das Geländer in meinem Rücken lehnte. Ohne jeden Halt aufrecht zu stehen, fiel es mir nach wie vor schwer. »Woher willst du wissen, was oder wer meine Kragenweite ist? Du hast keine Ahnung, wer ich bin oder was ich vertrage«, platzte es genervt und ungehalten aus mir heraus. Ich hasste es auf den Tod, nur nach meinem Aussehen beurteilt zu werden.

Ein Schnauben zerschnitt die drückende Stille zwischen uns – verächtlich und abweisend. »Du bist Evanna Cleopatra Barnett, Daddys kleines Spielzeug, wenn es darum geht, seine Machtposition behalten zu wollen.«

Erschrocken schnappte ich nach Luft und legte mir unbewusst die Hand auf mein viel zu wild und unkoordiniert pochendes Herz. Woher zum Teufel wusste er, wer ich war? Und die weitaus wichtigere Frage: Wie war das möglich, dass er *davon* wusste? *Das* konnte niemand wissen! Unmöglich. Nein.

»Ich bin *nicht* sein verfluchtes Spielzeug!«, schoss es heiß und bitter aus mir heraus, ohne dass ich es verhindern konnte. Dabei bemerkte ich zu spät, dass ich ihm damit nur die Bestätigung dafür gegeben hatte, dass ich tatsächlich Evanna Cleopatra Barnett war. Und leider auch dafür, dass er mit dem Spielzeug Vorwurf sehr wohl tief und zielgerichtet ins Schwarze getroffen hatte. Wäre es nicht so, hätte ich mit Sicherheit anders reagiert. Das war ihm ebenso bewusst wie mir.

Während ich den Zorn, der in meinem Inneren brennend glühte, unter Kontrolle zu bringen versuchte, blieb Kennedy – ich vermutete, dass er es war, denn einen Beweis dafür hatte ich noch immer nicht – völlig ruhig und schwieg wieder nur eine Weile. Vermutlich um sich zu überlegen, was er jetzt sagen sollte. Und vor allem, wie er es schaffte, dass ich nicht wutentbrannt davonlief und er eine potentielle neue Kundin verlor, die, wie er offensichtlich wusste, mehr als genug Kohle hatte, um seinen gesamten Vorrat an Pillen und Gras auf einmal zu kaufen.

»Du wirst nichts von mir bekommen«, dröhnte im nächsten Moment seine raue Stimme durch meinen Kopf und ließ meine Ohren klingeln, noch bevor ich realisieren konnte, was er da gerade gesagt hatte. »Such dir einen anderen, der den Kopf für dich hinhält.«

Blinzelnd starrte ich in die Dunkelheit, hinter der ich sein Gesicht vermutete. »Wie bitte?« Das konnte er unmöglich ernst meinen. So dumm war er sicher nicht. Niemals!

»Du weißt genau, was ich meine, Kleines«, sagte er dunkel und stand aus dem Korbsessel auf, um endlich aus der Dunkelheit hervorzutreten und sich mir zu zeigen. »Ich werde nicht dafür büßen, dass ich der Tochter des County Councils Drogen verkauft habe.« Er stellte sich dicht vor mich und sah abschätzend und mit finsterem Blick auf mich herab. »Außerdem hattest du offensichtlich schon mehr als genug.«

Ein markanter Duft, den ich zwar kannte, aber in diesem Moment nicht zuordnen konnte, stieg mir in die Nase und brachte mich für einen kurzen Augenblick aus dem Konzept, während ich völlig verloren und fasziniert in Kennedys grüne Augen starrte, die mich so intensiv und scharf musterten, dass ich das Gefühl hatte, von einem Skalpell bearbeitet zu werden.

Die nicht zu leugnende Attraktivität dieses Typen verwirrte mich. Ich hatte mir einen Drogendealer immer ganz anders vorgestellt, aber ganz sicher nicht so. Nicht, als wäre er gerade einem Hochglanzmagazin oder gar einem Laufsteg entsprungen.

Mit seinen kantigen aber perfekt definierten und symmetrischen Gesichtszügen sah er aus wie ein Model. Zugegeben wie ein sehr düsteres, rebellisches Model mit dunkelbraunen, beinahe schwarzen Haaren und stechend grünen Augen, die einen perfekten Kontrast dazu bildeten. Doch er sah keinesfalls aus, wie der typische Kleinstadt-Dealer, der Drogen an Collegestudenten verkaufte, weil er das Geld nötig hatte.

Ich war mir beinahe sicher, Kennedy Connall ging es nicht um Geld.

Erneut schluckte ich hart, versuchte aber, so ruhig und cool zu bleiben, wie ich nur konnte. Auf keinen Fall wollte ich ihm zeigen, wie sehr mich seine Attraktivität durcheinanderbrachte und verunsicherte. Deswegen straffte ich die Schultern und reckte das Kinn, bevor ich mir mühevoll ein teuflisches Lächeln aufsetzte und ihn herausfordernd ansah. Dabei sagte mir gerade jede Faser und jeder Nerv in meinem Körper, dass ich diesen Typen keinesfalls und wirklich besser niemals provozieren sollte.

Ich tat es trotzdem.

»Wenn du mir nichts verkaufst, werde ich dich erst recht an meinen Vater verraten. Schließlich kenne ich deinen vollen Namen, Kennedy Connall«, bluffte ich – so, wie ich es von meinem Vater einst gelernt hatte – und hoffte, irgendeine Regung in seinem Gesicht zu erkennen oder wenigstens die Bestätigung dafür, dass er wirklich Kennedy Connall war.

Nichts geschah. Weder blinzelte er, noch verzog er auch nur den Hauch einer Miene. Sein Gesicht blieb genauso hart und kalt, wie es zuvor schon war. Nur sein Blick wurde eine Spur schärfer. Wenn das überhaupt möglich war.

»Den kennt jeder. Auch dein heißgeliebter Daddy. Also nur zu, versuch dein Glück, Baby«, raunte er dunkel und so ruhig, dass selbst ich verstand, dass es gleichzeitig eine Drohung war.

Kurz wunderte ich mich über seine Aussage und versuchte zu verstehen, was er damit meinte. Doch auf seine Anspielung, dass sogar mein Dad wusste, wer er war, ging ich besser nicht ein. Nicht jetzt. Denn ich wollte schließlich etwas ganz anderes von ihm.

Trotzig starrte ich ihm entgegen, nur um seinem Blick standzuhalten und Stärke zu zeigen. »Dann verstehe ich aber nicht, wieso du ausgerechnet *mir* nichts verkaufen willst. Wenn sowieso jeder weiß, wer du bist, macht das doch keinen Unterschied.«

Ein Schnauben, mehr hatte er nicht für mich übrig.

Und noch während ich darüber nachdachte, woher er mich oder meinen Dad kannte und wieso zum Teufel er mir nichts verkaufen wollte, drehte er sich um und griff zu der Schachtel Zigaretten, die noch neben dem Korbsessel lag. Er schob sie sich lässig in die hintere Hosentasche, bevor sein Blick noch einmal urteilend und voller Verachtung auf mich fiel und er plötzlich zurück ins Haus verschwand, ohne mich vorzuwarnen.

»Warte«, rief ich ihm perplex und vermutlich auch ein wenig zu verzweifelt nach, bevor ich ebenfalls zurück ins Schlafzimmer eilte, das zu der kleinen Dachterrasse gehörte. »Bekomme ich keine Antwort?«, fragte ich, als er sich noch einmal zu mir umdrehte und mich ungeduldig ansah. Mit wenigen Schritten war ich bei ihm angekommen und stellte mich diesmal genau so dicht vor ihn, wie er es zuvor bei mir getan hatte. Nur um ihm zu beweisen, dass ich weder Angst vor ihm hatte noch bereit war, ihn, ohne die Pillen an mich verkauft zu haben, gehen zu lassen.

Kennedy war um einiges größer als ich, weswegen ich den Kopf unweigerlich in den Nacken legen musste, um ihm in die Augen sehen zu können. Und genau das nutzte er aus, um mir wiederum zu beweisen, dass er auf mich und meine Bedürfnisse scheißte.

Grob griff er mit der Hand in meine Haare und zerrte mein Gesicht dichter an seins. »Du hast keine Antwort verdient, wenn du dir die Frage nicht selbst beantworten kannst, kleines Spielzeug«, knurrte er mir überlegen entgegen, während sein heißer Atem meine Lippen streifte und eine elektrisierende Gänsehaut auf meinem Körper erzeugte.

»Ich gebe dir das Doppelte für die Pillen«, wisperte ich leise, weil mich die Wirkung seiner Nähe auf meinen Körper stark verwirrte.

»Du weißt doch gar nicht, was sie kosten«, sagte er und beinahe bildete ich mir ein, seinen rechten Mundwinkel minimal zucken zu sehen. Amüsiert und dennoch kontrolliert.

»Ich zahle jeden Preis«, krächzte ich und wusste im selben Augenblick, dass ich damit verloren hatte. Jetzt wusste er nicht nur, *wie* verzweifelt ich tatsächlich war, sondern auch, dass ich bereit war, beinahe alles dafür zu tun.

»O ja, Baby, das wirst du«, drohte er auch schon im nächsten Moment rau und dunkel. »Nur nicht so, wie du denkst.« Kennedys Blick taxierte meinen Körper, scannte gefühlt jeden Millimeter ab, bevor er mir wieder in die Augen sah und ich ein leichtes Lodern darin erkannte.

Oder bildete ich mir das ebenso ein, wie das leichte Zucken seines Mundwinkels eben?

»Bitte«, flehte ich jetzt und hoffte auf sein Mitleid, während meine Haut gefühlt in Flammen stand, überall dort, wo er mich angesehen hatte. »Nur eine, okay? Eine einzige Pille.«

Sein Blick wurde schärfer, dunkler. Ich schaffte es nicht mehr, ihn zu deuten, spürte nur noch, wie sein Griff in meinen Haaren fester wurde und meine Kopfhaut zu kribbeln begann. »Auf die Knie«, befahl er plötzlich.

Erschrocken riss ich die Augen auf. »Wa ... Was?«

Sein Gesichtsausdruck verhärtete sich, als er meinen Kopf nach hinten riss und mich so schnell losließ, als hätte er sich die Finger an mir verbrannt. »Du hast mich schon verstanden«, raunte er bestimmt. »Auf die Knie, los.«

Fassungslos starrte ich ihn an und versuchte aus seinem Blick herauszulesen, ob er es ernst meinte. Mein Herz schlug mir schmerzvoll und aufgeregt gegen den Brustkorb und meine Kehle war mit einem Mal noch trockener, als sie es ohnehin war, und zog sich unangenehm zusammen. Wollte er ernsthaft, dass ich hier und jetzt ...?

»Du zögerst«, knurrte er ungeduldig und durchbohrte mich mit seinem stechenden Blick, der mir das Gefühl gab, ich wäre plötzlich gläsern und er könnte geradewegs in meinen Kopf schauen können.

Panik stieg in mir auf, weil ich mit der Situation vollkommen überfordert war und nicht wusste, was ich tun oder sagen sollte. Ich wollte auf keinen Fall, dass er einfach ging und mich ohne auch nur eine einzige Pille zurückließ. Dafür protestierte mein Körper längst zu sehr dagegen, nüchtern zu werden. Er verlangte eine weitere

Dosis, um den Rauschzustand nicht vollständig zu verlieren. Noch nicht.

Und auch wenn ich wusste, was das bedeutete, wollte ich es in diesem Augenblick nicht wahrhaben. Ich wollte den Gedanken nicht zulassen, der sich in meinen Verstand drängen wollte.

»Nein, ich …«, sagte ich hastig, obwohl er natürlich recht hatte. Ich zögerte – und das aus verdammt gutem Grund. War ich denn wirklich schon so weit unten angekommen, dass ich einem mir völlig fremden Typen auf einer Party, die mir egal war und von der ich nicht einmal wusste, wo sie gerade eigentlich stattfand, einen blasen würde? Wegen Drogen! Wegen einer verfluchten Pille, die mich nur eine weitere kurze Zeit aus dieser Welt entführen würde.

War es mir das ernsthaft wert?

Noch ehe mein Verstand laut protestieren und mich allein für den Gedanken daran schütteln wollte, hatte mein Körper sich längst entschieden und ließ mich, wie sein Sklave, langsam vor Kennedy knien.

Mein Herz schlug mir bis zum Hals und stolperte unkontrolliert in meiner Brust, als wüsste es nicht mehr, ob *ich* es überhaupt noch wert war, mich am Leben zu halten. Ich konnte es ihm nicht verübeln, schließlich konnte und wollte ich diese Frage selbst nicht beantworten. Nicht jetzt und in diesem Moment, wo ich wie ein verfluchtes Häufchen Elend vor Kennedy Connall kniete, meine Hände zitternd auf seinen Schoß legte und mit resigniertem, hilflosen Blick zu ihm hoch und in seine vor Verachtung glühenden Augen sah.

Hart versuchte ich, ein letztes Mal den Kloß in meiner Kehle hinunterzuschlucken und meine Lippen, so weit es mir möglich war, zu befeuchten, als Kennedys Hand sich auf einmal schmerzvoll und fest um meinen Kiefer legte, sodass ich gezwungen war, ihn weiter anzusehen.

Sein Blick und die grünen Augen blitzten gefährlich auf, während er mich einen gefühlt ewigen Moment lang einfach nur betrachtete. *Als wäre ich jetzt sein Spielzeug*, schoss es mir durch den Kopf. Mein Körper verkrampfte sich sofort und etwas tief in mir drin begann lautlos zu schreien. Trotzdem rührte ich mich nicht.

Wie ein Kaninchen im Würgegriff der Schlange kniete ich vor Kennedy Connall und starrte ergeben und gleichzeitig hoffnungsvoll zu ihm hinauf. Wenigstens würde ich danach endlich an meine Pillen kommen.

Seine Augen zogen sich finster und unzufrieden zusammen, als er sich ein wenig zu mir herunterbeugte. Fast glaubte ich, er wollte mich küssen. Doch stattdessen ließ er plötzlich meinen Kiefer los und schnaubte abfällig. »Erbärmlich«, knurrte er sichtlich angewidert, als ich meinen Kopf wieder zu ihm hochriss und mit aufgerissenen Augen zu verstehen versuchte, was zum Teufel gerade geschah.

Doch bevor ich überhaupt realisieren konnte, dass er mich nur verarschen und meine Verzweiflung zum Vorschein bringen wollte, hatte er mich alleingelassen und war verschwunden – mit meinen Pillen, für die ich mich fast prostituiert hätte.

4

Mit dröhnendem Kopf und viel zu lichtempfindlichen Augen starrte ich gedankenverloren den Rücken meines Vordermanns an, während der Professor vorne irgendetwas über politische Ökonomie erzählte, was ich weder verstand, noch wirklich interessant fand. Politikwissenschaft zu studieren war sicher nicht mein Wunsch.

Trotzdem hatte ich so gesehen keine andere Wahl, sonst hätte Dad mich nie ausziehen lassen, um an einem anderen College zu studieren. Wie hätte er mich schließlich kontrollieren können, wenn ich hunderte oder gar tausende Meilen von ihm entfernt studierte? Hier in Fairmont auf der Fairmont State konnte er mich weiter im Auge behalten, ohne mir aber das Gefühl zu geben, weiter in seinem vermeintlich goldenen Käfig aus Verrat und Unterdrückung leben zu müssen.

Mir war alles recht gewesen, nur um endlich von zu Hause wegzukommen – waren es auch nur nicht mal fünfzig Meilen, die mich von Dad und seinem Regime trennten. Dafür nahm ich auch gerne in Kauf, so etwas Trockenes und Langweiliges wie Politikwissenschaft zu studieren. Ehrlich, mir war alles recht, nur um eine Weile nicht zu Hause sein zu müssen.

»Hast du wieder Kopfschmerzen?«, flüsterte Clare neben mir und musterte mich mit prüfendem und besorgten Blick.

Ich verstand bis heute nicht, wieso sie sich aus freien Stücken in dieses Fach eingeschrieben hatte. Clare war nicht dazu gezwungen worden, etwas zu studieren, was sie nicht wollte. Es war ganz allein ihre Entscheidung, sich mit mir durch Politik durchzukämpfen. Wusste der Teufel, wieso sie es letztendlich tat. Doch ich war dankbar dafür, mit diesen Themen und vor allem in den Vorlesungen nicht allein sein zu müssen, und beschwerte mich deswegen ganz sicher nicht darüber.

»Nur eine kleine Migräne«, antwortete ich leise flüsternd und winkte mit einem müden Lächeln ab, auch wenn wir beide wussten, dass es eine Lüge war. Clare war vielleicht nicht meine beste Freundin, doch sie war aufmerksam und erkannte schnell, wenn etwas nicht stimmte oder wenn jemand nicht die Wahrheit sagte. Und da sie mich ohnehin schon seit der Highschool kannte, durchschaute sie meine Lügen noch leichter als die von anderen. Außerdem war sie zusammen mit Valerie meine Mitbewohnerin. Sie wusste also genau, was bei mir los war. Schließlich war sie am Wochenende live dabei gewesen, als ich nach der Party stundenlang über der Kloschüssel gehangen und mir die Seele aus dem Leib gekotzt hatte.

Mit leicht zusammengekniffenen Augen fixierte sie mich. »Vielleicht hättest du besser beim Alkohol bleiben sollen, statt so viele von diesen Pillen zu schlucken, von denen wir nicht mal genau wissen, woher sie kamen oder was das überhaupt alles war«, predigte sie heuchlerisch.

Wütend funkelte ich sie an und schnaubte leise. »Bist du jetzt die Moralpolizei, oder was?«, blaffte ich sie zischend an. »Schließlich hast du auch eine dieser Pillen geschluckt und hast vorher ganz sicher *nicht* darüber nachgedacht, woher oder was sie überhaupt sind.«

Clare seufzte und verschränkte beleidigt die Arme vor der Brust. Damit war die Diskussion vorerst zu Ende, weil sie genau wusste, dass ich recht hatte. Ich war nicht die Einzige, die sich am Wochenende viel zu leichtfertig in Gefahr begeben hatte. Meine Freundinnen hatten die Pillen ebenfalls geschluckt, ohne irgendetwas zu hinterfragen. Und es war außerdem mal wieder Vals und nicht *meine* Idee gewesen, sie überhaupt von irgendeinem dubiosen Typen vom Campus zu besorgen. *Sie* hatte die blöden Dinger gekauft und mit zur Party genommen.

Aber nur du hast in dieser Nacht die doppelte Dosis davon geschluckt, erinnerte mich eine leise Stimme in meinem Kopf und ließ mich ebenfalls schwer seufzen.

Entschuldigend sah ich zu Clare und stupste sie freundschaftlich und mit einem Lächeln auf den Lippen mit dem Ellenbogen an. »Tut mir leid, okay?«, flüsterte ich ergeben. »Ich weiß, ich bin diejenige, die letztes Wochenende eindeutig übertrieben hat. Val und du, ihr habt mich gewarnt, aber ich hatte nicht auf euch hören wollen. Und jetzt bekomme ich eben die Quittung dafür«, gestand ich niedergeschlagen ein und spürte augenblicklich, wie sich Clares Hand warm und ermutigend auf meine legte.

»Pass das nächste Mal einfach besser auf dich auf, Eve. Ein bisschen Spaß zu haben und Grenzen auszutesten gehört zum College nun mal dazu, ja. Aber du solltest nicht übertreiben, sonst wandelt sich der Spaß in bitteren Ernst und dann liegst du eines Tages plötzlich auf der Intensivstation oder dir muss der Magen ausgepumpt werden. Glaub mir, das willst du nicht! Nicht für ein bisschen Spaß zumindest.«

Und *das* war der einzige Punkt, in dem sie falschlag, der einzige, von dem Clare bis heute nichts wusste und von dem sie auch niemals etwas erfahren würde. Weder sie noch Valerie.

Für mich war das Ganze alles andere als Spaß, wenn ich zu Alkohol griff oder mich betäuben wollte – egal ob mit Medikamenten oder was auch immer ich gerade fand. Ich tat es nie aus den Gründen, aus denen es die meisten anderen Studenten taten. Ich tat es einzig und allein, um zu verschwinden. Um aus meinem echten Leben zu entfliehen, und für eine kurze Zeit das Gefühl zu haben, ich wäre jemand anderes. In einem fremden Körper, der nicht mir gehörte und der nie das erlebt hatte, was meiner erleben und spüren musste.

Unweigerlich musste ich wieder an den Moment denken, als ich mich demütigend und resigniert vor Kennedy Connall gekniet hatte, nur um von ihm ein paar der bunten Pillen bekommen zu können, die mir genau dieses ekelhafte Gefühl, der Machtlosigkeit eigentlich nehmen sollten. Ironisch, dass ich ausgerechnet *so etwas* bereit war zu tun, um *das* vergessen zu können, was unauslöschbar war.

Dabei redete ich mir auch jetzt noch immer wieder ein, dass es mich mit Kennedy im Grunde noch gut getroffen hätte. Schließlich sah er weder wie ein typischer Dealer aus – zumindest so, wie Dealer in meiner Vorstellung nun mal aussahen –, noch sah er aus, wie ein Obdachloser. Ich hätte mich also immerhin nicht vor ihm geekelt, hätte ich das getan, was er von mir gefordert hatte, sondern einzig und allein vor mir selbst. Weil ich es beinahe wirklich getan hätte, hätte er mich nicht davon abgehalten.

Ich hätte einem mir wildfremden Kerl, von dem ich lediglich den Namen kannte, tatsächlich einen geblasen.

Für Drogen. Für lächerliche wenige Stunden, die mich diese Pillen hätten aus der Realität ferngehalten.

Kennedy Connall hatte absolut recht. Ich *war* erbärmlich. Und genau deswegen würde ich vermutlich niemals seinen Blick vergessen, mit dem er mich angesehen hatte, bevor er mich wie eine billige Hure hatte auf dem Boden knien lassen, bevor er genau so schnell wieder aus meinem Leben verschwand, wie er sich hineingedrängt hatte.

Erbärmlich, dass ich nach wie vor seine dunkle, raue Stimme in meinem Kopf hörte, als hätte sie sich darin festgesetzt. Erbärmlich, dass es mich ärgerte, dass er mich nur verarschen und austesten wollte, wie weit ich tatsächlich gehen würde. Erbärmlich vor allem, dass ich vor mir selbst zu rechtfertigen versuchte, dass er wenigstens attraktiv genug war, um mich nicht dafür schämen oder davor ekeln zu müssen, hätte ich es wirklich getan.

Kennedy Connall hatte mir das Gefühl gegeben, genau das zu sein, was er anscheinend ohnehin in mir sah: eine Prostituierte – ein Spielzeug, mit dem jeder Mann genau das machen konnte, was auch immer er wollte. Und das Schlimmste daran war, dass *ich* es war, die es zugelassen hätte. Es war *meine* Entscheidung gewesen. Kennedy hatte mir bewusst die Wahl gelassen, nur um zu sehen, was ich tun würde. Weil er mich durchschaut und geahnt hatte, dass ich einknicken und mich beugen würde.

Übelkeit stieg in mir auf und mein Körper begann vor Kälte zu zittern.

»Ist alles in Ordnung?«, hakte Clare wie immer aufmerksam nach, als ich zu meiner Wasserflasche griff und sie gierig zur Hälfte leerte.

Keine Ahnung, ob es noch immer nur die Nebenwirkungen und Konsequenzen der Pillen waren, die meinen Körper durchdrehen ließen, oder ob ich mich einfach vor mir selbst so sehr ekelte, dass ich am liebsten auf der Stelle auf die Unterlagen auf meinem Tisch gekotzt hätte. Dabei war mein Magen noch immer vollkommen leer, bereits seit zwei Tagen. Einfach aus dem Grund, weil ich kaum etwas bei mir behalten konnte seit dem Wochenende und nicht riskieren wollte, dass ich mitten in der Vorlesung tatsächlich noch beginnen sollte, mich vor den Augen der anderen zu übergeben.

»Alles okay«, erwiderte ich knapp und trank auch die zweite Hälfte des Wassers, bevor ich die leere Flasche wieder zurück auf den Tisch stellte und ein paar tiefe Atemzüge holte, um die Übelkeit wegzuatmen.

Es half nicht. Ich war wieder kurz davor, mich zu übergeben. Und diesmal würde ich es ganz sicher nicht rechtzeitig zu einem der Wasch- und Toilettenräume schaffen, bis ich würgen musste.

Trotzdem versuchte ich es natürlich und warf daher wortlos meine Tasche meiner Freundin zu, damit sie auf diese aufpasste, während ich so schnell wie möglich aus dem Vorlesungssaal floh und mich draußen nach allen Seiten suchend umsah, nur um einen Ort oder irgendetwas zu finden, in das ich mich übergeben konnte. Gerade so fand ich einen Mülleimer, der nur wenige Meter von mir entfernt am Wegesrand stand, als ich mich auch schon heftig würgend über ihn stützte und zu brechen begann.

Ich hasste es, mich übergeben zu müssen. Vor allem dann, wenn nichts als Galle aus dem Magen herauskam und mir die Kehle verätzte – wie jetzt gerade. Würgend ließ ich alles aus mir heraus, was raus wollte und spuckte anschließend einige Male, um den widerlichen Geschmack aus meinem Mund zu bekommen, der sich jetzt darin befand.

Mit verkrampftem Magen und noch schlimmeren Kopfschmerzen als zuvor ließ ich meine langen Haare los, die ich während des Würgens sorgsam davon abgehalten hatte, mir ins Gesicht zu fallen, und sah mich noch einmal nach allen Seiten um. Ich musste mir dringend den Mund ausspülen und mein Gesicht waschen, doch ich hatte keine Ahnung, wo auf dem Campus der nächste Waschraum war.

Ich war zwar schon einige Wochen auf der Fairmont State University, doch bisher hatte ich es immer vermieden, hier auf die Toiletten gehen zu müssen. Ich fühlte mich dabei einfach nicht wohl und wartete daher immer, bis ich zu Hause war. So war das schon seit Jahren, egal, wo ich gerade war. Nur in Ausnahmefällen betrat ich eine öffentliche Toilette, meist jedoch nur, um mir dort die Hände zu waschen.

Auch jetzt war offensichtlich so eine Ausnahme und deswegen hatte ich keine andere Wahl, als im nächsten Gebäude, das soweit ich wusste, zu den Studienfächern Steuerwesen und Jura gehörte, mich nach der nächsten Mädchentoilette umzusehen. Vielleicht hatte ich ja Glück und fand eine, in der ich mir wenigstens den Mund ausspülen konnte. Denn der ekelhafte, bittere Geschmack von Galle ließ erneut die Übelkeit in mir aufsteigen.

Schnell überquerte ich den penibel getrimmten Rasen vor dem imposanten Campusgebäude, bevor ich es betrat und Ausschau nach einem Schild hielt, das mich wissen ließ, in welche Richtung ich laufen musste.

Tatsächlich befand sich gegenüber des Eingangs an der Wand eine Tafel, die mir den richtigen Weg zu den Waschräumen wies, also beeilte ich mich, um noch vor Ende der aktuellen Vorlesung hier wieder rauszukommen. Ich hatte weder Lust, von irgendwem dabei gesehen zu werden, wie ich mir nach dem Erbrechen den Mund ausspülte, noch dabei, wie ich mich womöglich ein weiteres Mal übergab, sollte mein Magen nicht endlich aufhören, sich zu drehen.

Gehetzt stürmte ich durch die Tür, die zu den Waschräumen der Mädchen führte, und krallte mich sofort an den kühlen Rand des Waschbeckens, um dem Schwindel, der von meinen Kopfschmerzen kam und immer größer zu werden schien, entgegenzuwirken und nicht auch noch umzukippen. Doch bevor ich noch das Wasser aufdrehen und mich über das Becken lehnen konnte, hörte ich hinter mir mehrere seltsame Geräusche und sah deswegen erschrocken durch den Spiegel an der Wand hinter mich.

Entsetzt wollte ich gerade aus Reflex nach Luft schnappen, als mein Hirn plötzlich realisierte, was meine Augen da gerade beobachteten.

In einer der schmalen Kabinen hinter mir stand niemand Geringeres als Kennedy Connall. Zwischen seinen Beinen kniend ein dunkelhaariges Mädchen, das sich gerade reichlich Mühe gab, ihn bei Laune zu halten, während sein Blick sich voller Wut, glühend und heiß, durch den Spiegel in mich hineinbohrte.

5

Erstarrt vor Schock und reglos, weil ich Angst hatte, mich unter seinem brennenden Blick von der Stelle zu rühren, sah ich mit leicht geöffneten Lippen in den Spiegel und traute mich kaum zu atmen, geschweige denn etwas zu sagen.

Ich konnte nicht fassen, dass sich diese Szene gerade wirklich hinter meinem Rücken abspielte. Und noch viel weniger glaubte ich, dass es tatsächlich ausgerechnet Kennedy Connall war, der dort eingeengt in der Kabine stand und von einem hübschen Mädchen, das auf dem dreckigen Boden der Unitoilette kniete, sich oral befriedigen ließ, als wäre es das Normalste der Welt.

Blinzelnd versuchte ich zu begreifen, ob es noch immer die Nebenwirkungen der Pillen vom Wochenende waren und ich nur halluzinierte oder ob die beiden wirklich hier waren. Und falls es so war, wieso zur Hölle hatten sie die verfluchte Tür der Kabine nicht einfach hinter sich geschlossen, damit sie niemand dabei erwischte? Wer tat denn so etwas? Man könnte meinen, sie legten es nur darauf an, entdeckt zu werden. Vermutlich weil allein der Gedanken daran sie anturnte. Oder weil sie den

Nervenkitzel liebten und sich gerne dabei beobachten ließen, wie sie ...

Mein Blick glitt bei dem Gedanken automatisch an Kennedys sichtlich muskulösem Oberkörper weiter nach unten und landete auf den in grellem Pink geschminkten Lippen des Mädchens, das sich jetzt offensichtlich irritiert durch seine geistige Abwesenheit so weit zu mir umdrehte, wie es ihr möglich war, mit der vollen Länge seines Ständers in ihrem Mund.

Großer Gott, ich sollte dringend wegsehen, statt wie ein Gaffer mit aufgerissenen Augen hinzustarren!

Mein Herz raste so schnell und unkontrolliert, dass ich beinahe das Gefühl hatte, es würde einen Hürdenlauf bewältigen. Gleichzeitig klammerten sich meine Finger noch fester um das Waschbecken, um mich daran abzustützen und meinen Beinen, die einzuknicken drohten, etwas mehr Halt geben zu können.

Ich war wie paralysiert von der Szene hinter mir und rührte mich noch immer nicht vom Fleck. Mein Vorhaben, weswegen ich überhaupt hergekommen war, hatte ich längst vergessen. Genauso wie mein Schamgefühl und alles, wozu man mich erzogen hatte. Ich konnte einfach nicht wegsehen, obwohl ich wusste, ich hätte es tun sollen. Müssen! Es war schier unmöglich.

Meine Augen scannten nicht nur Kennedys Körper genauestens ab, als hätten sie nur darauf gewartet, es tun zu dürfen. Sie beobachteten vor allem voller Neugier die Technik, mit der das Mädchen Kennedy zu befriedigen versuchte. Dabei drangen unweigerlich unappetitliche und schmatzende Geräusche an meine Ohren, die mich im Normalfall dazu gebracht hätten, mich zu schütteln. Doch Kennedys scharfer Blick, der noch immer voll und ganz auf mir, statt auf seiner Gespielin, lag, hinderte mich auch daran.

»Mach, verflucht nochmal, weiter«, knurrte er das arme Mädchen unzufrieden an, als sie mich hinter sich entdeckte und aus bloßem Reflex ihre Bewegungen für einen kurzen Augenblick stoppte.

Im selben Moment flog die Tür der Frauentoilette erneut auf und meine Freundin Clare platzte atemlos herein.

Erleichtert fiel ihr Blick zunächst auf mich, ehe sie nur eine Sekunde später ebenso schockiert nach Luft schnappte wie ich zuvor, als sie Kennedy und die Studentin entdeckte, die gar nicht daran dachten, unseretwegen mit dem, was sie taten, aufzuhören.

Zumindest dachte Kennedy offenbar nicht daran, denn ich erkannte, wie sein Griff in den Haaren des Mädchens fester wurde. Er wollte sie keinesfalls loslassen. Noch nicht. Und sie ... Ihr schien es anscheinend nichts auszumachen, denn sie protestierte nicht – keine Sekunde lang, ganz egal, wie grob sein Griff um ihren

Hinterkopf sein musste. Sie tat genau das, was er ihr befohlen hatte, und lutschte ungerührt weiter.

Kennedys finsterer Blick traf Clare, bevor er wieder auf mich fiel, glühend und so hasserfüllt, dass er mir unweigerlich Angst einflößte. »Verpisst euch besser, bevor ihr die Nächsten seid«, drohte er meiner Freundin und mir mit seiner rauen, dunklen Stimme, die ich seit dem Wochenende nicht mehr aus meinem Kopf bekam und nach diesem Vorfall auch ganz sicher nie wieder vergessen würde.

Mein Verstand war zu langsam, um den Ernst der Situation begreifen zu können, also war es Clare, die als einzige reagierte und auf einmal nach meiner Hand griff, um mich hinter sich hinaus aus dieser Unitoilette und geradewegs auch aus dem Gebäude der Jura-Fachschaft zu schaffen.

Erst als wir beide draußen auf dem Campus standen und die frische, kühle Luft gierig einatmeten, griff sie sich fassungslos an den Kopf und starrte mich mit aufgerissenen Augen entgeistert an. »Was zur Hölle war das gerade?«

Mein Herz schlug noch immer so schnell und hart, dass ich wirklich Mühe hatte, es unter Kontrolle zu halten und nicht zu schnell zu atmen. »Ich habe nicht die leiseste Ahnung«, wisperte ich gedankenverloren und dachte an Kennedys letzten Blick, von dem ich das Gefühl hatte, er verfolgte mich auch jetzt noch und würde ein Loch in mich hineinbrennen.

Wieso hatte er mich so hasserfüllt angesehen? Hatte ich ihm irgendetwas getan? War etwas passiert, von dem ich nichts wusste oder hatte er mich nur aus dem Grund so angesehen, weil er mich schlicht und ergreifend hasste? Weil er mich verabscheute – mich, die County Council Tochter, die sich ihm angebiedert hatte? Schließlich war ich in seinen Augen nichts als *erbärmlich*.

Ich war völlig durcheinander und bemerkte erst jetzt wieder, dass ich weder dazu gekommen war, meinen Mund auszuspülen, noch meine Hände oder mein Gesicht zu waschen, so, wie ich es vorgehabt hatte.

Der Geschmack von Galle und Erbrochenem kehrte zurück und belegte meine Zunge.

Angewidert verzog ich das Gesicht, kämpfte allerdings noch immer mit den vielen Fragen, die sich in diesem Moment in meinen schmerzenden Kopf drängten. Zum Beispiel, wie es möglich war, dass ich Kennedy zuvor nie auf diesem Campus gesehen hatte und jetzt, da ich ihm letztes Wochenende auf dieser Hausparty begegnet war, traf ich erneut auf ihn? War das nur Zufall? Vermutlich. Er hatte ganz sicher nicht geplant, dass ich ihn mit diesem Mädchen beim verfluchten Oralverkehr erwischte. Andererseits, wie hoch war die Wahrscheinlichkeit, dass so etwas passierte?

Ich glaubte nicht an Zufälle. Schon lange nicht mehr. Aber das hier ...?

»War das da drin ernsthaft Kennedy Connall?«, fragte Clare im nächsten Augenblick und durchbrach damit meine Gedanken.

Verwundert sah ich sie an und runzelte die Stirn. »Du kennst ihn?«

Meine Freundin schüttelte den Kopf. »Nicht direkt. Ich weiß nur, wer er ist«, sagte sie, noch immer sichtlich fassungslos darüber, was sie da gerade gesehen hatte. »Jeder hier weiß im Grunde, wer Kennedy Connall ist.«

»Jeder, außer mir, wie es scheint«, platzte es aufgebracht aus mir heraus. Wie war das möglich, dass ich vorher nie von ihm gehört hatte, wenn doch sogar Clare offensichtlich wusste, wer er war? War ich vor dem letzten Wochenende wirklich so blind durchs Leben gerannt, dass ich kaum noch etwas um mich herum wahrnahm? Oder *wollte* ich nur nichts sehen und wahrnehmen?

Meine Freundin zuckte entschuldigend mit den Schultern. »Ich weiß es auch nur von Val«, rechtfertigte sie lasch. »Von ihm hat sie schließlich die Pillen, die wir vor der Party am Wochenende genommen ...«

»Die waren von *ihm*?«, unterbrach ich sie ungehalten und spürte, wie mein Puls erneut in die Höhe schnellte und meine Wut zurückkehrte.

Clare nickte, wirkte aber etwas verwirrt. »Ich dachte, das wusstest du?«

Nein, verflucht, das hatte ich nicht gewusst! Woher auch, wenn ich vor dieser bescheuerten Party noch nie etwas von Kennedy Connall gesehen oder gehört hatte? »Ich dachte die ganze Zeit, Val hatte die Pillen von einem der Studenten hier, der sie loswerden wollte. Ich hatte keine Ahnung, dass sie die bei einem echten Dealer gekauft hatte.«

Clare schwieg, weil sie nicht wusste, was sie dazu sagen sollte. Es spielte auch eigentlich keine Rolle mehr. Was am Wochenende geschehen war, war geschehen. Die Party und ebenso die beschissenen Pillen waren Vergangenheit – genauso wie Kennedy Connall, dem ich heute hoffentlich zum letzten Mal begegnet war.

Plötzlich durchzuckte eine stechende Frage meine Gedanken und ließ mich abermals erschrocken nach Luft schnappen. »Dieser Typ ist doch nicht etwa Student dieser Uni, oder?« Denn das würde bedeuten, dass ...

»Das kann ich mir, ehrlich gesagt, kaum vorstellen«, erwiderte meine Freundin nachdenklich, zuckte dann aber erneut mit den Schultern. »Ich habe ihn auf diesem Campus bisher nur ein- oder zweimal gesehen.« Sie überlegte kurz und räusperte sich dann mit amüsiertem Grinsen. »Okay, dreimal, mit dem Vorfall von eben«, korrigierte sie sich selbst, bevor sie prustend auflachte.

Mir aber war alles andere als zum Lachen zumute. Nicht nur, dass ich dringend meinen Mund ausspülen musste, bevor ich mich womöglich ein weiteres Mal übergeben würde, jetzt hatte ich auch noch ein ungutes Gefühl, weil mir die Antwort von Clare kein bisschen weiterhalf. Und beruhigen konnte sie mich ebenfalls nicht.

Was, wenn sie unrecht hatte? Was, wenn Kennedy Connall doch Student auf der Fairmont State University war, genau wie sie und ich? Was, wenn ich ihm dadurch noch häufiger auf dem Campus begegnen würde? Und was, wenn er dann jedem ausplauderte, dass ich ihm für ein paar lächerliche Pillen beinahe den Schwanz gelutscht hätte, genau wie dieses Mädchen auf der Unitoilette eben? Wenn Dad oder einer seiner Bluthunde das jemals erfahren würden, wäre ich endgültig erledigt.

Wieder spürte ich Übelkeit in mir aufsteigen. Doch diesmal lag es ganz sicher nicht an den Drogen vom Wochenende. Es lag einzig und allein an der Angst, die gerade unter meiner Haut brannte, als würde sie mich unsanft daran erinnern wollen, was geschehen würde, sollte Kennedy Connall eines Tages seinen Mund aufmachen und mich ans Messer liefern. Schließlich wusste er genau, wer ich war. Er kannte nicht nur meinen Namen, er wusste offenbar auch einiges über meinen Vater und seine Geschäftspartner.

Mit einem Mal wurde mir klar, wie unsagbar dumm und unvorsichtig ich gewesen war. Dank meiner Verzweiflung hatte Kennedy Connall jetzt die Macht über mich. Er allein hielt die Karten in den Händen und bestimmte darüber, ob und wann ich wegen dieses Fehltritts untergehen würde. Ich hatte ihm die Kontrolle über mein gesamtes Leben gegeben – aus freien Stücken und ohne auch nur einmal an die Konsequenzen zu denken.

Und wieder war da diese Ironie, die mich immer mehr und immer lauter auslachte. Denn nur um für ein paar Stunden das Gefühl haben zu können, die vollständige Kontrolle über mich und mein Leben zu besitzen, besaß jetzt stattdessen ausgerechnet der Mann die vollständige Kontrolle darüber, von dem die Drogen waren, von denen ich in dieser folgenschweren Nacht nicht die Finger lassen konnte.

Tränen schossen mir ungehindert in die Augen und am liebsten hätte ich auf der Stelle losgeheult, ganz egal, ob Clare das mitbekam und sich wunderte. Stattdessen aber drängte sich ein ganz anderer Laut aus meinem Mund: ein bittereres, voller Verzweiflung triefendes Lachen, das ich nicht unterdrücken konnte.

Es war so lächerlich und gleichzeitig passte es zu mir. Und zu meiner Situation.

»Was ist so lustig?«, fragte Clare leicht verwirrt, obwohl *sie* schließlich eben noch diejenige war, die darüber gelacht hatte, dass wir Connall und diese Studentin auf der Unitoilette gesehen hatten.

»Mir ist gerade nur wieder einmal klargeworden, wie scheiße mein Leben ist«, gestand ich ehrlich, ohne etwas darüber zu erzählen, was zwischen Kennedy und mir auf der Party vorgefallen war. Bisher wusste niemand davon, weder Valerie noch Clare. Und ich würde alles dafür tun, dass es dabei blieb.

6

Eine seltene Zufriedenheit legte sich über mich, als ich mich mit dicken, warmen Socken an den Füßen und ein paar von Clares selbstgebackenen Keksen ans Fenster meines Zimmers in unserer Mädchen-WG setzte und die verschneiten Straßen draußen in der Dämmerung betrachtete. Ich liebte Schnee. Es war eins der sehr wenigen Dinge, die mich jederzeit in einen Zustand der inneren Ruhe bringen konnten. Frieden breitete sich aus meinem Herzen heraus in meinem gesamten Körper aus und ließ mich entspannt zurücklehnen und die tanzenden Schneeflocken vor meinem Fenster beobachten.

Hätte es vor einer Woche schon geschneit, wäre es vielleicht nie dazu gekommen, dass ich diese Pillen auf der Party geschluckt hätte. Schnee war meine ganz persönliche Droge, meine Zuflucht. Schnee bedeutete für mich Glückseligkeit. Mag sein, dass es an der verzauberten Winterlandschaft lag, die mir das Gefühl gab, von meiner eigenen Realität entfliehen zu können. Mag sein, dass es die Ruhe und der Frieden waren, die eine verschneite Landschaft tief in mir auslösten. Sicher war, dass ich auch in diesem Augenblick so zufrieden war, wie ewig nicht mehr.

Ein leises Klopfen an meiner Tür ließ mich aus den Gedanken schrecken. »Eve?«, hörte ich Valerie vorsichtig fragen. »Darf ich reinkommen?«

Ich seufzte. »Nur zu«, erwiderte ich, auch wenn ich tatsächlich noch etwas angesäuert und wütend auf sie war, weil sie mir die Sache mit Kennedy Connall verschwiegen und mich im Glauben gelassen hatte, dass sie die Pillen von irgendeinem Typen vom Campus hatte, statt von einem echten Dealer, der noch dazu ein ziemlich großes Arschloch war.

»Bist du noch sauer auf mich?« Val steckte den Kopf durch den Spalt meiner Tür und sah mich mit entschuldigendem, scheuen Blick an, der mich unweigerlich grinsen ließ.

»Kommt ganz drauf an«, sagte ich und deutete auf die kleine Dose in ihren Händen. »Sind da noch mehr von Clares selbstgebackenen Cookies drin?«

Valerie grinste nickend.

»Dann könnte es sein, dass ich dir vergebe«, erwiderte ich, als sie mein Zimmer betrat und sich zu mir ans Fenster setzte.

Leise kichernd öffnete sie die Keksdose und hielt sie mir entgegen. »Du weißt aber schon, dass das quasi Bestechung war?«

Ich zuckte mit den Schultern und griff mir einen Cookie, in den ich anschließend genüsslich hineinbiss. »Ich hab nichts gegen Bestechung, das solltest du doch wissen. Schließlich bin ich die Tochter meines Vaters«, kommentierte ich spitz.

Val schenkte mir einen mitfühlenden, aber verständnisvollen Blick. Immerhin war sie eine der wenigen Menschen, die nachvollziehen konnten, wie mein Leben in Wirklichkeit aussah. Dadurch, dass ihr Dad im Verwaltungsrat und damit ebenfalls auf einer der höchsten Positionen unserer Region saß, wusste sie, wie das Leben einer Politikertochter war, und hatte deswegen meistens auch Nachsehen mit meinen Launen – so wie ich mit ihren.

»Tut mir wirklich leid, dass ich dir das mit Connall verschwiegen habe«, entschuldigte Valerie sich bereits zum dritten Mal bei mir. »Ich hatte keine Ahnung, dass du ihn kennst.«

»Tu ich nicht«, schoss es aus mir heraus, nachdem ich mir einen weiteren Keks aus der Dose genommen hatte. »Bis vor Kurzem hatte ich keinen Schimmer, wer der Typ ist. Und ehrlich gesagt, wäre es mir lieber, ich hätte es nie erfahren.« *Ich wünschte, ich hätte ihn nie kennengelernt.*

Val musterte mich nachdenklich, während sie ihren Cookie kaute. »Wieso hast du mir nicht erzählt, dass du ihn auf der Party getroffen hast?«, fragte sie dann neugierig, nachdem sie heruntergeschluckt hatte.

»Weil ich schließlich keine Ahnung hatte, dass *du* ihn kennst und erst recht nicht, dass du die beschissenen Drogen von *ihm* hattest.« Ich sah sie seufzend an. »Warum hast du mir verschwiegen, dass du die Pillen von einem Dealer gekauft hast, Val? Ich dachte, wir waren uns einig, dass wir, was *das* angeht, keine Geheimnisse voreinander haben werden, um auf keinen Fall zu riskieren, dass wir durch dieses Zeug abstürzen.«

Mein vorwurfsvoller Blick traf sie offenbar, denn sie wich ihm automatisch aus und starrte stattdessen hinunter zur weißbedeckten Straße nach draußen. Sie wusste, dass Clare, sie und ich sogar schon vor Wochen, kurz nach Beginn unseres ersten Semesters, einen Pakt geschlossen hatten. Wir wollten so viel vom Collegeleben mitnehmen, wie es nur ging. Wir wollten auf Partys gehen, Alkohol trinken, auch wenn wir noch lange keine einundzwanzig waren, und wir wollten natürlich auch ein paar Drogen ausprobieren – harmlose Drogen, wenn möglich.

Ein bisschen Gras schadete vermutlich niemandem, immerhin war das Zeug in manchen Staaten mittlerweile sogar legal und galt vor allem als Medizin. Und genauso gab es schließlich auch Pillen, die so manche Wirkung hatten, die wir uns nicht entgehen lassen und es wenigstens einmal selbst am eigenen Leib erleben wollten.

Dass wir dieses Zeug aber von einem echten und dann auch noch offenbar stadtbekannten Dealer kauften, davon war niemals die Rede – ganz im Gegenteil. Wir hatten uns darauf geeinigt, ein so großes Risiko auf keinen Fall, wirklich niemals, einzugehen. Nicht nur, weil es uns möglicherweise in Gefahr gebracht hätte, sondern vor allem auch deswegen, weil irgendjemand Wind davon bekommen und vor allem Val und mich an die Presse und damit auch an unsere Väter ausliefern würde.

Sie und ich, wir durften uns auf dem College keine Fehltritte erlauben. Keine, bei denen wir zumindest erwischt werden konnten. Meine Freundin wusste das genauso gut wie ich und hatte es dennoch getan. Sie war dieses Risiko eingegangen und hatte die blöden Pillen bei Kennedy Connall gekauft.

Möglicherweise wusste dieser Mistkerl *deswegen*, wer ich war. Vielleicht informierte er sich über seine Kundschaft, um sich selbst abzusichern, und hatte Val vorher gründlich durchgecheckt und war dabei auch auf mich und meinen Namen gestoßen. Ich traute es ihm jedenfalls zu, nach allem, wie ich ihn bisher erlebt hatte. Kennedy Connall war ein berechnendes, kontrolliertes Arschloch, das niemals etwas dem Zufall überlassen würde. Zumindest schätzte ich ihn so ein.

»Es war nicht so geplant gewesen, okay?«, platzte es irgendwann aus Valerie heraus, als sie die Dose mit den Keksen zwischen uns auf dem Fenstersims abstellte. »Eigentlich sollte mir Dallas die Pillen besorgen. Doch dann war er bis zu seiner eigenen Party plötzlich abgetaucht und wie vom Erdboden verschluckt, also hatte ich keine andere Wahl, als diesen dämlichen Connall zu finden, von dem mir Dallas erzählt hatte«, sprudelte es nur so aus ihr heraus, während ich konzentriert zu folgen versuchte. »Ich wollte dich und Clare nicht enttäuschen«, sagte Val schließlich und seufzte schwer. »Ihr habt euch doch schon so sehr darauf gefreut, es einmal auszuprobieren. Und diese Party bei Dallas war einfach die perfekte Gelegenheit.«

Ich erkannte die aufsteigenden Tränen in ihren Augen, weil sie sich ehrlich schuldig fühlte, diese Entscheidung, ohne dass Clare und ich etwas davon gewusst hatten, für uns alle getroffen zu haben, also zog ich sie in meine Arme und drückte sie an mich. »Ist schon okay, vermutlich hätte ich denselben Fehler begangen, nur um dich und Clare nicht zu enttäuschen«, gab ich aufmunternd lächelnd zu. Dass ich wegen der verfluchten Pillen im Grunde einen weitaus schwerwiegenderen Fehler begangen hatte, das verschwieg ich trotzdem.

Val sah mich mit scheuem Blick an. »Ich wusste übrigens nicht, dass Dallas dir ausgerechnet Connalls Namen auf der Party genannt hatte«, sagte sie dann leise. »Ich hatte eigentlich gehofft, er würde dir jemand anderes nennen, der vielleicht etwas Gras dabei hatte oder so. Aber ich hätte nie gedacht, dass Connall auf dieser Party sein würde, sonst hätte ich dich natürlich vor ihm gewarnt.«

Mir war klar, dass das alles ein riesen großes Missverständnis zwischen uns gewesen war auf der Party. Val hatte nicht vermutet, wie dringend ich ein paar dieser Pillen haben wollte. Und sie hatte wegen der zu lauten Musik auch nicht gehört, über was genau ich mit Dallas gesprochen hatte. Sie hatte also keine Ahnung, dass ich dank meiner Verzweiflung ins offene Messer laufen würde.

Wie hätte sie das auch wissen können, wenn Val nicht mal den Hauch eines Schimmers hatte, wie *sehr* und *wovor* ich in dieser Nacht mit Hilfe der Wirkung der Pillen eigentlich hatte fliehen wollen? Ich hatte ja selbst nicht erwartet, was diese Drogen in mir auslösen würden – und vor allem wie gut und schnell sie mich hatten vergessen lassen.

Glühend heiße Tränen liefen mir bitter und schmerzvoll über das Gesicht, während ich aus dem Restaurant in Clarksburg, Harrison County – meiner Heimat, floh und mich ins nächstbeste Taxi stürzte, das am Straßenrand zu finden war. »Fairmont State College«, brachte ich gerade noch so, schluchzend und mit gebrochener Stimme, hervor, ehe der Taxifahrer den Wagen startete und losfuhr.

Mit sorgenvollem Blick sah er immer wieder durch den Rückspiegel auf die Rückbank, wo ich zusammengekauert und mit fest um meinen Körper geschlungenen Armen saß und immer wieder hinaus zum Fenster starrte. Der Weg von Clarksburg nach Fairmont war vielleicht nicht gerade sehr weit, doch mit einem Taxi dauerte es dennoch eine gute Stunde, bis man ankam. Außerdem war es noch dazu unverhältnismäßig teuer im Gegensatz zu einer Zugfahrt oder dem Bus. Doch das war mir in diesem Moment egal.

Dad hatte mir gerade genug Geld zugeschoben, um mir das Taxi zurück zum Campus allemal leisten zu können. Und in meinem jetzigen Zustand und vor allem in den Klamotten, die ich trug, wollte ich auf keinen Fall in irgendwelche öffentlichen Verkehrsmittel steigen müssen. Schon gar nicht an einem späten Samstagabend.

Mit durch Tränen verschwommener Sicht griff ich nach meinem Smartphone, das ich ebenso wie das Geld meines Vaters in einer kleinen Handtasche verstaut hatte, und versuchte anschließend, eine Nachricht an Valerie und Clare zu tippen, um ihnen mitzuteilen, dass ich auf dem Weg zurück war. Vermutlich waren sie zu diesem

Zeitpunkt immer noch bei dem Spiel der Falcons, dem Football-Collegeteam der Fairmont, das heute Abend an unserer Uni stattfand. Gefühlt jeder der Studenten war gerade dort. Jeder außer mir.

Statt mich nämlich, wie andere Menschen in meinem Alter, bei einem College-Footballspiel zu amüsieren, hatte ich Verpflichtungen. Verpflichtungen, die eigentlich nicht meine waren und die ich trotzdem, dank Dads Posten als County Council, einhalten musste, um nicht nur den Familienfrieden zu wahren, sondern vor allem auch dafür zu sorgen, dass mein Vater seine Macht weiter ausüben konnte – über seine Rivalen, Partner und ebenso auch über Mom und mich.

Ich hasste es, das tun zu müssen. Ich hasste die Restaurantbesuche mit seinen Geschäftspartnern, bei denen ich nur als Dekoration herhalten sollte. Ich hasste es, diese Klamotten, die Dad jedes Mal selbst vorher sorgfältig für mich aussuchte, tragen zu müssen. Ich hasste es, auszusehen wie eine Puppe, die man anziehen, frisieren und zurechtmachen konnte, wie man wollte. Ich hasste alles daran.

Ich sah aus, wie eine verfluchte Lolita. Ein viel zu junges Mädchen mit viel zu nuttigen und aufreizenden Sachen am Körper, die zu wenig davon bedeckten, als es die menschliche Würde eigentlich zulassen sollte. Meinen Dad kümmerte das nicht. Seitdem ich volljährig war schon gar nicht. Und Mom ... die wollte von all dem offenbar nichts wissen. Oder sie sah bewusst weg.

Ich wusste nicht, welcher Verrat sich für mich schlimmer anfühlte.

»Ist alles in Ordnung bei dir?«, drang die Stimme des Taxifahrers, nachdem wir Clarksburg verlassen hatten, gedämpft zu mir durch.

Ich blickte von der Rückbank in den Spiegel, um ihn ansehen zu können, und schüttelte den Kopf. Gar nichts war in Ordnung! Wieso sollte ich also lügen, wenn er ohnehin meine Tränen sah, die mittlerweile unangenehm steif und kalt auf meinen Wangen trockneten.

»Willst du es dir vielleicht von der Seele reden, Kleine? Ich meine, wir haben noch gut vierzig Minuten Fahrt vor uns und es gibt, ehrlich gesagt, sowieso nichts mehr, was ich in den zwanzig Jahren als Taxifahrer nicht bereits gehört hätte. Du kannst dich mir also ruhig anvertrauen, wenn du das möchtest. Es bleibt unter uns, versprochen.« Der Fahrer blickte mich durch den Spiegel hindurch abwartend und mit aufmunterndem Lächeln an, das ich jedoch nicht schaffte, zu erwidern.

Er schien nett und offensichtlich machte er sich mehr Sorgen und Gedanken um mich, als meine eigenen Eltern. Wie bitter war das eigentlich? Trotzdem war ich weder in der Lage, mit jemandem über all das zu sprechen, was mich tief von innen seit Jahren auffraß, noch konnte ich dem Taxifahrer vertrauen, so sehr ich es auch wollte.

»Danke, aber ich möchte im Moment nicht reden«, erwiderte ich deswegen so höflich wie möglich. »Ich möchte einfach nur, so schnell es geht zurück zum Campus, wo meine Freundinnen auf mich warten«, fügte ich leise hinzu, damit er wenigstens wusste, dass ich dort nicht allein sein würde. Vielleicht besänftigte es ihn ein wenig und er machte sich anschließend keine allzu großen Sorgen um mich, sobald ich sein Taxi verlassen hatte.

Eigentlich unfassbar, dass ich mir gerade über *so etwas* Gedanken machte, statt darüber nachzudenken, was ich diesmal tun konnte, um nicht mehr ich selbst sein und vor allem meinen Körper nicht mehr spüren zu müssen – wenigstens für den Rest des Wochenendes.

7

Mit schnellen Schritten beeilte ich mich, um zum Footballfeld der Fairmont State zu gelangen, bevor das Spiel vorbei war und hunderte Studenten an mir vorbeiströmen und mich daran hindern würden, meine Freundinnen in der Menge finden zu können. Die Tränen auf meinem Gesicht waren zwar längst getrocknet, doch die Wunden und Narben tief auf meiner Seele waren noch immer weit aufgerissen und verlangten danach, wieder verschlossen zu werden.

Ich ignorierte den Drang, zu einem der Waschräume zu laufen, nur um nachzusehen, ob mein Make-up durch die Tränen verlaufen war, und ebenso ignorierte ich den sehnlichen Wunsch, mich auf der Stelle umzuziehen, nur um diese demütigenden Klamotten loszuwerden, die mich daran erinnerten, wer ich in Wirklichkeit war. Oder *wozu* ich einzig und allein offenbar da war. Ich sollte jetzt nicht nach Hause gehen, schon gar nicht allein. Ich durfte nicht! Deswegen fiel die Option, mir schnellstmöglich etwas anderes anzuziehen, weg und ich musste mich zusammenreißen, dieses Gefühl auszuhalten, vollkommen gleich, wie schwer es mir fiel.

Ich hatte gerade den Campus überquert und näherte mich dem Footballfeld und seinen Tribünen, von denen aus ich bereits die kreischenden, feiernden Studenten und ebenso laute Musik hörte, da fiel mein Blick auf zwei Schatten unterhalb einer der Tribünen weiter hinten.

Erschrocken und mit rasendem Herzen blieb ich unweigerlich stehen, als ich erkannte, wie ein schmächtiges Mädchen vor einem großen, dunkel gekleideten Typen stand und ihm Geld zuschob. Erst als sie sich nach allen Seiten verunsichert umsah und mir dadurch den Blick auf den Kerl vor sich freigab, erkannte ich, dass es Kennedy Connall war, von dem sie gerade eine winzige Tüte mit ein paar weißen Pillen zugesteckt bekam.

Mit schnellen Fingern ließ sie alles in ihrer Jackentasche verschwinden, nickte ihm kurz zu und verschwand dann über die Metalltreppe hoch zu den Tribünen, während Kennedy zurückblieb und zwischen den Tribünenreihen hindurch zum Footballfeld sah. Vermutlich wartete er auf weitere Kundschaft, die ihn an einem Abend wie diesen sicher nicht enttäuschen würde.

Kurz dachte auch ich darüber nach, noch einmal nach ein paar Pillen bei ihm zu fragen, verdrängte den Gedanken jedoch wieder so weit und tief wie nur möglich. Ganz egal, wie sehr mir diese Pillen heute Abend vermutlich helfen würden, das verfluchte Essen mit Dad und seinen Geschäftspartnern zu vergessen, ich würde ganz sicher nicht erneut vor Kennedy Connall zu Kreuze kriechen. Nicht dafür – nein, für rein gar nichts.

Hart biss ich mir auf die Unterlippe, um den Schmerz aus mir herauszuholen und mich davon abzuhalten, doch noch eine Dummheit zu begehen, die ich ziemlich schnell bereuen würde. Mein Verstand appellierte, flehte mich an, auf ihn statt auf mein Herz zu hören, das sich gerade anfühlte, als würde es ausbluten. Mein Stolz, meine Würde, verlangte, standhaft zu bleiben und mich nicht auch noch an mich selbst zu verraten, wenn es schon meine Eltern taten.

Doch als sich Kennedys Kopf in meine Richtung drehte, als hätte er gespürt, dass ich ihn aus ein paar Metern entfernt anstarrte, und unsere Blicke sich unweigerlich trafen, war es zu spät. Mein Körper hatte sich längst entschieden – genau wie damals auf der Party, als ich mich vor Kennedy hingekniet hatte, ohne auf die vielen lauten Warnungen in meinem Kopf zu hören.

Langsam und mit nervösem Stolpern meines Herzens, das sich nicht entscheiden konnte, ob es sich gerade freuen oder fürchten sollte, vor dem, was sogleich folgte, ging ich auf Kennedy zu und umklammerte meinen Oberkörper mit meinen Armen. Nicht nur um mich vor seinen Blicken zu schützen, sondern besonders auch vor der Kälte hier draußen.

Es war beinahe Ende November und ich war hier draußen ohne Jacke oder Mantel, nur in einem viel zu kurzen und beinahe durchsichtigen Kleid unterwegs. Als hätte ich kein Problem damit, zu erfrieren und mir dadurch den Tod zu holen.

Hatte ich im Grunde, und wenn ich ehrlich war, auch nicht …

Kennedys selbst in der Dunkelheit leuchtend grünen Augen scannten meinen Körper. Mehrfach glitt sein Blick wie flüssiger Lava, brennend und heiß, an mir hinab, bevor er wieder in meinem Gesicht ankam und dort für den Bruchteil einer Sekunde an meinen Lippen haften blieb und mich anschließend warnend durchbohrte. Zorn flackerte in seinem Blick auf, von dem ich nach wie vor nicht verstand, woher er kam. Was hatte ich ihm getan, dass er mich derart hasste? Ich wollte es so dringend herausfinden und gleichzeitig wollte ich in diesem Moment fliehen. Vor ihm – und ganz besonders davor, was seine Gegenwart und seine Blicke in mir auslösten.

Mit einem Mal war mir warm. Obwohl mein Körper vor Novemberkälte hätte zittern müssen, zitterte er stattdessen aus einem vollkommen anderen Grund. Und ich wusste leider genau, dass es mit nichts anderem als mit Kennedys Nähe zu tun hatte. Dieser Typ strahlte nicht nur eine unsagbare Hitze aus, seine gesamte Erscheinung mit all dem Zorn und der Unbesiegbarkeit in seinen

Augen erzeugten etwas in mir, das sie niemals hätten erzeugen dürfen. Nicht nach allem, was ich erleben und erfahren musste. Erst recht nicht *deswegen*!

Und trotzdem konnte ich in diesem Moment nicht leugnen, dass Kennedy Connall diese intensive Anziehung auf mich und meinen Körper ausübte. Eine Anziehung, aus der ich mich weder winden noch zu entkommen schaffte.

Wieder biss ich mir hart auf die Unterlippe, um meine vielen unterschiedlichen Gefühle, die gerade in mir aufstiegen, unter Kontrolle zu behalten und mich nur auf *das* Gefühl zu konzentrieren, das mich überhaupt in diese Situation gebracht hatte: der Schmerz des Verrats. Der Verrat, der auf meiner Zunge metallisch und eindeutig nach Eisen schmeckte.

Befriedigt leckte ich mir das Blut von den Lippen, was Kennedys Blick unweigerlich auffing, während ich direkt vor ihm stehenblieb und meinen Mut zusammenzukratzen versuchte. Meine Finger verkrampfen beim Griff um meinen Körper, als ich meine Arme enger um ihn zog und den Kloß, der sich in meiner Kehle festgesetzt hatte, herunterschluckte.

»Ich brauche ein paar dieser Pillen, die meine Freundin das letzte Mal bei dir gekauft hat«, brachte ich so selbstbewusst wie möglich heraus, als ich ihn mit leicht gerecktem Kinn und festem, entschlossenen Blick ansah und zum Universum betete, er würde mich nicht noch einmal abweisen. Ich wüsste nicht, wie ich diesmal damit umgehen würde.

Kennedys Blick fixierte mich, spieß mich regelrecht auf, allein schon, weil ich es gewagt hatte, ihn noch einmal anzusprechen. »Du hast doch nicht mal die leiseste Ahnung, was das überhaupt für Pillen sind«, raunte er mit seiner gewohnt dunklen Stimme, bevor er sich mir noch ein wenig näherte, um sich zu seiner vollen Größe dicht vor mir aufzubauen, sodass ich wieder einmal den Kopf etwas in den Nacken legen musste, um ihn weiter ansehen zu können.

Ich wusste, dass so etwas nur dazu diente, mir klar zu machen und zu zeigen, dass *er* derjenige war, der die Macht über das Geschehen, über die ganze Situation und wenn er wollte, auch über mich besaß. Er war derjenige von uns beiden, der die Kontrolle hatte. Und er würde sie niemals freiwillig an mich abgeben. Nicht in hundert Jahren.

Hart schluckend hielt ich seinem Blick stand und hoffte, ich würde diesmal nicht so verzweifelt wirken. Nicht so *erbärmlich*, wie er mich das letzte Mal erlebt hatte. »Ich weiß, dass sie dafür gesorgt haben, dass ich mich für ein paar Stunden gut fühlte. Frei«, sagte ich daher mit überzeugter, fester Stimme. »Mehr muss ich darüber nicht wissen.«

Kennedy betrachtete mich intensiv, schwieg aber beharrlich. Vermutlich nur, um mich damit zu provozieren und mich noch einmal zum Betteln zu bringen.

Ungeduldig seufzte ich auf und sah ihn erwartungsvoll an. »Komm schon«, bat ich inständig, jedoch ohne weinerlich zu klingen und vor allem ohne zu flehen. »Ich brauche sie heute wirklich dringend«, gestand ich leise und betete, er könnte in meinen Augen erkennen, *wie* verflucht dringend ich sie brauchte.

Ich hoffte, er erkannte vielleicht, wie *verloren* ich war.

Kennedys Kiefer spannte sich kurz an, bevor sein Kopf in Richtung des Campus deutete. »Komm mit«, wies er mich knapp an, ohne mir eine richtige Antwort zu geben oder mich aufzuklären, was zum Teufel er jetzt mit mir vorhatte. Und vor allem, wohin ich mit ihm gehen sollte.

Er lief gerade los und ging offenbar davon aus, ich würde ihm automatisch folgen, wie sein verdammtes Schoßhündchen. Doch ich blieb wie angewurzelt weiter unter den Tribünen stehen, auf denen die Studenten der Fairmont State das Footballteam feierten, das gerade dabei war, gegen die andere Mannschaft zu gewinnen.

»Ich werde auf keinen Fall noch einmal auf die Knie vor dir gehen«, rief ich Kennedy nach, noch völlig perplex von seinem Abgang und der Bitte, ihm zu folgen – *dem Befehl.*

Abrupt blieb er stehen und drehte sich mit finsterem Blick zu mir um. Mit nur wenigen schnellen Schritten war er wieder bei mir und griff mit wutverzerrtem Gesicht mit seiner Hand nach meinem Kiefer. »Da wäre ich mir an deiner Stelle nicht so sicher, Kleines«, knurrte er mir entschlossen entgegen, während sein Griff fester wurde. So fest, dass es schmerzte.

Ich kniff die Augen zusammen, doch im nächsten Moment ließ er mich auch schon wieder los und entfernte sich langsam von mir. »Und jetzt hör auf, zu nerven, und kommt mit«, verlangte er wiederholt und ließ mich stehen, während er loslief. Er wusste genau, ich würde mitkommen. Wohin auch immer er mich entführen wollte. Ich hatte schließlich keine andere Wahl, wenn ich heute Abend doch noch an die verfluchten Pillen kommen wollte.

»Arschloch«, zischte ich leise vor mich hin, als sich meine Beine zögerlich, aber unvermeidlich in Bewegung setzten, um ihm zu folgen. »Ich werde auch ganz sicher nicht meine Beine für dich breit machen«, rief ich schnaubend, während ich mich beeilte, ihn einzuholen.

Als ich direkt neben ihm war und ihm ins Gesicht blickte, erkannte ich gerade noch ein winziges Zucken seiner Mundwinkel, das in der nächsten Sekunde auch schon verschwunden war, und blieb deswegen beinahe verdattert stehen. Diesmal war ich mir sicher, dass ich es mir nicht nur eingebildet hatte. Kennedy Connalls Mundwinkel hatten eindeutig für einen kurzen Moment vor Belustigung gezuckt. Und das bedeutete, er war nicht *nur* der berechnende, heiße Roboter, den ich bisher in ihm gesehen hatte. Er war nicht nur das Monster, das er mir gegenüber gerne herausließ, nur um mir zu zeigen, dass ich mich besser nicht mit ihm anlegte.

»Willst du darauf wetten?« Kennedys dunkle Stimme floss wie Elektrizität durch meine Venen, als er sich zu mir drehte und mich mit seinem typisch stechenden Blick ansah. Der Blick, der so intensiv und schneidend war, wie der eines Scharfschützen. »Du solltest besser aufhören, mich auf dumme Gedanken zu bringen, Evanna«, warnte er mich, so schrecklich ruhig und gelassen, dass es fast bedrohlich klang.

Und auch wenn ich mich vermutlich in diesem Augenblick auf etwas anderes hätte konzentrieren müssen, ganz besonders darauf, was dieser Kerl eigentlich mit mir vorhatte, so konnte ich gerade nur daran denken, wie unerwartet streng, kompromisslos und gleichzeitig ehrfürchtig mein Name aus seinem Mund geklungen hatte. Damit hatte ich wirklich nicht gerechnet. Weder damit, dass er mich überhaupt noch einmal mit meinem Namen ansprechen würde, noch damit, was es in mir auslösen würde, dass er mich Evanna statt Eve genannt hatte, so wie es jeder andere tat.

Mit wild klopfendem Herzen, das jetzt hörbar laut und schmerzvoll gegen meinen Brustkorb hämmerte, betrachtete ich Kennedy Connalls Profil, während ich weiter neben ihm herlief, ohne zu ahnen, wohin wir überhaupt gingen. Sein Gesicht war genauso scharf und kantig wie sein Blick. Es passte einfach perfekt zu seiner Persönlichkeit, die so autoritär und unnahbar schien, dass ich mich unweigerlich fragte, was geschehen sein musste, dass er so wurde.

Kennedy konnte nicht viel älter sein als ich. Vielleicht ein paar Jahre – maximal. Wie war es also möglich, dass er mit diesem Aussehen und offenbar auch seinem scharfen Verstand nicht nur ein bekannter Drogendealer war, sondern ein nur auf den eigenen Vorteil bedachtes Arschloch? Was hatte ihn bloß so werden lassen? Oder war das alles womöglich nur Fassade und er war in Wirklichkeit ganz anders, zeigte es nur niemandem? Typen wie er machten so etwas schließlich ständig. Die meisten von ihnen wollten dadurch allerdings nur geheimnisvoll wirken, um mit dieser Badboy-Tour so viele Mädchen wie möglich abschleppen zu können.

Kennedy Connall war allerdings ein vollkommen anderes Kaliber. Er war nicht einfach nur ein Möchtegern-Badboy. Schon gar nicht, um irgendwelche Frauen abzuschleppen. Ich war mir sicher, das hatte er schon lange nicht mehr nötig. Sie standen vermutlich auch so permanent bei ihm Schlange, sodass er sie sich wie am Buffet herauspicken konnte – je nachdem, worauf er gerade Hunger hatte. Er verspeiste sie nur zum Spaß. Wie ein Raubtier, das mit seiner Beute ausgiebig spielte, bevor es sie in Stücke riss und nichts als Knochen von ihnen übrig ließ.

In exakt diesem Augenblick wurde mir bewusst, dass auch ich genau so enden würde, wenn ich jetzt nicht die Reißleine zog und mich von ihm fernhielt. Und das am besten auf der Stelle. Doch statt die laut dröhnende, sirenenartige Warnung in meinem Kopf ernst zu nehmen und das zu tun, was mein Verstand mir befahl, blickte ich nur weiter in Kennedys perfektes Gesicht und wusste tief im Inneren, dass ich den Kampf gegen mich selbst längst verloren hatte.

8

Ich konnte mich nicht von ihm fernhalten. Nicht, weil Kennedy Connall trotz – oder vielleicht auch gerade wegen seiner herrischen Art – eine unerklärliche Anziehung auf mich ausübte, sondern aus dem einfachen Grund, weil er etwas hatte, das ich brauchte. Die Pillen, die er verkaufte und die mich für eine Zeit lang vergessen ließen, was ich in den letzten Jahren durchleben musste, waren die einzige und meine letzte Möglichkeit, aus dieser Welt zu entfliehen, ohne mir wieder etwas anzutun oder mich vor den nächsten Zug zu stürzen.

Ich wollte nicht sterben. Noch nicht. Und trotzdem war ich nicht naiv genug, zu glauben, ich wäre dadurch *nicht* suizid gefährdet. Denn das war ich sehr wohl. Ganz besonders an Tagen wie diesen.

Vielleicht waren Drogen also die bessere Alternative, völlig egal, was sie letztendlich anrichteten, oder ob sie mich tatsächlich abhängig werden ließen. Mit Sucht konnte ich umgehen. Mit den Gedanken, mir etwas anzutun, um endlich und ein für alle Mal von dieser Welt zu verschwinden, allerdings nicht. Nicht solange noch etwas Trotz in mir glomm – der Trotz, mein Leben *nicht* wegen dieser widerwärtigen Kreaturen zu beenden, die mich behandelten, als wäre ich ihr Eigentum.

Noch war mein Stolz nicht restlos erloschen.

Nicht, wenn ich ihn nicht noch einmal Kennedy Connall freiwillig vor die Füße warf.

»Rein da«, verlangte dieser im nächsten Moment, als wir gerade ausgerechnet am Gebäude des Jura-Fachbereichs vorbeiliefen.

Erinnerungen an das letzte Mal, als ich hier gewesen war, drängten sich in meinen Kopf und ich zögerte einen Augenblick, bevor ich Kennedy schließlich doch ins Gebäude folgte. Meine böse Vorahnung bestätigte sich, als er direkt vor der Mädchentoilette stehenblieb und mich auffordernd ansah.

»Ich sagte doch, ich werde nicht …«

Er verdrehte die Augen. »Scheiße nochmal, hat dir schon mal jemand gesagt, dass du verflucht anstrengend bist?«, unterbrach er mich keuchend und griff nach meinem Arm, um mich durch die mit der anderen Hand geöffnete Tür zur Unitoilette zu schubsen. »Los jetzt.«

Grob zerrte er mich direkt vor die Spiegelwand, direkt an die Waschbecken und stieß mich unsanft mit dem Rücken gegen die Keramik.

»Woher weiß ich, dass du mir überhaupt die richtigen Pillen verkaufst?«, fragte ich gereizt, als ich mich aus seinem festen Griff befreite und ihn wütend und voller

Trotz ansah. Wieso musste dieser Typ auch immer so eiskalt sein und dann auch noch gewalttätig werden? Was zum Teufel hatte ich ihm getan? Ging er mit all seinen Kunden so um? Ganz sicher nicht! Warum also mit mir? Weswegen verabscheute er mich dermaßen?

Kennedys Augenbrauen zogen sich zusammen, als er mich mit seinem typischen Skalpellblick aufschnitt. »Wer sagt, dass ich sie dir verkaufe?«

War das sein verfluchter Ernst? Genervt schnaubte ich auf. »Was tun wir *dann* hier, wenn du gar nicht vorhattest, sie mir zu geben?«, zischte ich ihm entgegen und gab es endgültig auf, mich in seiner Gegenwart zusammenreißen zu wollen. Es war unmöglich, in seiner Nähe ruhig zu bleiben. ... Und das leider auf weitaus mehr Ebenen, als mir lieb war.

Kennedy Connall war nicht nur unverhältnismäßig attraktiv, seine ganze Ausstrahlung war dermaßen einschüchternd, dass mein Körper ganz automatisch in Deckung gehen wollte, als er sich mir noch einen letzten Schritt näherte und sich jetzt zu seiner vollen Größe direkt vor mir aufbaute.

Unweigerlich zuckte ich leicht zusammen, als ich nur im Augenwinkel erkannte, wie sein Arm sich erneut hob. Ich wollte weiter zurückweichen, doch es war mir nicht möglich mit dem Waschbecken in meinem Kreuz und Kennedys fixierendem Blick, mit dem er mich nicht nur festhielt, sondern mich auch noch prüfend und abschätzend betrachtete.

»Hast du Angst, ich würde dich ohne deine Erlaubnis anfassen?«, fragte er im nächsten Moment und ich hätte auch diesmal schwören können, einen leicht belustigten Unterton in seiner Stimme zu hören.

Kennedy war mir so nah, dass mich sein markanter Duft, von dem ich noch immer nicht genau wusste, woran er mich erinnerte, regelrecht einhüllte. Ich war kaum noch in der Lage, klar zu denken, geschweige denn, zu antworten. Doch der Trotz in mir gab weiterhin nicht auf.

»Nein«, entgegnete ich ihm mit so fester Stimme, wie es mir in diesem Moment möglich war. Ich wollte ihm keinesfalls den Gefallen tun und mich in meine Angst fallen lassen – nicht in *diese* Art Angst. Denn die hatte ich nicht vor ihm. Und das machte ihn ironischerweise zu einer seltenen Ausnahme in meinem Leben ...

Kennedys Gesicht schwebte dicht vor meinem, so nah, dass ich mich nur hätte ein paar wenige Zentimeter vorlehnen müssen, um ihn zu küssen.

»Solltest du vielleicht aber«, warnte er mich im nächsten Moment dunkel, seine Stimme wirkte dabei nichts als hart und erbarmungslos.

Irritiert über seinen Einwand, vor allem aber auch über meine eigenen Gedanken zuvor, blinzelte ich ein paar Mal durcheinander und versuchte, mich wieder ein wenig zu fangen. Es fühlte sich an, als hätte er mir mit seinen Worten gerade eine peitschende Ohrfeige verpasst.

Hatte ich gerade wirklich darüber nachgedacht, diesen Kerl zu küssen? Ich konnte es nicht fassen. Doch das, was ich noch viel weniger glauben konnte, war ...

Hatte er mir ernsthaft damit gedroht, mich gegen meinen Willen anzufassen?

Augenblicklich, als diese Erkenntnis zu mir durchdrang, verfiel mein Körper unaufhaltsam in den altbekannten Panikmodus, der mich lähmte und meine Organe beinahe zum Erliegen brachte. Ich spürte, wie mein Puls zu galoppieren begann, mein Herz, das schmerzhaft gegen meinen Brustkorb hämmerte und meine Kehle sich leidvoll zusammenzog, als würde sie sichergehen wollen, dass ich lieber erstickte, als noch ein Mal diese Qualen durchstehen zu müssen, an die sich mein Körper bis an mein Lebensende noch erinnern würde.

Mühevoll rief ich mich zur Besinnung und atmete leise durch, um mich zu beruhigen und meinen Puls und mein Herz zu entschleunigen, bevor es außer Takt geriet und mich auf der Stelle killte. Ich war noch nicht bereit, abzutreten. Schon gar nicht so und in Anwesenheit von Kennedy Connall, der mich währenddessen aufmerksam und mit seinem typischen Skalpellblick musterte, als würde er mich obduzieren.

Vermutlich war das auch der Grund, weshalb sich jetzt mein Verstand endlich einschaltete und mir einen winzigen, wenn auch sehr entscheidenden Hinweis gab, um meinen Panikmodus zu durchbrechen und wieder klar denken zu können.

Rational betrachtet – und das sogar im wörtlichen Sinn – war ich mir sicher, Kennedy Connall würde mir niemals etwas antun. Nicht auf diese Art und Weise, wie es mein Körper fürchtete. Er würde mich nicht sexuell bedrängen oder nötigen, wenn ich ihn abweisen würde. Und genauso würde er mich auch nicht gegen meinen Willen an Stellen meines Körpers anfassen, die nur mir selbst gehörten. Mir – und niemandem sonst.

Hart schluckte ich den Kloß in meiner Kehle hinunter und befeuchtete meine Lippen, als ich meinen Blick erneut hob und ihm in seine stechend grünen Augen sah, die finster funkelten. »*Dafür* bist du nicht der Typ«, antwortete ich schließlich mit leicht zittriger Stimme und gleichzeitiger Überzeugung, dass es ihn offenbar für einen kurzen Moment verwirrte.

»Woher willst du das wissen?«, fragte er deswegen ungläubig und schob wie so oft wütend die Augenbrauen zusammen. »Du weißt rein gar nichts von mir. Wie kannst du dir da also so sicher sein?« Seine Stimme nahm denselben scharfen Ton an, den auch sein Blick gerade hatte. Doch ich ließ mich davon nicht beirren.

Kennedy Connall wollte mir nur Angst einjagen. Er wollte mich ganz sicher nicht anfassen. Schon gar nicht gegen meinen Willen.

Tapfer straffte ich daher meine Schultern, um vor ihm nicht mehr wie ein schreckliches Häufchen Elend auszusehen, und reckte mein Kinn ein wenig, um meinen folgenden Worten eine höhere Bedeutung zu verleihen. Er sollte sehen, hören und spüren, dass ich überzeugt von dem war, was ich sagte. Er sollte wissen, dass ich mir absolut sicher war. Ganz egal, wie sehr er versuchte, mich zu verunsichern.

»Ich weiß vielleicht nicht viel über dich«, begann ich mit so fester Stimme, wie es mir in diesem Moment möglich war. »Aber ich weiß, dass es dich *nicht* antörnt, wenn eine Frau voller Verzweiflung vor dir kniet«, sagte ich und deutete zu meiner eigenen Schande den Vorfall auf der Party an, den ich am liebsten vollständig aus meinem Gedächtnis löschen würde. Doch so unangenehm mir die Situation damals wie auch heute noch war, so sehr zeigte sie mir eben auch, wie Kennedy Connall als Mann tickte. Und *dafür* war ich in diesem Augenblick mehr als dankbar.

Kurz, so bildete ich mir mal wieder ein, blitzte in seinen Augen so etwas wie Verwunderung und Unsicherheit auf. Doch wenn sie überhaupt real gewesen und nicht nur meiner blühenden Fantasie entsprungen war, verschwand sie in der nächsten Sekunde auch schon hinter einem zweifelnden und spöttischen Gesichtsausdruck, der mir sagte, dass er mich nicht ernst nahm.

»Und das gibt dir automatisch die Sicherheit, dass ich kein verfluchter Vergewaltiger bin und mir von dir ganz einfach das nehme, was ich will?«, scherzte er, ohne zu ahnen, was seine Worte tief in mir drin ausrichteten. Für ihn war das alles nur ein Witz, ein kleiner Spaß, um mir Angst einzujagen, und mich so vermutlich in Zukunft von ihm fernzuhalten. Doch für mich ...

»Männer, die Frauen ohne ihre Erlaubnis anfassen, tun es nur, um sich ihnen gegenüber überlegen und mächtig zu fühlen«, entgegnete ich gepresst und schluckte meinen Verdruss darüber hinunter, dass er sich gerade ernsthaft über mich und dieses Thema lustig machte.

Ich wollte ihm nicht zeigen, wie sehr mich das alles traf, also reckte ich mein Kinn noch ein wenig höher und schärfte meinen Blick, als ich ihm trotzig und selbstüberzeugt in die Augen sah. »Im Gegensatz zu *dir* geilen sie sich an der Verzweiflung ihrer Opfer auf, statt sie verachtend anzusehen und *erbärmlich* zu nennen«, sagte ich spitz, bevor er überhaupt die Chance hatte, darauf etwas zu erwidern.

Stumm und anscheinend nachdenklich starrte Kennedy mich an, betrachtete mein Gesicht, als wäre er sich nicht sicher, ob er es mögen oder hassen sollte. Offenbar wusste er nicht mehr so recht, was er von mir halten sollte. Wie auch? Mal war ich so verzweifelt und schwach, sodass ich sogar vor ihm auf die Knie ging, nur um an ein paar Pillen zu kommen. Dann aber war ich störrisch und, wie er sagte, anstrengend. Und jetzt war ich auch noch ein verdammter Klugscheißer – besserwisserisch und trotzdem nichts als ehrlich.

Wir wussten schließlich beide, dass ich mit meiner Einschätzung richtig lag und dass meine Beobachtung von Kennedy ebenso korrekt sein musste, sonst hätte er längst etwas dazu gesagt. Doch er schwieg weiterhin, betrachtete mich nur mit seinem scharfen Scannerblick, als versuchte er, mich richtig einzuordnen und einzuschätzen.

Ich hatte keine Ahnung, ob es ihm gelang. Wenn es so war, ließ er sich zumindest nichts davon anmerken. Und das verunsicherte und enttäuschte mich. Warum, verstand ich allerdings selbst nicht so genau.

»Weswegen sind wir hier, Kennedy?«, fragte ich irgendwann, als mir sowohl sein eisernes Schweigen, als auch sein bohrender Blick zu viel wurde und meine Geduld sich unweigerlich dem Ende neigte. Ich fühlte mich in die Enge gedrängt und wusste nicht einmal, wieso er überhaupt mit mir hier reingegangen war.

»Damit du dir endlich das Gesicht waschen kannst«, knurrte er zornig und griff erneut nach meinem Arm, um mich mit dem Gesicht voran zum Waschbecken und der darüber an der Wand befestigten Spiegel zu drehen.

Erschrocken schnappte ich nach Luft, als ich meinem Spiegelbild entgegen starrte. Ich sah aus, wie ein Gespenst und hatte noch dazu überall tiefe, schwarze Schlieren der von meinen Tränen verlaufenen Mascara. Quer verliefen sie über meine Wangen, Nase und teilweise sogar über meine Lippen, dessen grellroter Lippenstift nach allen Seiten total verschmiert war. Ich sah aus, wie ein Clown – ein Geisterclown genau genommen. Nichts in meinem Gesicht oder in meiner Mimik erinnerte mich noch an mich selbst.

Im Grunde war ich des Jokers verzweifelte kleine Schwester, die aussah, als wäre sie geradewegs aus einer Klapsmühle entwischt und wüsste nicht, ob sie sich oder besser jemand anderem das Leben nehmen wollte.

»Sieh dich an, Evanna«, forderte Kennedy heiser, als ich seine warmen Lippen an meinem Ohr spürte. Die Art, wie er wieder einmal meinen Namen aussprach, ließ meinen Körper erzittern und Hitze in mir aufsteigen. »Sieh genau hin, in welchem Zustand du mich um Drogen bittest«, raunte er dunkel und blickte mich über den Spiegel mit glühend brennenden Augen an. Kennedy stand so dicht hinter mir, dass ich beinahe seine Brustmuskeln an meinem Rücken zucken spürte. »Wunderst du dich noch immer, wieso ich sie dir nicht geben werde?«

Mein Körper war dabei durchzudrehen. Mir war heiß und gleichzeitig fror ich unter seinem schneidenden Blick. Meine Knie wurden weich und wollten meine Beine nicht mehr tragen, sodass ich mich fest an das Waschbecken klammern musste, um nicht einzuknicken und ihm die Genugtuung zu geben, doch noch einmal vor ihm auf die Knie zu gehen. Auch wenn es diesmal unfreiwillig geschehen würde.

»Weil du dich über mich lustig machen willst?«, riet ich, nicht ohne hörbare Kränkung in der Stimme, weil es mich unerwartet hart traf, dass er mich jetzt wieder mit diesem verachtenden Blick ansah und mir abermals das Gefühl gab, erbärmlich zu sein. »Willst du mich quälen? Mir dabei zusehen, wie ich leide? Ist es das, was du willst?«

»Offenbar hast du nicht richtig hingesehen«, knurrte er unzufrieden und schnaubend, bevor er in meine Haare griff und an ihnen zog, sodass ich gezwungen war, den Kopf zu heben und, statt die schmutzigen Flecken im Waschbecken, mein Spiegelbild anzustarren. »Probier es noch einmal, Evanna.«

Zappelnd versuchte ich vergebens, mich aus seinem Griff zu befreien, ließ es nach einigen Sekunden jedoch bleiben. Er war ohnehin viel stärker als ich. »Was zum

Teufel willst du von mir, Kennedy? Hast du mich ernsthaft nur deswegen hierher geschleift, damit ich mir mein verdammtes Gesicht wasche und nicht mehr aussehe, wie …«

»… eine billige Nutte in viel zu teuren Klamotten, die von ihrem Freier geschlagen wurde?«, beendete er meinen Satz mit triefend zynischer Stimme und einem noch viel boshafteren Blick, der mich wegen seiner eisigen Kälte erstarren ließ. »Wen genau wolltest du damit eigentlich um den Finger wickeln heute Abend? Du siehst aus, wie eine Puppe, die jemand falsch angezogen und anschließend benutzt und auf jede nur erdenkliche Weise beschmutzt hat.«

Seine Worte peitschten mir regelrecht um die Ohren und erzeugten in meinem Inneren einen Vulkan, der kurz davor stand, hochzugehen und ihn mit seiner kochenden Lava zu verschlucken. Ein Vulkan, der nicht aus Wut oder Zorn angetrieben wurde, sondern aus reiner und tiefer Bitterkeit. Bitterkeit, die in meinem Mund schmeckte wie Galle. Einzig und allein aus dem Grund, weil er recht hatte. Kennedy hatte mit seiner Beschreibung von mir exakt ins Schwarze getroffen und hatte absolut keine Ahnung davon.

»Verkaufst du mir jetzt die Pillen oder nicht?«, quetsche ich daher mühsam zusammenreißend heraus, ohne ihm zu zeigen, wie sehr mich seine Worte, vor allem die

Wahrheit, die darin steckte, trafen. Ich würde ganz sicher nicht vor ihm anfangen zu heulen. Niemals!

»Du willst es nicht begreifen, oder, Evanna?«, presste er zwischen angespanntem Kiefer und zusammengebissenen Zähnen wütend hervor und beugte sich ein wenig zu mir herunter, um seine Lippen wieder an mein Ohr zu legen. »Ich werde dir niemals das geben, was du von mir willst. Weder das eine, noch das andere. Kapier das endlich und lass mich in Zukunft in Ruhe. Sprich mich nicht mehr an und hör auf, zu betteln. Du machst dich damit nur lächerlich«, raunte er beleidigend und aus reinster Absicht so verachtend, wie er nur konnte.

Und ehe ich überhaupt darüber nachdenken konnte, was er gerade gesagt hatte und wie er es meinte, entriss ich mich seinem Griff, drehte mich zu ihm um und schleuderte meine flache Hand quer über seine linke Wange.

Die Ohrfeige war so brutal und laut, dass selbst ich schmerzvoll die Augen zusammenkniff, nachdem ich begriff, was ich da soeben getan hatte. Doch Kennedy verzog wie immer keine Miene. Sein Gesichtsausdruck war noch immer derselbe wie zuvor, seine Augen zornig und voller Wut. Trotzdem wusste ich in diesem Moment, dass ich es bitter bereuen würde, ihn geschlagen zu haben.

»Lauf«, donnerte in der nächsten Sekunde auch schon seine tiefe, dunkle Stimme durch den ganzen Raum und ließ mich erschaudern. »Lauf weit weg vor mir, Evanna. Am besten so weit und schnell du kannst, bevor ich noch etwas tue, was wir beide später bereuen werden.«

9

Es war Donnerstag Abend, als ich zusammen mit Val und Clare auf dem Weg zu einer geheimen Party war, die irgendwo mitten auf dem Campus stattfinden sollte. Valerie hatte von Dallas davon gehört, der anscheinend ein paar Semester über uns an der Fairmont State studierte und sie gefragt hatte, ob wir auch kommen wollten.

Seit wann sie und Dallas so oft zusammen abhingen und was das zu bedeuten hatte, würde ich sie heute Nacht noch intensiv ausfragen, so viel stand jedenfalls fest. Auf mich hatte dieser Typ damals nicht gerade den besten Eindruck gemacht. Nein, eigentlich war er ein ziemlicher Idiot gewesen und es wunderte mich ehrlich, dass Val überhaupt noch Kontakt zu ihm hatte.

Trotzdem war ich mehr als dankbar für seinen Tipp heute mit der Party, denn anders wusste ich nicht, wie ich sonst hätte meine kreisenden Gedanken abstellen sollen, die mich bereits seit Anfang der Woche plagten und meinen Magen immer wieder rotieren ließen, sobald ich auch nur daran dachte, am Wochenende wieder nach Hause nach Clarksburg zu meiner Familie zu fahren, um mit ihnen Thanksgiving zu feiern.

Für mich gab es im Jahr, bis auf die Weihnachtsfeiertage, nichts Schlimmeres als Thanksgiving. Ich hasste es, seitdem ich klein war. Vermutlich weil ich da bereits geahnt hatte, was mich später einmal an diesen Wochenenden der ach so heuchlerischen Dankbarkeit erwartete.

»Bist du sicher, dass wir hier richtig sind?«, fragte Clare an Val gewandt, als wir irgendwann vor einem eher heruntergekommen Gebäude im hinteren Teil des Campus stehenblieben und verwundert zum Eingang sahen, der nicht gerade danach aussah, als würde sich dahinter eine geheime Uniparty abspielen – eine, wie Dallas sagte, der exklusivsten und deswegen geheimen Unipartys, zu der nicht jeder Zutritt erhielt.

Für Valerie war das allerdings ein Kinderspiel, sich auf die Gästelisten jeder noch so exklusiven oder geheimen Party zu schleichen. Schließlich war sie die Tochter des Verwaltungsvorstands des Countys und gab es, anders als ich, gern und offen an.

»Dallas meinte, dass sie genau hier stattfinden würde, also wird sie hier irgendwo auch sein«, entgegnete Val überzeugt und ließ mich erneut an ihrem Verstand zweifeln, weil sie Dallas mittlerweile offenbar so sehr vertraute. Wie oft hatten sie sich in den letzten Tagen und Wochen getroffen? Und wieso wusste ich nichts davon? Hatte meine beste Freundin mir absichtlich nichts von ihr und ihm erzählt, weil sie wusste, wie ich darüber denken würde?

Vermutlich. Und um ehrlich zu sein, ich konnte es ihr nicht verübeln, wenn es wirklich so wäre. Ich war manchmal wirklich ein richtiges Arschloch, wenn es darum ging, einem Mann eine Chance zu geben, sich und seinen wahren Charakter zu beweisen. Aber auch das war schließlich kein Wunder, wenn man verstand und wusste, was mir widerfahren war – und immer noch widerfährt.

Ich hatte nun mal kein Vertrauen in Männer und witterte bei jedem, der mir oder meinen Freundinnen zu nahe kam, irgendetwas Schlechtes, etwas Negatives und Abstoßendes. Dabei gab ich mir wirklich Mühe, es nicht zu tun. Immerhin war ich mir bewusst, dass es nur an mir lag – nicht an den Männern selbst. Zumindest nicht an den meisten von ihnen.

Ob Dallas aber ebenso zu dieser Ausnahme gehörte, wusste ich bisher nicht so recht einzuschätzen. Und ich konnte für Valerie nur hoffen, er würde sie nicht enttäuschen.

»Lasst uns einfach reingehen und schauen, was uns erwartet«, schlug ich vor, um nicht noch einmal an Dallas' Absichten Val gegenüber zu zweifeln. Vielleicht hatte der arme Typ sich ja tatsächlich in meine Freundin verschossen nach der Nacht auf seiner Party damals? Ich würde es ihr ehrlich wünschen.

Grinsend nickten Clare und Val mir zu, bevor sie sich links und rechts bei meinen Armen einhakten und wir zu dritt das alte Campusgebäude betraten, das von außen völlig marode und baufällig wirkte. Bereits nachdem wir durch die massive Metalltür und in eine Art Foyer eingetreten waren, strömte leise, gedämpfte Musik zu uns durch, die allerdings von weiter weg zu kommen schien.

Verwundert und mit gerunzelter Stirn blickten wir uns nach allen Seiten um. Offenbar war das hier einmal so etwas wie eine Sportarena, denn von dem Foyer aus, in dem wir gerade standen, gingen mehrere Gänge in verschiedene Richtungen zu etwas größeren Hallen. Vermutlich hatten hier früher einmal nicht nur die Basketballmannschaft der Fairmont State, sondern auch andere Mannschafts- und Einzelsportarten und Wettkämpfe stattgefunden.

Mittlerweile hatte das College dafür eine riesige neue Arena direkt im vorderen Bereich des Campus erbaut, in der sich auch eine ebenso neue Schwimmhalle für das sehr erfolgreiche Falcons Schwimmteam befand, das bereits seit Jahren Titel für die Universität holte.

»Ich fürchte, wir müssen in den Keller«, witzelte Clare, doch ich sah ihr die Verunsicherung darüber, dass diese ominöse, geheime Party ausgerechnet im Keller dieses Gebäudes stattfinden sollte, nur allzu deutlich an.

Auch in meinem Magen breitete sich augenblicklich Unbehagen aus, doch ich gab mein Bestes, es auszublenden und mich einfach darauf einzulassen, was mich heute Nacht noch erwartete. Nichts konnte schließlich so schlimm sein, wie das anstehende Wochenende zu Hause in Clarksburg. Und wenn Kennedy Connall, dieser verfluchte Mistkerl, mir weiterhin den Zugang zu seinen bunten Zauberpillen verwehrte, blieb mir momentan nichts anderes übrig, als mich anderweitig abzulenken. Koste es, was es wolle.

Zusammen gingen wir neugierig den langen Gang entlang, an dessen Ende eine Treppe hinunter ins Untergeschoss führte. Mit jedem Schritt, den wir weiterliefen, wurde die Musik, die von unten kam, lauter und der Bass dröhnender.

Der penetrante Geruch von Chlor stieg mir in die Nase und ich verzog unweigerlich das Gesicht. »Ist das da unten etwa die alte Schwimmhalle, die das Team der Falcons früher genutzt hat?«, fragte ich verwirrt.

Val zuckte mit den Schultern. »Scheint so«, sagte sie nur knapp, als wir unten angekommen waren und bereits hinter einem weiteren schmalen Gang das schimmernde Blau eines Schwimmbeckens hinter einer halbverglasten Tür entdeckten.

Ich runzelte erneut die Stirn und wunderte mich darüber, warum zur Hölle in dieser Bruchbude von Gebäude tatsächlich noch Wasser im alten Pool des Schwimmteams war. Doch lange Zeit darüber nachzudenken blieb mir nicht, denn meine beiden Freundinnen begannen bis über das ganze Gesicht zu grinsen und zogen mich auch schon weiter, direkt zur Tür, die uns in die frühere Schwimmhalle der Fairmont State führte.

»Wow«, stießen Val und Clare gleichzeitig voller Überraschung aus, als wir zu dritt nicht nur die wild tanzende Menge um den Pool herum bestaunten, sondern auch einige Studenten im Pool selbst, die offensichtlich gerade eine verdammt gute Zeit zu haben schienen, während sie es ungehemmt und freizügig miteinander ...

»Ist das hier eine verfluchte Sexparty, auf die dein Freund uns hier eingeladen hat?«, platzte es auch schon im nächsten Moment aus Clare heraus, während sie, genau wie ich, ungehindert zu den Menschen im Wasser starrte, die nicht nur pärchenweise miteinander vögelten, sondern teilweise auch zu dritt oder viert zu Gange waren.

Es war verstörend und gleichzeitig irgendwie faszinierend, sie dabei zu beobachten. Und doch war ich schrecklich durcheinander. Anscheinend genauso wie meine beiden Freundinnen. »Was zur Hölle ist das hier?«, fragte ich perplex und drehte mich langsam um meine eigene Achse, um mich umzusehen.

Rund um das Schwimmbecken tummelten sich Studenten, tanzten zur Musik eines DJs, der auf der anderen

Seite des Pools für gute Musik sorgte, und saßen auf den wenigen Bänken und Tribünen, die früher für Zuschauer der Schwimmwettkämpfe gedient hatten.

Wäre das wilde Treiben im Wasser nicht, würde ich glauben, das hier wäre eine ganz normale, wenn auch in der Tat sehr exklusive Party. Doch das war sie nicht. Hier schien rein gar nichts normal. Weder die Getränke, die es hier direkt aus seltsamen Metallkrügen gab, noch die Partygäste selbst, die allesamt zu irgendeiner Elite zu gehören schienen, von der ich bisher offensichtlich nichts wusste.

»Vielleicht solltest du mal Dallas suchen gehen und ihn zur Rede stellen«, kam es von Clare jetzt fordernd in Richtung Valerie. Sie fühlte sich hier sichtlich unwohl und ich konnte nur zu gut verstehen, wieso.

Clare war vollkommen anders als Val oder ich. Sie liebte es zwar, mit uns zusammen feiern zu gehen und sie war alles andere als prüde oder langweilig. Trotzdem würde ich behaupten, dass sie die Vernünftigere von uns dreien war. Diejenige, die nicht emotional handelte, wie ich es meist tat. Und auch nicht impulsiv, wie Val es häufig war. Clare war unser beider Ruhepol und in vielen Fällen auch unsere Stimme der Vernunft. Es war also nicht verwunderlich, dass sie so schnell es ging wieder von hier verschwinden wollte.

Valerie presste die Lippen fest aufeinander, als sie Clare und mich entschuldigend und leicht verunsichert ansah, nickte dann aber ergeben. »Lauft nicht weg, ich bin gleich wieder da«, sagte sie knapp und verschwand dann auch schon zwischen einigen Studenten, die unweit von uns rhythmisch im Takt der Musik berauscht tanzten.

Kurz durchzuckte mich der Gedanke, Kennedy hier womöglich antreffen zu können. Doch ich verdrängte ihn schnellstmöglich wieder, bevor er die Zeit fand, sich in mir festzusetzen und mich, wie eine Abhängige auf der Suche nach ihrer Droge, nach ihm Ausschau halten ließ.

»An sich ist es hier eigentlich echt schön«, sagte Clare nachdenklich, während sie ihren Blick noch einmal quer durch die gesamte Schwimmhalle gleiten ließ. »Wer auch immer das hier alles auf die Beine gestellt hat, er war wirklich gründlich und hat sich super Mühe gegeben.« Sie deutete zu der dunkelblauen Beleuchtung, die nicht nur das Wasser des Pools wunderschön funkeln ließ, sondern auch eine wirklich passende, angenehme Stimmung in diese eigentlich viel zu große Halle zauberte.

»Val meinte, es ist wohl eine Art Pre-Thanksgiving Party, die anscheinend jedes Jahr hier auf dem Campus stattfindet. Es muss also vermutlich jedes Jahr jemand anderes sein, der sie austrägt«, erwiderte ich schulterzuckend, während mein Blick immer wieder unkontrolliert zum Pool und zu den hemmungslosen Studenten flog, denen es offenbar absolut nichts ausmachte, von allen beim Sex beobachtet werden zu können.

»Eve!«, ermahnte Clare mich plötzlich voller Empörung. »Hör bloß auf, dort ständig hinzustarren. Genau das wollen sie doch nur!«

Ich drehte mich mit dem Rücken zum Schwimmbecken und sah meine Freundin mit gerunzelter Stirn an. »Wo liegt das Problem, hinzustarren, wenn ich doch weiß, dass sie alles adere als etwas dagegen haben?«, fragte ich irritiert und musste beim Anblick ihres verstörten Gesichtsausdrucks beinahe glucksend auflachen.

Clare lief unweigerlich rot an und wollte gerade etwas darauf erwidern, als ihr Blick schräg hinter mich fiel und sie verwundert blinzelte.

»Was ist?« Fragend hob ich eine Augenbraue und drehte mich um, nur um nachzusehen, was oder wen sie da gerade gesehen hatte. Doch im nächsten Moment schnappte Clare auch schon nach meiner Hand und zog mich einige Meter weiter Richtung Tribünen, auf denen die alkoholischen Getränke aufgebaut waren.

»Lass uns etwas trinken«, schlug meine Freundin hastig vor. Ein wenig *zu* hastig, wenn es nach mir ging. »Ein bisschen Alkohol schadet ja nicht, wenn wir schon mal hier sind. Oder?«

Misstrauisch sah ich sie an. Irgendetwas war hier im Busch. Ich wusste nur noch nicht genau, was es war. »Wir sind noch keine einundzwanzig, falls du das vergessen haben solltest«, erinnerte ich sie nur aus Spaß. Schließlich hatte uns das noch nie daran gehindert, Alkohol zu trinken. Völlig egal, ob es legal oder illegal war. Auf einer Party wie dieser scherte sich ohnehin niemand darum.

Clares Blick flog erneut hinter mich, statt auf meine dumme Bemerkung einzugehen und diesmal hatte sie keine Chance, mich von hier wegzuzerren, denn ich war schneller als sie und drehte mich blitzschnell um, nur um im nächsten Moment geradewegs Kennedy Connalls Blick zu begegnen.

»Shit«, fluchte ich leise vor mich hin, als mir bewusst wurde, dass Clare mich nur davor bewahren wollte, dass ich diesem Mistkerl noch einmal begegnete. Dabei hatte sie keine Ahnung, dass nach dem Vorfall auf der Unitoilette, wo sie und ich mitten in seinen Blowjob hineingeplatzt waren, Kennedy und ich ein weiteres Aufeinandertreffen hatten. Eines, das weitaus schlimmer und bedeutender war, als die zuvor.

Es hätte mir klar sein müssen, dass er heute Nacht hier sein würde. Und es hätte mich definitiv davon abhalten sollen, herzukommen. Erst recht nach allem, was er das letzte Mal zu mir gesagt hatte und ganz besonders nach seiner Drohung, ich sollte mich so weit es ging von ihm fernhalten, bevor ich es bereuen würde.

Doch die bittere Wahrheit war ... Ich hatte all das ganz genau gewusst und einkalkuliert, *bevor* Val, Clare und ich uns dazu entschlossen hatten, auf diese Party zu gehen. Ich hatte es gewusst und war *trotzdem* hergekommen.

... Und selbst das war gelogen. Denn wenn ich ehrlich war, musste ich mir selbst gegenüber eingestehen, dass ich nicht *trotz* dieses Wissens hergekommen war, sondern *deswegen*.

Seinetwegen.

10

Erbärmlich, hörte ich Kennedys Stimme in meinem Kopf dröhnen, während ich damit zurechtzukommen versuchte, dass er auch in dieser Hinsicht offenbar recht behielt. Ich wollte längst nicht mehr nur die Pillen von ihm, die mich für einige Stunden vergessen lassen würden – ganz besonders an kommendem Thanksgiving Wochenende, das vor der Tür stand.

»Ich werde dir niemals das geben, was du von mir willst. Weder das eine, noch das andere.« Die Ohrfeige, die ich ihm daraufhin verpasst hatte, kam einzig und allein aus dem Impuls heraus, dass ich zu diesem Zeitpunkt bereits ahnte, dass er recht hatte.

Ich wollte ihn. Ich wollte ihn, obwohl ich ihn nicht wollen *sollte*. Und das machte es mir nicht gerade leicht, mir diese Tatsache überhaupt einzugestehen, geschweige denn, dass ich sie verstehen oder nachvollziehen konnte.

Natürlich wirkte Kennedy Connall anziehend auf mich, weil er so unfassbar gut aussah. Ich war schließlich auch nur eine Frau, die, manipuliert durch ihre Hormone, auf attraktive Männer stand und sich zu ihnen hingezogen fühlte. Selbstverständlich tat ich das. Da war ich nicht anders als die meisten anderen Frauen und Mädchen in meinem Alter.

Doch es war eben auch der Charakter eines Mannes, der ihn attraktiv wie auch unattraktiv werden lassen konnte. Und was das anging, hätte Kennedy in meinen Augen längst zu Freddy Krüger werden und mich allein aus diesem Grund schon vollkommen kalt lassen müssen. Doch weder das eine noch das andere war der Fall. Trotz seines Verhaltens, seiner Beleidigungen und Demütigungen mir gegenüber fühlte ich mich noch immer zu ihm und seinem Körper hingezogen. Ich konnte nichts dagegen tun.

Seine Nähe erweckte etwas in mir, was ich bisher so noch nie gespürt hatte. Schon gar nicht bei einem Mann. Und das *obwohl* er so war, wie er zu mir war – grausam und unbarmherzig. Dabei waren es doch eigentlich genau diese Art Männer, die ich fürchtete und von denen ich mich stets so weit fernhielt, wie es nur ging.

Wieso war es also ausgerechnet bei Kennedy Connall anders? Warum fühlte ich mich von ihm und seinem Verhalten nicht abgestoßen, wie es bei jedem anderen gewesen wäre? In seiner Nähe und Gegenwart war ich wie ein verfluchtes dummes Häschen, das geradewegs in den tiefen, tödlichen Schlund einer Python lief – wohlwissend, dass ich dort nicht mehr an einem Stück wieder herauskommen würde. Wenn überhaupt.

Es schien eine Ewigkeit her, als ich mich das letzte Mal so richtig zu einem Jungen oder Mann hingezogen gefühlt hatte, von dem ich ausnahmsweise keine Gefahr witterte und ihn deswegen ohne Misstrauen und Angst an mich heranlassen und angefasst werden wollte. Es fiel mir in der Regel nicht leicht, die Nähe eines Mannes zu akzeptieren und sie zuzulassen, selbst wenn ich diese Art von Anziehung verspürte. Das eine bedeutete in meinem Fall also nie automatisch, dass ich es schaffte, mich tatsächlich fallen zu lassen und die Berührungen des anderen zu erlauben, geschweige denn sie genießen zu können.

Das alles machte es mir unheimlich schwer, so etwas wie ein Liebesleben zu haben, vor allem aber eine sexuell aufgeschlossene Frau zu sein – und es auch zu bleiben. Doch solange ich innerlich nicht vollständig leer und tot war, würde ich es keinesfalls zulassen, dass mir auch *das* noch von *ihnen* genommen wurde.

Meine Sexualität gehörte *mir* und ich würde sie niemals aufgeben. Schon gar nicht ihretwegen. So weit würden sie mich nicht brechen können. Nicht, bis ich ohnehin irgendwann bereit sein würde, mein Leben zu beenden. Solange das aber nicht der Fall war ...

Kennedys intensiver, flammender Blick, der mich von oben bis unten taxierte und mir gefühlt die Haut verbrannte, ließ mich erschaudern. Mir war klar, er würde nicht begeistert sein, mich hier zu sehen. Dass er mich aber derart hasserfüllt ansah, wie er es gerade tat, damit hatte ich nicht gerechnet.

Alles in meinem Körper machte sich bereit, zu fliehen. Allen voran mein Verstand. Doch etwas in mir war stärker und ließ es nicht zu, dass dieser verfluchte Mistkerl wieder einmal seinen Willen bekam. Dass ich erneut die Verliererin dieser unausgesprochnen Schlacht sein würde. Diesmal würde ich nicht einfach gehen, nur weil er es so wollte. Schon gar nicht, weil ich nicht allein hier war, sondern Clare und Valerie als Unterstützung dabei hatte.

Mein Blick fiel hilfesuchend zu meiner Freundin, die sichtlich irritiert über das intensive Starren von Kennedy schien. »Ignorier ihn«, bat ich sie inständig, ohne ihr zu erklären, wieso zur Hölle ausgerechnet der campusbekannte Drogendealer es auf mich abgesehen hatte.

Clare nickte stumm und schluckte hart, als auch Val endlich wieder bei uns aufkreuzte, mit einem betrübten Lächeln in ihrem Gesicht, das mir sagte, dass sie Dallas entweder nicht gefunden hatte oder er sie schlicht und ergreifend versetzt hatte.

»Tut mir leid, Mädels«, entschuldigte sie sich auch schon mit unzufriedener Miene. »Ich konnte ihn nicht finden. Und auf meine Nachrichten und Anrufe reagiert er auch nicht, also ...«

Clare schnappte fassungslos nach Luft und unterbrach Val damit unweigerlich, als sie zwischen uns beiden nach hinten zum Pool sah. Entsetzt riss sie die Augen weit auf und erstarrte quasi zur lebenden Salzsäule.

Fragend drehten wir uns beide neugierig zum Schwimmbecken und erkannten dort niemand Geringeres als Dallas, der gerade tief nach Luft schnappte und anschließend zwischen den Beinen einer dunkelhaarigen Studentin untertauchte.

Was zum–?

Ich blinzelte ein paar Mal entgeistert, bis ich begriff, was dieser Vollidiot da gerade vorhatte, und reagierte im nächsten Moment völlig geistesgegenwärtig, indem ich nach Vals Hand griff und sie an mich zog, damit sie dieses Trauerspiel nicht weiter mit ansehen musste, was Dallas da zu veranstalten versuchte.

Hatte er ernsthaft geglaubt, er könnte das Mädchen, ohne jeden Sauerstoff, unter Wasser mit seiner Zunge beglücken? Wie bescheuert war dieser Typ eigentlich?

»Scheiße, Val«, klagte Clare gequält und schloss unsere Freundin in ihre Arme, sodass wir sie jetzt zu zweit von dem Schauspiel hinter uns abschirmten. »Das tut mir so schrecklich leid.«

Wie es aussah, hatte sich mein Vorhaben soeben in Luft aufgelöst, Valerie nach Dallas auszufragen. Denn nach dieser Nummer, ging ich schwer davon aus, dass die

Sache, welche auch immer zwischen ihnen in der Vergangenheit gelaufen war, sich damit erledigt hatte.

»Dämlicher Spinner«, murmelte ich leise fluchend, als ich Vals kichern zwischen Clare und mir vernahm und mich irritiert von meiner Freundin löste.

»Was ist so lustig?«, fragte Clare und sah dabei vermutlich ebenso verständnislos aus wie ich.

Val sah uns beide amüsiert an. »Habt ihr etwa wirklich geglaubt, zwischen ihm und mir lief etwas Ernstes?« Sie begann zu grinsen, als wir beide mit den Schultern zuckten. »Dallas und ich hatten ein paar Mal was miteinander, ja«, klärte sie uns endlich auf und lachte leise. »Und wenn wir Lust darauf haben, dann schreiben wir miteinander und ...«

»Du meine Güte«, rutschte es mir fassungslos heraus. »Ihr führt so etwas wie eine Sex-Zweckbeziehung?«

Valerie verzog unglücklich das Gesicht. »Wenn du das *so* sagst, klingt es irgendwie weniger heiß, als es eigentlich ist. Aber ... Ja, so etwas in der Art läuft zwischen ihm und mir bereits die ganze Zeit. Jedenfalls nichts Ernstes, so, wie ihr offenbar dachtet.«

»Und wann wolltest du uns davon erzählen?«, brach es aus Clare verärgert heraus, während sie Val mit ihrem finsteren Blick in Grund und Boden starrte. Zumindest versuchte sie es. Doch um wirklich böse oder bedrohlich auszusehen, war sie schlicht und ergreifend zu niedlich.

»Ich wusste nicht, wie ich euch das hätte sagen sollen, ohne zu riskieren, dass ihr deswegen vollkommen ausflippt«, rechtfertigte sich Valerie, als mir plötzlich etwas bewusst wurde.

»Oh Gott, war er etwa auch schon mal bei uns in der WG?«, platzte es mit schockiert aufgerissenen Augen aus mir heraus. Allein bei dem Gedanken daran, dieser Kerl hätte jederzeit in mein Zimmer kommen können, zog sich alles in mir zusammen.

»Vielleicht ein- oder zweimal«, druckste unsere Freundin kleinlaut herum und ließ Clare und mich erschrocken nach Luft schnappen.

»Scheiße, Val! Ihr habt es doch nicht etwa auf unserem Küchentisch getrieben? Oder auf dem Sofa im Wohnzimmer? Oder ...«

»Nein!«, stieß Valerie fassungslos aus und unterbrach Clare dadurch. »So was würde ich niemals tun, das wisst ihr doch! Wir waren nur brav in meinem Zimmer, sonst nirgends.« Sie lächelte besänftigend, doch mir war noch immer nicht wohl dabei, zu wissen, dass Dallas schon bei uns gewesen war – und das offenbar nicht nur ein Mal. Irgendwie mochte ich diesen Typen einfach nicht. Ich wusste zwar nicht genau wieso, aber ich traute ihm nicht. Nicht mal ein bisschen. Deswegen war ich zwar erleichtert, dass Val und er nichts Erstes miteinander hatten, doch es beruhigte mich nicht im Geringsten, dass sie mit ihm ins Bett stieg.

Trotzdem würde ich ihr deswegen jetzt keine Moralpredigt halten. Nicht nur weil sie alt genug war, um selbst zu wissen und entscheiden zu können, für wen sie bereit war, die Beine breit zu machen, sondern auch weil ich ihr, was Dallas anging, trotz allem gerne vertrauen *wollte*. So schwer mir das auch fiel, sie war schließlich meine beste Freundin. Wenn ich *ihr* nicht trauen konnte, wem dann?

Clare schien in etwa dasselbe zu denken wie ich, denn sie sah Valerie mit einem nachdenklichen, skeptischen Blick an, bevor sie leise seufzte und die richtigen Worte zu finden versuchte, um unsere Freundin nicht vor den Kopf zu stoßen.

»Und es macht dir also nichts aus, dass er gerade dabei ist, diese arme Studentin da hinten ....«

Ich riss die Augen erneut auf und schüttelte heftig den Kopf, um Clare davon abzuhalten, es noch einmal auszusprechen oder Val daran zu erinnern, welches Treiben hinter unseren Rücken im Wasser des Pools gerade stattfand.

»Nein, es macht mir nichts aus«, beschwichtigte Val dennoch und lächelte tapfer. Ein wenig zu tapfer, um es ihr wirklich abzukaufen. »Dallas und ich haben uns von Anfang an darauf geeinigt, dass wir keine Besitzansprüche stellen, nur weil wir miteinander vögeln. Er darf also tun, was auch immer er tun will – mit wem er es tun will. Und dasselbe gilt auch für mich.«

Clare und ich wechselten einen Blick und wussten beide, dass Valerie sich selbst belog. So viel war sicher. Denn dafür kannten wir sie schon zu lange und zu gut, um erkennen zu können, dass es ihr sehr wohl etwas ausmachte, Dallas mit einer anderen zu sehen. Sie musste ihn tatsächlich mögen.

Und auch wenn ich das vermutlich nicht in hundert Jahren nachvollziehen können würde, tat es mir natürlich unheimlich leid, dass sie diese Gefühle, wie stark und tief sie zu diesem Zeitpunkt gerade auch sein mochten, für ihn verspürte. Jemand wie Dallas war garantiert nicht für eine feste und ernste Beziehung geeignet. Das wusste selbst Val und flüchtete sich vielleicht gerade deswegen in dieses fragwürdige Abenteuer mit diesem verfluchten Typen.

»Es ist alles in Ordnung mit mir. Wirklich«, beteuerte unsere Freundin ein letztes Mal. Wahrscheinlich nur, weil sie sich dazu genötigt fühlte, da Clare und ich sie noch immer ansahen, als würde sie jeden Moment in tausend Einzelteile zerspringen. »Es macht mir absolut nichts aus, dass er gerade eine andere im Pool fickt.«

Und exakt in diesem Augenblick hatte sie sich selbst verraten. Denn obwohl niemand von uns wirklich ein Problem mit Kraftausdrücken oder vulgärer Sprache hatte, so redeten wir normalerweise nicht derart untereinander. *Ficken*, zum Beispiel, war so ein Begriff, den selbst Valerie in den meisten Fällen nur abfällig nutzte. Es stand also außer Frage, dass sie durchaus ein Problem damit hatte, was Dallas hier gerade tat.

Trotzdem war Clare und mir bewusst, dass wir Val darauf keinesfalls noch einmal ansprechen sollten – nicht mehr heute zumindest. Sie brauchte Zeit, um sich das alles überhaupt erst einmal selbst einzugestehen, was Clare und ich längst wussten. Und diese würden wir ihr geben, egal, wie lange es dauerte, bis sie ehrlich zu sich selbst war – und damit auch zu uns.

»Gut, kommen wir dann zur eigentlichen Frage«, begann Clare auch schon im nächsten Moment bewusst vom Thema abzulenken und verschränkte grinsend die Arme vor der Brust, als sie uns auffordernd ansah. »Wieso um alles in der Welt sind wir überhaupt noch hier, wenn es doch ganz offensichtlich eine Sexparty ist?«

»Ist es nicht«, widersprach Valerie auf einmal und winkte ab. »Ich hab vorhin den DJ gefragt, ob er wüsste, was das hier alles soll, und er meinte, das wäre völlig normal und noch ziemlich harmlos im Vergleich zu den richtigen Sexpartys, die auf dem Campus stattfinden.«

Ich starrte sie ungläubig und mit geweiteten Augen an. »Es finden tatsächlich Sexpartys auf dem Campus statt? *Echte* Sexpartys?« Sie nickte grinsend und überspielte ihre

Kränkung darüber, was Dallas gerade hinter ihrem Rücken abzog. »Hast du dann vom DJ zufällig erfahren können, *wer* diese Party ausrichtet? Für mich ist es nämlich alles andere als normal, dass hier so frei und offen, vor allem vor allen anderen, miteinander herumgevögelt wird«, bemerkte ich spitz und verstand zu spät, dass ich sie damit nur ein weiteres Mal an Dallas und das andere Mädchen erinnerte.

Valerie blieb dennoch so cool, wie sie nur konnte, und zuckte gleichgültig mit den Schultern. »Irgendein stinkreicher Typ, der Matthew Sanders heißt, meinte er. Mehr weiß ich leider auch nicht.«

Matthew Sanders sagte mir rein gar nichts. Ich hatte keinen Schimmer, ob dieser Kerl auf der Fairmont State studierte und schon gar nicht, wer er war und wieso zum Teufel er so viel Geld ausgab, um diese Art Partys für andere zu schmeißen. Das ergab für mich überhaupt keinen Sinn, um ehrlich zu sein.

»Dann können wir ja jetzt endlich von hier verschwinden, oder?«, versuchte Clare noch einmal, uns zum Gehen zu bewegen.

Doch anscheinend hatte sie die Rechnung ohne unsere Freundin gemacht, die jetzt wie gebannt in die Ferne starrte und prüfend, skeptisch und gleichzeitig voller Neugier die Augenbraue hob. »Andere Frage«, sagte sie dann erwartungsvoll und kräuselte die Lippen. »*Wieso* starrt ausgerechnet Kennedy Connall die ganze Zeit zu uns rüber?«, fragte sie misstrauisch, bevor ihr Blick auf mich fiel. »Ich korrigiere: *Wieso* starrt er *dich* die ganze Zeit an, als würde er dir gerne den Hals umdrehen? Was zum Henker hast du getan, Eve?« Valerie durchbohrte mich mit ihrem Finger, während sie mich durchdringend und vorwurfsvoll anstarrte. So vorwurfsvoll, dass es mich augenblicklich wütend machte.

»Gar nichts hab ich getan«, zischte ich ihr entgegen und konnte es nicht fassen, dass sie direkt *mir* statt *ihm* etwas unterstellte. Wer von uns beiden war schließlich der zwielichtige Drogendealer? »Er kann mich einfach nur nicht leiden, das ist alles.« Ich schnaubte genervt und verkniff es mir, nach hinten zu sehen, wo Kennedy an der Wand gelehnt stand und mich anscheinend noch immer beobachtete. Wahrscheinlich wartete er nur darauf, dass ich einen Fehler machte und er mich dafür bluten lassen konnte.

Valerie schüttelte hetzerisch den Kopf und begann zu grinsen. »Wenn du seine Blicke sehen könntest, Eve, Baby ... Das sieht alles andere als danach aus, als könnte er dich *nicht* leiden, um ehrlich zu sein.«

Ihre spitze, provokative Bemerkung saß. Mehr als sie vermutlich sollte und weitaus schmerzlicher, als ich es jemals zugeben würde. Val hatte keine Ahnung, was sie da gerade von sich gegeben hatte. Sie wusste schließlich nichts von Kennedys und meinem letzten Zusammentreffen. Und vor allem konnte sie nicht ahnen, wie sehr und beinahe schon verzweifelt ich mir wünschte, tatsächlich einmal nicht hasserfüllt oder verachtend von ihm angesehen zu werden.

Deswegen kränkte mich ihre Aussage in diesem Moment so sehr, dass ich die aufsteigende Bitterkeit in mir nicht mehr aufhalten konnte. »Können wir dann jetzt endlich gehen oder willst du hierbleiben und weiterhin Dallas beim Vögeln zusehen?«, schoss es ungebremst und ungewollt aus mir heraus, nur weil ich es nicht schaffte, meine widersprüchlichen Gefühle Kennedy gegenüber, einfach herunterzuschlucken und meine Unsicherheit nicht ausgerechnet an meinen Freundinnen auszulassen.

»Tja«, erwiderte Val räuspernd und sichtlich enttäuscht von mir. »Ich weiß ja nicht, was ihr heute Nacht noch so vorhabt, aber ich werde noch eine Weile hierbleiben und mich amüsieren«, sagte sie, verletzt von meiner Frage und vor allem von meiner Taktlosigkeit.

Sie hatte allen Grund dazu. Denn im Gegensatz zu ihr hatte *ich* sehr wohl gewusst, was ich da sagte. Ich hatte gewusst, dass ich sie damit treffen würde. Und ich hatte es trotzdem getan, ich hatte meine beste Freundin nicht nur absichtlich vor den Kopf gestoßen, ich hatte sie verletzt. Und daran war nur dieser verdammte Kennedy Connall schuld.

//

Ich fühlte mich schrecklich, nachdem Valerie Clare und mich hatte stehenlassen und zwischen den anderen Partygästen in der Menge verschwunden war. Alles in mir verlangte danach, ihr nachzulaufen, sie zurückzuholen und es ihr zu erklären. Doch wie sollte ich das tun, wenn ich doch nicht einmal selbst verstand, wie es so weit kommen konnte, dass Kennedy Connall der Auslöser dafür war, dass ich mit meiner besten Freundin stritt. Dass ich sie absichtlich verletzen wollte, nur weil es mich störte, was sie über diesen verfluchten Typen gesagt hatte.

War ich wirklich schon so weit, dass ich seinetwegen vergaß, wer mir wichtig war? Schließlich gab es nicht sehr viele Menschen in meinem Leben, denen ich vertraute und die ich gerne um mich hatte. Nein, im Grunde waren es nur Clare und Valerie, wenn ich ehrlich war. Weder meine Mom und mein Dad schon gar nicht. Meine beiden Freundinnen waren meine eigentliche, meine echte Familie. Und die setzte ich aufs Spiel, nur weil ...

Weil *was* eigentlich? Was hatte mich an Vals Aussage so wütend gemacht? Was genau hatte mich so sehr gereizt und letztendlich gekränkt, dass ich derart außer Kontrolle geriet?

»Der Spruch mit Dallas war wirklich unnötig«, meldete sich auch schon die Stimme der Vernunft neben mir. Clare sah mich vorwurfsvoll an. Und diesmal hatte sie wirklich allen Grund dazu.

»Ich weiß«, seufzte ich leise und ergeben und ohrfeigte mich innerlich selbst dafür, dass ich nicht die Klappe halten konnte.

»Du solltest dich später bei ihr entschuldigen, wenn sie sich wieder eingekriegt hat«, sagte Clare im nächsten Moment, als hätte sie meine Antwort eben gar nicht richtig wahrgenommen.

»Ich weiß«, erwiderte ich erneut, diesmal mit leicht genervtem Unterton, weil ich keine Lust hatte, mich jetzt auch noch vor ihr rechtfertigen zu müssen. Ich wusste schließlich selbst sehr wohl und genau, dass ich totalen Mist gebaut hatte. Und natürlich war es mir klar, dass ich das alles wiedergutmachen musste, sobald Val sich wieder etwas beruhigt hatte. Daran musste Clare mich nun wirklich nicht erinnern.

»Wir können sie hier nicht allein lassen, das ist dir schon klar, oder?« Meine Freundin sah mich immer noch mit diesem vorwurfsvollen Blick an, der wie ein glühendes Brandmal auf meiner Haut bitzelte und mich ständig daran erinnerte, was für eine blöde Kuh ich doch eigentlich war. Und vor allem, was für eine unfassbar schlechte Freundin.

»Verflucht nochmal, ich weiß es, Clare«, fuhr ich sie deswegen verzweifelt an und hoffte, sie verstand, dass es mir mehr als unangenehm war, dass sie in meiner Wunde stocherte. Doch vermutlich tat sie es ganz absichtlich, nur um mir damit eine Lehre zu erteilen. Eine Lehre, die ich verdient hatte und bitter herunterschlucken musste. Ob ich nun wollte oder nicht. »Ich weiß, ich hab Scheiße gebaut und deswegen werde auch *ich* sie ausbaden und hierbleiben, um auf Val aufzupassen. Wenn du also gehen möchtest, kannst du das gerne machen. Ich halte die Stellung, Okay?«

Es war eine Art Friedensangebot, das ich Clare gerade anbot. Auch um ihr zu zeigen, dass ich verstand, was es bedeutete, dass Valerie einzig und allein aus Trotz doch noch hierbleiben wollte. Ich wusste, jemand würde auf sie aufpassen müssen, solange sie hier war und Dummheiten anstellen konnte. Und selbstverständlich würde *ich* diesen Job übernehmen, nicht Clare. Schließlich hatte sie mit diesem Streit zwischen Val und mir nichts zu tun und wollte bereits vor einer Weile schon von hier verschwinden. Hätten Valerie und ich auf sie gehört, wäre es vermutlich gar nicht erst so weit gekommen, wie es gekommen war, und wir würden jetzt zu dritt gemütlich und in Jogginghosen auf der Couch im Wohnzimmer sitzen und James Franco oder seinen kleinen Bruder Dave anschmachten.

Clare seufzte und schüttelte zu meiner Verwunderung aber den Kopf. »Solange dieser Typ dir brennend heiße Löcher in den Rücken starrt und dich mit seinen Adleraugen beobachtet, bleibe ich ebenfalls hier und passe auf *dich* auf«, sagte sie entschlossen und lächelte anschließend schulterzuckend. Als hätte sie keine andere Wahl, als meinetwegen hierzubleiben. Doch die hatte sie.

»Das ist wirklich nicht nötig, Clare«, protestierte ich erschöpft und sah mich in der Menge nach Val um, entdeckte sie allerdings wieder beim DJ. »Ich werde auch allein mit ihm fertig, wenn es sein muss.«

»Ich bleibe«, entschied meine Freundin, ohne weitere Widerrede von mir zu dulden. »Du passt auf Val auf und ich auf dich, Ende der Diskussion.«

Ich lächelte sie dankbar an. Clare war wirklich manchmal zu gut für diese Welt. »Und wer passt dann auf *dich* auf?«, fragte ich neckend.

Sie begann zu grinsen. »Offenbar hat es niemand zurzeit auf mich abgesehen, so leid es mir tut, dich enttäuschen zu müssen.« Suchend schaute sie sich nach allen Seiten um und sah mich dann bittend an. »Kommst du vielleicht mit, in den ehemaligen Umkleiden nach einer Toilette suchen? Ich müsste dringend mal meine Blase entleeren.«

Ich konnte nicht anders und lachte prustend los. »Wir sind hier nicht auf einer katholischen Mädchenschule, Clare. Sag einfach, dass du verdammt nochmal aufs Klo musst und nicht, dass du deine Blase entleeren musst. Herrgott, wer spricht denn heute noch so?«

Sie streckte mir augenverdrehend die Zunge raus und kicherte, als ich mich bei ihr unterhakte und wir zu zweit zurück in den Gang gingen, der direkt an die alte Schwimmhalle grenzte und aus dem wir vorhin gekommen waren. Irgendwo hier waren wir an den früheren Umkleiden vorbeigekommen, so viel wusste ich noch. Und gerade als ich mich dazu entschloss, ein paar Treppen nach oben zu laufen, hielt mich Clare plötzlich zurück und deutete zu einer Tür, deren Beschriftung uns verriet, dass wir hier richtig waren.

»Wartest du hier bitte kurz auf mich?«, fragte sie schließlich mit zuckersüßem Lächeln und ließ mich leise kichern.

»Geh schon. Ich lass dich ganz sicher hier nicht allein. Dieses Gebäude ist einfach nur gruselig«, antwortete ich mit verzogener Grimasse, bevor Clare die Umkleidekabine der Frauen betrat und hinter deren Tür verschwand, während ich draußen auf dem Gang zurückblieb und ehrlich dankbar dafür war, dass es hier nicht ganz so dunkel war, wie im hinteren Teil des Gebäudes.

Das dunkelblaue Licht, das durch die halbverglaste Tür am anderen Ende des Gangs hereinfiel, die zurück zur Schwimmhalle führte, war angenehm für meine Augen und beruhigte mich irgendwie.

Tief durchatmend schloss ich die Augen und lauschte der Musik, die von der Party drinnen aus der Halle zu uns herüberschwappte. In diesem Moment wurde mir zum ersten Mal bewusst, dass ich das anstehende Thanksgiving Wochenende in Clarksburg bei meinen Eltern durch die ganze Aufregung heute Abend beinahe komplett vergessen hatte.

Immerhin etwas, wozu diese seltsame Party beigetragen hatte.

»Was genau hast du an meiner letzten Warnung eigentlich nicht verstanden, Evanna?«, dröhnte plötzlich eine dunkle, raue Stimme direkt durch meinen Körper und ließ mich unweigerlich erschrocken zusammenzucken.

Sofort öffnete ich die Augen und starrte geradewegs in die finstere, flammenlodernde Hölle. Kennedys Augen waren dunkler als sonst, das Grün darin schien giftiger – so giftig, als könnte es mich auf der Stelle töten, wenn ich ihm zu nah kam.

»Was willst du von mir, Kennedy?«, keuchte ich erschrocken und gleichzeitig wütend, weil er es schon wieder wagte, mir Angst einjagen zu wollen. »Hast du nicht genug Kundschaft hier, um die du dich kümmern musst?«

Ich schwöre, ich hatte wieder einmal für den Bruchteil einer Sekunde seine Mundwinkel zucken sehen. Doch wie immer behielt er sie unter Kontrolle und starrte mich stattdessen bedrohlich an. »Was *ich* von *dir* will? *Du* bist doch diejenige, die *mich* verfolgt und ständig nach Drogen anbettelt.«

»Ich verfolge dich überhaupt nicht«, widersprach ich empört. »Was kann ich denn dafür, dass du ständig auf dem Campus herumhängst, auf dem ich studiere?«

Kennedy blinzelte einmal kurz. »Du glaubst, ich hänge hier nur ab?«, fragte er und wirkte plötzlich beinahe belustigt. »Wegen der lächerlichen Kundschaft, die ohnehin immer chronisch pleite ist?« Es fehlte nur noch, dass er mich auslachte. Oder zumindest dass seine Mundwinkel erneut zu zucken begannen. Doch nichts dergleichen geschah. »Sehe ich echt aus, als hätte ich das nötig?«, fragte er stattdessen heiser und lehnte sich zu mir vor – so weit, dass sein Gesicht mal wieder nur wenige Zentimeter vor meinem schwebte und er seine Arme links und rechts neben meinem Kopf an die Wand lehnte.

Ich hatte keine Chance, abzuhauen. Selbst wenn ich es wollte.

»Du ... du studierst hier also auch?«, stotterte ich unbeholfen, als die Erkenntnis seiner Fragen und deren

Bedeutung langsam zu mir durchsickerte. Das war unmöglich. Oder? Er konnte nicht studieren. Nicht hier. Zusammen mit mir.

»Was denkst du, habe ich letztens im Jura Fachbereichsgebäude getrieben? Außer mir den Schwanz lutschen zu lassen natürlich.« Allein, wie er den letzten Teil seines Satzes aussprach, ließ mich wissen, dass er nichts anderes wollte, als mich damit zu provozieren und zu verunsichern.

Und zu meiner Schande musste ich gestehen, dass es ihm gelang.

Nervös und unbewusst leckte ich mir über die Lippen, was für einen kurzen Moment seinen Blick auffing. Doch er sagte nichts dazu. »Das heißt also, du studierst Jura?«, wollte ich vollkommen verwirrt wissen und konnte es nicht glauben, dass ich ihn das tatsächlich fragte. »Das … das klingt nämlich wie ein ganz schlechter Scherz.«

»Du meinst, wie die Tatsache, dass die Tochter des Councils bei mir versucht Drogen zu kaufen?«, konterte er scharf und durchbohrte mich mit seinem Blick.

Es traf mich, dass er mich an meinen Vater erinnerte. Doch gleichzeitig war ich auch dankbar dafür. Denn so hatte ich endlich die Chance, ihn danach zu fragen.

»Woher kennst du meinen Dad?« Ich sah ihn prüfend an und hoffte, er würde antworten.

Kennedy aber ließ sich nicht durchschauen und hob stattdessen nur eine Augenbraue, während er mich aus der Nähe betrachtete. »Jeder kennt ihn. Er ist schließlich der Council«, sagte er schließlich, ohne diesmal einen Kommentar zu meinem gewählten Outfit für heute Abend abzuliefern. Vermutlich weil es bei weitem nicht so schlimm war, wie das letzte Mal.

Heute Abend hatte ich mich lediglich zu einer schlichten engen Jeans und einer hellen Bluse entschieden. Nichts *Ausgefallenes* und nichts, was *auffiel.* Genau so, wie ich es wollte und mochte.

Hart schluckend versuchte ich seinem heißen, hungrigen Blick zu entkommen, wandt mich mit jeder Sekunde mehr, je länger und intensiver er mich ansah. »Du weißt genau, was ich meine. Erklär mich nicht für dumm.«

Kennedy schnaubte abfällig. »Nicht nötig, Kleines. Das tust du schon selbst.«

Rasend vor Wut zuckte meine Hand erneut, weil sie es kaum erwarten konnte, ihm noch einmal eine Ohrfeige zu verpassen. »Du arroganter, blöder ...«

»Letzte Warnung, Evanna«, durchbrach seine eiskalte, düstere Stimme meine Gedanken und ich hielt augenblicklich und ganz automatisch die Luft an. »Verschwinde von hier, so lange du noch kannst.«

Ich schluckte erneut. »Und was wenn nicht?«

Kennedy kam meinem Gesicht mit seinem noch ein winziges Stück näher. So nah, dass es bedrohlich und gleichzeitig so verflucht verführerisch war, ihn jetzt einfach zu packen und zu …

»Dann bist du noch dümmer, als ich dachte.«

Seine Worte waren die kalte Dusche, die ich ganz offenbar dringend gebraucht hatte. Sonst hätte ich womöglich die größte Dummheit meines Lebens begangen und hätte ihn nur dadurch bestätigt. »Das hier ist nicht deine Party. Du hast hier nicht das Sagen. Wenn ich also bleiben will, dann bleibe ich. Dieser Campus gehört nämlich nicht dir allein.«

Kennedy kochte vor Wut, das konnte ich ihm mühelos ansehen. Und wenn ich mich nicht täuschte, spürte ich sogar eine leichte Vibration, die von seinem Körper auf meinen überging und mich am liebsten ehrfürchtig zurückweichen ließ. Nur dass es mir mit der Wand in meinem Rücken nicht möglich war, zurückzuweichen.

»Wenn du *jetzt* bleibst, kann ich für nichts garantieren«, knurrte er so dicht an meinen Lippen, dass ich seinen heißen, wütenden Atem auf meiner Haut spürte und ihn unterbewusst in mich einsog.

»Was soll das bedeuten?«, wollte ich leise und mit zerbrechlicher Stimme wissen, weil ich schlicht nicht mehr die Kraft hatte, lauter reden zu können. Nicht, solange er mir so nah war.

Kennedy lehnte sich ein letztes Mal weiter zu mir vor, berührte fast meine Lippen mit seinen. »Es bedeutet, dass …«

Im selben Moment schwang die Tür neben uns auf, Clare trat in den Gang hinaus und starrte uns entgeistert an. »Oh«, brachte sie überrascht und voller Irritation heraus. »Gibt es hier ein Problem?«

Ich fluchte innerlich, weil sie uns gestört hatte. Ich wollte doch so gerne wissen, was er als Nächstes getan hätte. Ob er mich wirklich geküsst hätte.

Vermutlich nicht. Vermutlich gehörte das alles einfach nur zu seinem perfiden, gemeinen Spiel, das er bereits seit unserem ersten Aufeinandertreffen mit mir spielte. Und ich ließ es auch noch bereitwillig zu.

»Nein, alles in Ordnung«, sagte ich zu Clare und atmete leise durch. »Lass uns Val suchen gehen und verhindern, dass sie etwas Dummes tut.«

Ich wollte Kennedy gerade von mir schieben und zu meiner Freundin gehen, als er mich plötzlich packte und gegen die Wand drückte. »Ich habe dich gewarnt, Cleo«, flüsterte er mir heiser und dunkel ins Ohr. »Komm mir besser nicht in die Quere.«

12

Eisige Kälte überkam mich und breitete sich ungehindert in all meinen Gliedern aus, als ich Samstag Abend das Esszimmer meines Elternhauses betrat und das ordentlich drapierte, exklusive Geschirr auf dem Tisch vorfand, das bereits meinen Urahnen gehört hatte – einem der Gründerväter der Vereinigten Staaten.

Angeblich hatte er es damals von der Präsidentengattin, der Frist Lady persönlich, als Geschenk erhalten, nachdem die Unabhängigkeitserklärung unterzeichnet war und die Staaten, so wie wir sie jetzt kennen, geboren wurden. Ob das tatsächlich der Wahrheit entsprach, bezweifelte ich bis heute. Doch mein Dad schwor darauf, dass es genau so gewesen war. Und deswegen kam dieses Geschirr auch immer dann zum Einsatz, wenn wir wichtige und hochrangige Gäste erwarteten – so wie heute.

Es war Thanksgiving. Und an diesem Tag veranstaltete meine Familie ganz traditionell ein Essen, um all ihre heuchlerische Dankbarkeit den Leuten gegenüber zu würdigen, die meinem Vater an die Spitze der Macht geholfen hatten.

Das Barnett-Thanksgivingdinner, wie es mittlerweile seit vielen Jahren in unserer Gesellschaftsklasse hieß, war für mich nichts als der reinste Spießrutenlauf für alte oder machtbesessene Männer, die sich gerne im Glanz der Bekanntheit meines Vaters sonnten. Männer, die gierig und skrupellos waren und von der Wiege auf nie so etwas wie ehrlichen Anstand und Respekt gegenüber Frauen gelernt hatten. Natürlich wirkten sie nach außen hin allesamt wie verfluchte Gentlemen, waren jedoch nichts weiter als wilde, unkontrollierte Wölfe im Schafspelz, die weder Grenzen noch Tabus kannten.

Allein der Gedanke daran, die nächsten Stunden damit zu verbringen, zwischen ihnen am Tisch sitzen und ihre Blicke ertragen zu müssen, ließ Übelkeit in mir aufsteigen und meinen altbekannten Panikmodus scharfschalten.

»Du siehst heute Abend wirklich hübsch aus, Darling«, begrüßte meine Mutter mich mit aufgesetztem Lächeln, als sie das Esszimmer betrat, das diesen Namen nicht im Mindesten verdient hatte, weil es in diesem Moment viel eher einem Festsaal glich. »Hat dein Dad dir dieses Kleid geschenkt?« Sie bestaunte mich und mein Outfit mit prüfendem Blick und nickte schließlich zufrieden, ohne dass ich auf ihre Frage antworten musste. Wir wussten beide, dass ich an Abenden wie diesen immer das anzog, was Dad von seinen Assistenten für mich besorgen und bereitlegen ließ. Es war ein ungeschriebenes Gesetz, an das ich mich seit Jahren halten musste, um nicht von der Familie verstoßen zu werden.

Ich liebte meine Mutter, das tat ich wirklich. Doch manchmal wünschte ich mir, sie hätte Dad noch während ihrer Schwangerschaft verlassen und wäre mit mir an einen anderen Ort gezogen. Dort, wo er keine Kontrolle und Macht über uns hatte. Stattdessen war sie bei ihm geblieben und hatte sich von ihm über die Jahre nicht nur manipulieren lassen, sondern eine regelrechte Kopfwäsche erhalten, sodass sie, selbst wenn sie es wollte, gar nicht mehr Recht von Unrecht und richtig von falsch unterscheiden konnte.

Ich gab mir Mühe, ihr keine Schuld an all dem zu geben, wie mein Leben aussah, versuchte, sie nicht dafür zu verurteilen, dass sie all das, was mit mir über Jahre schon geschah, einfach zuließ und es billigte. Vermutlich sah sie sogar bewusst weg und verdrängte es, um es ertragen zu können. Oder aber sie hatte ihre Gefühle bereits vor vielen Jahren tief unter der falschen Maske, die sie stets trug, begraben und hatte nicht vor, sie jemals wieder hervorzuholen.

Ich schluckte hart und musterte ihr hübsches Gesicht, das perfekt zurechtgemacht und so dezent geschminkt war, das kaum jemand es erkennen würde. Sie sah aus, wie die perfekte Frau für die Bedürfnisse meines Vaters. Und nichts als das war tatsächlich von ihr übrig.

Ich erinnerte mich kaum noch daran, wie sie früher einmal war – in der Zeit, wo ich noch ein Kind und sie einfach meine Mom sein konnte, die Zeit *vor* der Kandidatur meines Vaters und seiner Karriere im Harrison County. Seitdem schien meine Mutter nur noch dazu da, um meinen Dad glücklich zu machen und ihm zu dienen.

So wollte ich auf keinen Fall und unter keinen Umständen enden. Eher würde ich mich doch noch eines Tages vor einen fahrenden Zug werfen, als es dazu kommen zu lassen, dass ich mich wegen eines Mannes selbst verlor.

Gerade kam Camilla, eine unserer ältesten Hausangestellten herein, in den Händen einige prunkvolle Kerzenständer, die sie noch auf die gedeckte Tafel stellen wollte, als ich mein Smartphone in der kleinen Tasche, die ich dabei hatte, vibrieren hörte. Mom bedachte mich mit einem strengen Blick. Sie erlaubte keine Handys am Tisch und auch wenn wir gerade noch gar nicht beim Essen saßen, so sah sie es genauso ungern, wenn ich mich an Abenden wie diesen von meinen Freunden am Smartphone ablenken ließ.

Mir war das egal, ich schaute trotzdem nach, von wem die Nachrichten waren, die gerade ankamen, und konnte mir ein amüsiertes Schmunzeln nicht verkneifen, als ich Valeries Namen entdeckte.

Seit unserer kleinen Auseinandersetzung letzten Donnerstag auf der Party war zwischen uns wieder alles beim Alten und daran war ironischerweise ebenfalls Kennedy schuld. Seine wirklich seltsame Aktion, die auch Clare schließlich mitbekommen hatte, vor allem, als er mich gepackt und gegen die Wand gedrückt hatte, bevor er abgehauen war, hatte dazu geführt, dass Val und ich wieder zusammenfanden.

Nachdem Clare, die mich, so verwirrt und durcheinander ich auch war, im Schlepptau hatte, zurück zur Party gekehrt war, hatten wir nach Valerie gesucht, die Gott sei Dank noch immer beim DJ gestanden und offenkundig mit ihm geflirtet hatte. Wie benommen hatte ich nur noch am Rande mitbekommen, dass Clare unserer Freundin von Kennedy und mir erzählt hatte, da befanden wir uns auch schon im nächsten Moment zu dritt auf dem Heimweg.

Niemand hatte protestiert, weder Val noch ich. Wir waren einfach gegangen, ohne Fragen zu stellen oder uns weitere Vorwürfe an den Kopf zu schmeißen. Und im Nachhinein verstand ich auch, warum. Denn nach allem, was Clare zwischen Kennedy und mir mitbekommen hatte, war es nicht verwunderlich, dass sich meine beiden

Freundinnen Sorgen machten und teilweise sogar Angst um mich hatten.

Kennedy hatte anscheinend einen nicht sonderlich sauberen und ungefährlichen Ruf. Und jetzt wussten sie, dass er es anscheinend auf mich abgesehen hatte. Da war es also vollkommen egal, ob Val und ich uns vorher gestritten hatten oder ob sie sauer auf mich war. Sie hatte am Abend der Party sofort auf Clares Erzählung reagiert, hatte mich geschnappt und war augenblicklich zusammen mit Clare mit mir nach Hause gegangen, um mich nicht nur in Sicherheit vor Kennedy Connall zu bringen, sondern vermutlich auch vor mir selbst.

Valerie kannte mich gut genug, um mir ansehen zu können, dass mich das, was Kennedy zu mir gesagt hatte, schwer getroffen hatte. Dabei war es gar nicht seine Drohung, die mir wirklich Angst einjagte – und von der ich meinen Freundinnen vorsichtshalber nichts gesagt hatte, weil ich nicht wollte, dass sie sich noch mehr Sorgen und Gedanken um mich machen mussten.

Ich war viel eher komplett durcheinander, nachdem Kennedy mir gedroht hatte, ich sollte ihm nicht mehr in die Quere kommen. Zum einen weil ich nicht verstand, was er damit meinte. Zum anderen – und zum allergrößten Teil – weil es mich völlig unvorbereitet getroffen hatte, dass er mich in diesem Moment Cleo und nicht Evanna, wie er es sonst tat, genannt hatte.

Cleo, von meinem Zweitnamen Cleopatra. Cleo, als wäre ich eine alte Freundin, die er schon ewig kannte. Cleo und nicht Evanna. Als wäre ich ein zartes, zerbrechliches Wesen, das beschützt werden musste und keine tapfere Kriegerin, wie es sich meine Eltern immer wünschten.

Cleo.

Ich hörte diesen Namen noch immer in meinem Kopf, hörte, wie er ihn aussprach und wie seine Stimme dabei klang. Ich hörte ihn, als würde er nicht zu mir gehören. Doch das tat er. Es war mein Name. Mein Spitz- und Kosename, den ich bisher nur mir selbst gegeben hatte. Damals, als ich klein und meine Welt noch eine andere war. Unschuldig und rein.

Ich hatte mir diesen Namen selbst gegeben, vermutlich weil ich damals schon geahnt hatte, dass es irgendwann eine Version von mir geben würde, von der ich mich abgrenzen und lösen wollte. Eine Version von mir, die sich falsch und fremd anfühlen würde. Genau zu dieser Version wurde ich immer mehr in den letzten Jahren – ich wurde zu Evanna, zu Eve, *zu einer Puppe, die benutzt und in jeder nur erdenklichen Art beschmutzt werden konnte.*

Ein bitteres Lächeln schlich sich auf meine Lippen, als mir bewusst wurde, dass es genau die Worte waren, mit denen Kennedy mich noch vor knapp zwei Wochen dargestellt hatte. Er hatte ja keine Ahnung, wie exakt er mich damit beschrieben hatte.

Umso mehr verwirrte es mich, dass er mich am Donnerstag auf der Party plötzlich Cleo genannt hatte. Ausgerechnet Cleo. Ich erinnerte mich schon selbst nicht mehr daran, wann ich mir diesen Namen selbst das letzte Mal gegeben hatte. Wann ich mich das letzte Mal wie Cleo *gefühlt* hatte. Und wenn ich ehrlich war, wusste ich nicht, ob überhaupt noch irgendetwas von ihr in mir übrig war.

Was hatte Kennedy also in mir gesehen an dem Abend der Party? Wieso hatte er mich so genannt? Hatte es überhaupt einen bestimmten Grund dafür gegeben oder wollte er mir damit nur zeigen, dass er weitaus mehr von mir wusste, als ich bisher ahnte? Ich hatte wirklich keinen Schimmer, was ich darüber denken und wie ich fühlen sollte. Kennedy Connall trieb mich mit seiner Art, seinem seltsamen und manchmal auch widersprüchlichen Verhalten komplett in den Wahnsinn und ich konnte nichts dagegen tun.

Ich konnte mich nicht dagegen wehren, weil dieser Typ mittlerweile nicht nur all meine Gedanken besetzt hielt, es fühlte sich auch längst so an, als ob er auch die Kontrolle über meinen Körper hatte. Nur eben auf vollkommen andere Art und Weise, als es die meisten anderen Männer taten.

Und mit diesem peinigenden, drückenden Gedanken landete ich automatisch zurück im Hier und Jetzt – dem Abend, von dem ich nicht wusste, wie ich ihn noch einmal ganz ohne Drogen oder Alkohol überleben sollte. Verflucht sei Thanksgiving!

13

Die Luft hier drin war so stickig und drückend, dass mir das Atmen immer schwerer fiel, während ich zusammen mit meinen Eltern und den geladenen Gästen artig, und genau so, wie man es von mir verlangte, am Tisch saß und mich stets zu einem Lächeln zwang, sobald mich jemand ansah. Dabei wollte ich am liebsten auf der Stelle von hier verschwinden, wollte weglaufen und mir die Seele aus dem Leib schreien, nur um all die Gefühle aus mir herauszulassen, die sich gerade seit einer geschlagenen Stunde in meinem Körper stauten.

Meine Lunge wurde träge und verlangte nach frischem Sauerstoff, als ich leise und darauf bedacht, dass niemand es merkte, tief und lange durchatmete.

Es war nicht leicht, die Fassung zwischen all den Menschen zu bewahren, die gerade so förmlich und hochtrabend wie nur möglich miteinander redeten, während sie auf den nächsten Gang warteten. Menschen, die bis auf meine Mom und mich ausschließlich aus Männern bestanden. Weißen, privilegierten, amerikanischen Männern, die glaubten, so etwas wie Demokratie und Gleichberechtigung auf allen Ebenen wäre eine Erfindung des

Teufels. Männer, die vorgaben gläubig und gottesfürchtig zu sein. Doch sobald sie ihre Hand unter dem Tisch auf mein nacktes Knie legten, als würde es ihnen gehören, vergaßen sie ihre Ehrfurcht vor Gott anscheinend. Und gerade an Thanksgiving, dem Fest der Dankbarkeit, vergaßen sie diese oft und gern. Immer dann, wenn ihnen das Geschwafel ihres Gesprächspartners zu langweilig wurde und sie Ablenkung suchten. Schließlich zeigten sie dadurch ihre Dankbarkeit meinem Dad gegenüber, der sich ach so große Mühe gegeben hatte, dass sich seine Gäste jederzeit amüsierten – war es zur Not auch mit mir.

Ich zwang mich, die Wut und den Groll auf all diese Männer und ganz besonders auf meinen Dad herunterzuschlucken und die Augen offen zu halten, um stets wachsam zu bleiben, sollte es einer von ihnen wagen, mir noch näher zu kommen, als es mein Sitznachbar ohnehin bereits war.

Schmerzhaft beißend streichelte seine Hand von meinem Knie hinauf mein Bein entlang, bis seine schmierigen Finger am Saum meines Kleides angelangt waren und ich mich auffällig räusperte, damit alle am Tisch zu mir herübersahen und die Aufmerksamkeit auf mir und damit auch unfreiwillig auf dem widerwärtigen Typen lag, der neben mir saß und mich bereits zum wiederholten Mal ohne meine Erlaubnis begrapschte.

Er war gefühlt doppelt so alt wie ich und ein wahnsinnig hohes Tier im Finanzwesen. Vermutlich hatte ihn Dad deswegen heute Abend ausgerechnet neben mich gesetzt. Damit ich ihn bei Laune hielt und mit allen Mitteln, die mir zur Verfügung standen, bespaßte. Schließlich sollte er im kommenden Jahr für das Projekt, das Dad seit einigen Monaten in Clarksburg plante, Kohle lockermachen und dem Council nicht unerwartet den staatlichen Geldhahn zudrehen.

Die Übelkeit, die mich bereits seit Beginn dieses Essens befallen hatte und seitdem permanent und unterschwellig weit oben in meinem Magen saß, verstärkte sich, als die Gespräche am Tisch wieder aufgenommen wurden und sich bis auf meinen Sitznachbarn niemand mehr für mich zu interessieren schien.

Nur mit großer Mühe schaffte ich es, das Essen, das ich vor wenigen Minuten zu mir genommen hatte, bei mir zu halten und mich nicht, so gerne ich es auch wollte, über dem Schoß des Arschlochs zu erbrechen, dessen Finger gerade den Weg unter den Saum meines Kleides fanden.

Ich wollte auf der Stelle von meinem Platz aufspringen und diesem Mistkerl die beschissene Serviette ins Gesicht pfeffern, gefolgt von dem Whiskey, der sich in seinem Glas befand, und ein paar der Präsidententeller, die ich ihm nur zu gern über den Schädel gezogen hätte. Danach wäre ich einfach abgehauen, wäre geflohen und am liebsten für immer von hier verschwunden.

Stattdessen kämpfte ich mit all meiner Kraft und Geduld, die noch in mir steckte, dagegen an, auf meine Instinkte zu hören und weiterhin ruhig und artig, wie ich sein sollte, sitzen zu bleiben und darüber nachzudenken, wieso ich mir das alles überhaupt antat. Warum war ich hier? Weswegen ließ ich wieder einmal zu, von diesen Männern – und von meinem eigenen Dad – benutzt zu werden? Was hielt mich hier noch?

Doch so sehr ich mir den Kopf darüber zerbrach und es zu verstehen versuchte, ich schaffte es nicht. Es war unmöglich, nachzuvollziehen, wieso ich mit meinen neunzehn Jahren noch immer hier saß und mich von elenden Chauvinisten anfassen ließ, nur um meinem Dad, der sich offensichtlich einen Dreck um mich scherte, einen Gefallen zu tun. Um ihm nicht in den Rücken zu fallen und diese Familie nicht zu spalten.

Ich verstand es nicht, egal, wie oft und wie viel ich darüber nachdachte.

Und *das* war im Grunde fast noch schlimmer als das, was diese Männer mit mir taten ...

Mit pochenden Kopfschmerzen und einer endlosen Übelkeit, die tief und fest in meinem Magen saß und mich kaum einen weiteren Bissen des letzten Ganges herunterwürgen ließ, schüttete ich mir den Weißwein hinunter, für den mein Sitznachbar gesorgt hatte. Meine Eltern hätten mich in der Öffentlichkeit niemals Alkohol trinken lassen, einzig aus dem Grund, weil ich noch keine einundzwanzig war und sie schlechte Presse vermeiden wollten. Doch solange es einem höheren Sinn und Zweck diente, war es offensichtlich in Ordnung. Erst recht, wenn nicht sie selbst, sondern einer dieser hohen Tiere dafür gesorgt hatte, dass ich ihn bekam.

Ich wollte nur noch kotzen und schreien, spürte meinen Körper kaum noch unter den schmerzvoll brennenden Berührungen dieses widerwärtigen Typen, der noch immer seine Hände nicht von mir lassen konnte. Ganz sicher hatte er eine reizende Ehefrau zu Hause sitzen. Und womöglich Kinder, die auf ihn warteten und jedes Jahr darauf hofften, Thanksgiving mit ihrem Dad verbringen zu können. Stattdessen saß er hier und begrapschte die neunzehnjährige Tochter des Councils – die, die er auch schon vor zwei Jahren begrapscht hatte, als sie noch minderjährig war.

»Entschuldigt mich, meine Herren«, durchbrach die autoritäre Stimme meines Vaters meine Gedanken und ließ mich ergeben zu ihm aufsehen. »Ein wichtiges Anliegen, das nicht warten kann, muss geklärt werden.« Er war von seinem Platz aufgestanden und deutete auf das Smartphone in seiner Hand. »Derweil können Sie gerne im Zigarrenzimmer Platz nehmen, unsere Hausangestellten servieren dazu den guten, traditionellen West Virginia Whiskey.«

Mit grollenden, bebenden Stimmen lachten die Männer am Tisch und nickten meinem Dad zu, bevor dieser sich mit seinem Handy ins Nebenzimmer verzog, statt sich, wie er es üblicherweise tat, in sein Arbeitszimmer im Obergeschoss zurückzuziehen.

Verwundert sah ich ihm nach und runzelte die Stirn. Wieso zum Teufel telefonierte er ausgerechnet im Servierzimmer, das Küche und Esszimmer voneinander trennte, und das er sonst nur betrat, wenn er einen der Hausangestellten zurechtweisen oder gar feuern wollte? War dieser Anruf wirklich so dringlich, dass er sogar seine Gäste dafür allein und warten ließ? Ich konnte es mir kaum vorstellen.

»Werden wir die Ehre haben, dich noch einmal im Zigarrenzimmer anzutreffen?«, raunte mein Sitznachbar anrüchig und mit unüberhörbarer Vorfreude in mein Ohr, was mir erneut eine unangenehme Gänsehaut am ganzen Körper verschaffte und die er natürlich vollkommen fehlinterpretierte, dieser widerliche Mistkerl.

»Ich fürchte, dort haben Frauen keinen Zutritt«, quetschte ich mir aus meiner zugeschnürten Kehle mühsam heraus, ohne dabei lügen zu müssen. In der Tat hatten Frauen traditionellerweise keinen Zutritt im Zigarrenzimmer ihrer Männer, da dies der Ort war, an dem sie üblicherweise bei Whiskey und eben handgedrehten Zigarren ihre zwielichtigen Geschäfte besprachen.

Mein Glück, in diesem Fall. So konnte ich den restlichen Abend vielleicht doch noch den anzüglichen Blicken und bedrängenden Fingern dieser Männer entgehen und mich beinahe unbeschadet und vor allem unbeschmutzt aus diesem Haus retten. Es wäre das erste Mal seit Ewigkeiten.

»Na, na ... wer redet denn davon, dass du schon eine Frau bist«, tadelte mich die vor Überheblichkeit triefende Stimme des Finanzministers neben mir und jagte mir weitere eiskalte Schauer über den Rücken. »Ich bin sicher, dein Dad hat nichts dagegen, wenn du uns eine Weile Gesellschaft leistest, Kleine.«

Das Dessert, das ich gerade erst vor wenigen Minuten heruntergeschluckt hatte, saß mir bereits wieder im Hals und ich hatte schreckliche Mühe, es bei mir zu behalten, als ich erneut die schmierigen Finger des älteren Mannes unter dem Saum meines Kleides spürte, wie sie über mein nacktes Bein strichen.

Doch als ich mich zu ihm umdrehte und seinen hungrigen, gierigen Blick erkannte, war es zu spät. Ich konnte mich keine Sekunde länger zusammenreißen, konnte den Brechreiz nicht mehr überlisten und schon gar nicht unterdrücken. Alles, was ich zuvor zu mir genommen hatte, suchte sich jetzt unweigerlich und unaufhaltsam seinen Weg wieder hinaus – und ich ... ich musste hier so schnell es ging verschwinden, bevor ich diesem Arschloch tatsächlich noch über seine mickrigen Eier kotzte.

»Entschuldigen Sie bitte, ich müsste mal kurz ...«, war alles, was ich zustande brachte, ehe ich wie vom Blitz getroffen aufsprang und aus dem Esszimmer rannte, hinaus in den Flur und unsere prunkvolle Eingangshalle, durch die ich, dank der Tränen in meinen Augen, beinahe blind zur Haustür stolperte. Einen Augenblick später schoss ich raus ins Freie, schnappte nach Luft und übergab mich anschließend über das viktorianische Geländer unserer Veranda direkt in das Rosenbeet im Vorgarten.

Niemand war mir gefolgt, weder einer der Gäste, einer der Hausangestellten noch meine Mom. Niemanden interessierte es, wie es mir ging. Ob alles in Ordnung war. Alles, was zählte, war der Schein, den ich wahren musste. Und solange ich mich bei diesem widerwärtigen Schmierlappen entschuldigt hatte, bevor ich abgehauen war, schien es niemanden zu stören, was überhaupt mit mir los war. Ich hatte also alle Zeit der Welt, mir wieder einmal die gesamte kaputte Seele aus dem Leib zu würgen – die Seele, die ich ganz offensichtlich vor Jahren schon freiwillig an den verfluchten Teufel verkauft hatte. Nämlich an meinem Dad.

Und wofür das alles? Für ein bisschen seiner Aufmerksamkeit? Hatte ich sie denn wirklich so nötig? Brauchte ich sie so dringend, dass ich alles mit mir machen ließ? So dringend, dass ich ...

Ein lautes Poltern aus dem seitlichen Flügel des Hauses ließ mich erschrocken zusammenzucken und meine Gedanken verstummen. Angewidert wischte ich mir den Mund mit meinem Handrücken ab und schluckte ein paar Mal, um den ekelhaften Geschmack loszuwerden, während ich mit leisen Schritten die Verandastufen hinabstieg und das Rosenbeet meiner Mutter umrundete, um zur anderen Seite des Hauses zu gelangen, wo sowohl das Servierzimmer, als auch die Küche lag, die einen Hintereingang zum Garten hatte.

Ich hörte dunkle Männerstimmen miteinander streiten, erkannte dabei jedoch weder, von wem sie stammten, noch worüber gestritten wurde. Ich konnte nur vermuten, dass es Dad war, der mit jemandem redete. Allerdings mit niemandem am Telefon, sondern ...

Ich erschrak und erstarrte zur Salzsäule, als im nächsten Moment plötzlich die Hintertür laut und mit heftigem Schwung ein paar Meter neben mir aufflog und niemand Geringeres das Haus verließ, als ... Kennedy Connall.

Verfluchte Scheiße, was zum ...?

Ich traute meinen Augen kaum und dachte, ich würde halluzinieren, würde träumen oder es mir nur einbilden, ihn hier zu sehen. Vielleicht – und selbst das traute ich mir mittlerweile zu – war es sogar Wunschdenken, dass er hier war. Denn jetzt und in diesem Augenblick machte für mich alles andere mehr Sinn als die Realität selbst.

Kennedy entdeckte mich nur eine Sekunde später und blieb abrupt stehen, obwohl er, so wie es eben noch ausgesehen hatte, eigentlich gerade schnellstmöglich von hier verschwinden wollte.

Mein Herz begann wie wild gegen meine Brust zu hämmern, als sich unsere Blicke trafen und ich mir eingestehen musste, dass etwas tief in mir fast erleichtert war, ihn zu sehen. Gleichzeitig schossen mir tausende Fragen durch den Kopf, jedoch keine einzige plausible Antwort. Und so blieb ich völlig verwirrt und mit weit aufgerissenen Augen und leicht geöffnetem Mund reglos stehen und starrte ihn entgeistert an.

14

Kennedys Miene war wie so oft versteinert und sein Blick finster. So finster und dunkel, dass ich mich hätte vor ihm fürchten müssen. Tat ich jedoch nicht. Nicht jetzt und in diesem Moment zumindest. Nicht hier vor unserem Haus – und schon gar nicht an Thanksgiving. Denn jetzt war ich einfach nur froh, dass jemand hier war, den ich kannte. Der mir vertraut vorkam, auch wenn ich doch eigentlich so gut wie nichts über ihn wusste.

Ich war froh, in diesem Horrorhaus an diesem Horrortag nicht mehr allein sein zu müssen. Ganz egal, was Kennedy mit mir anstellen oder mir wieder an den Kopf werfen würde. Alles war besser und angenehmer, als wieder dort reinzugehen und …

»Du hast mich hier niemals gesehen, hast du verstanden?« Kennedys düstere, raue Stimme drang wie heiße, geschmolzene Schokolade in meinen Körper und floss angenehm warm durch meine Venen. Daran konnte selbst meine Unsicherheit und Fassungslosigkeit nichts ändern.

»Was zur Hölle machst du in unserem Haus?«, schoss es dennoch aufgebracht im nächsten Moment aus mir heraus. Ich wollte ihm keinesfalls zeigen, wie sehr es mich erleichterte, ihn hier zu sehen.

Doch Kennedys Blick bewies mir, dass er es mir auch so schon längst ansah. Mit wütend zusammengeschobenen Augenbrauen musterte er mich ausgiebig, taxierte mich von oben bis unten mit seinen Augen. Und auch wenn ich das nur ungern zugab, so genoss ich es irgendwie, endlich von jemand anderem unter die Lupe genommen zu werden, als von einem dieser perversen Arschlöcher, die sich gerade im Zigarrenzimmer meines Dads sicher irgendwelche ekelhaften Geschichten erzählten. Möglicherweise auch über mich.

Ich spürte, wie urteilend und bissig Kennedys Blick von meinen nackten Beinen, bis hin zu meinem Kleid zurück in meine Augen glitt und erfreute mich trotzdem daran. Ich erfreute mich daran, obwohl ich genau wusste, was er wieder einmal gerade über mich dachte. Und das wiederum zeigte mir nur, wie verzweifelt ich mittlerweile war. *Erbärmlich*, wie Kennedy vermutlich sagen würde. Denn auch jetzt behielt er damit absolut recht.

Zu meiner Überraschung kommentierte er meinen verzweifelten Blick nicht, beantwortete allerdings auch nicht meine Frage. Stattdessen kam er langsam und mit bedachten Schritten auf mich zu und blieb, wie er es oft tat, nur wenige Zentimeter vor mir stehen. So dicht und nah, dass meine Brust fast seine berührte.

»Ob du mich verstanden hast, Evanna?«, stellte er die Frage noch einmal, als wäre ich unterbemittelt, und beugte sich ein wenig zu mir herunter, um seinem bedrohlichen Blick vermutlich noch mehr Ausdrucksstärke zu verleihen. »Ich war niemals hier.«

Ich starrte ihn wortlos an und ging in meinem Kopf alle Möglichkeiten durch, weswegen er heute hier sein könnte. Doch im Grunde genommen kannte ich die Antwort bereits. Ich kannte sie, weil ich es schon eine Weile geahnt hatte, es jedoch bisher nicht wahrhaben wollte.

Hart schluckend versuchte ich seinem Blick standzuhalten und schnaubte. »Wie lange kennst du meinen Dad eigentlich bereits?« Ich fürchtete mich vor der Wahrheit. Gleichzeitig wusste ich, dass sie möglicherweise alles ändern würde. *Könnte.*

»Lang genug, um zu wissen, was für ein jämmerliches, machtbesessenes Arschloch er ist«, knurrte Kennedy abfällig und schnaubte ebenfalls.

Unerwartet über diese Antwort biss ich mir auf die Unterlippe, um mich vom Lachen abzuhalten, doch es nützte nichts. Es brach dennoch einen Augenblick später leise und ungehalten aus mir heraus und ließ Kennedy überrascht und sichtlich verwirrt einen Schritt zurücktreten.

Irritiert über meine Reaktion setzte er sich sein typisch wütendes Gesicht auf und starrte mich voller Zorn an. »Lachst du mich aus, verflucht?«

»Nein«, kicherte ich leise vor mich hin, gab mir wirklich Mühe, ernst dabei zu bleiben. Doch es gelang mir nicht. »Nein, ich ...«

»Du findest es also lustig, dass ich deinen Vater beleidige?«, unterbrach er mich mit leicht verstörtem Blick und musterte mich anschließend erneut.

»Ein wenig.« Grinsend nickte ich und entlockte ihm dadurch einen Fluch, den ich jedoch kaum verstand, weil er ihn offenbar für sich selbst behalten wollte.

»Was stimmt nicht mit dir, Kleines?«, fragte Kennedy anschließend und wirkte mit einem Mal ungewohnt resigniert. Ja, beinahe schon verzweifelt. »Und wieso zur Hölle siehst du wieder aus, wie eine verfluchte Lolita-Hure? Ist das Absicht? Versuchst du mit der Masche, an einen der reichen Wichser zu kommen, die heute hier sind?«

Augenblicklich verschwand meine Belustigung darüber, dass er, ohne es zu wissen, meinen Dad so treffend beschrieben hatte, und wich einer unbändigen Wut. Eine Wut, die nur deswegen in mir aufstieg, weil Kennedy mit seinen Worten wieder einmal einen Treffer gelandet hatte. »Und was ist mit dir? Wieso bist *du* hier? Verkaufst du diesen reichen Wichsern etwa Drogen?« Gereizt bohrte ich meinen Finger in seine Brust und funkelte ihn herausfordernd an.

Woher ich plötzlich die Kraft fand, mich überhaupt gegen ihn aufzulehnen, wusste ich zwar selbst nicht, doch es tat gut, heute ausnahmsweise etwas anderes zu fühlen, als Ekel, Verzweiflung oder Taubheit.

Kennedy lehnte sich erneut ein wenig zu mir vor und schob die Augenbrauen zusammen. »Glaubst du, Leute wie die schaffen es ohne Koks und Aufputschmittel bis ganz nach oben?«

Erschrocken schnappte ich nach Luft. »Mein Dad kauft bei dir Kokain?«, fragte ich entsetzt. »Wie lange schon?«

Er erwiderte nichts. Anscheinend entschied er, dass unser Gespräch an dieser Stelle beendet war, und drehte sich deswegen ungerührt davon, dass ich noch immer auf eine Antwort von ihm wartete, um und wollte gehen.

»Verflucht nochmal, Connall!« Aufgebracht griff ich nach seinem Hoodie und hielt ihn davon ab, einfach abzuhauen und mich stehenzulassen. »Ich fragte, wie lange schon?«

»Sagte ich nicht, du sollst mir nicht in die Quere kommen?«, knurrte er warnend, als ich mich entschlossen vor ihn stellte, um ihm den Weg zu versperren.

»Beantworte einfach meine verdammte Frage, Kennedy! Wie lange kennst du meinen Dad schon?« Ich ließ ihn los und verschränkte die Arme vor der Brust, blieb jedoch weiter vor ihm stehen, sodass ich ihm den Weg durch das Eisentor versperrte, das zu unserer Einfahrt gehörte.

»Ist das dein verfluchter Ernst jetzt?«, wollte er wissen und ich war mir nicht sicher, ob er verärgert darüber war, dass ich ihm den Weg zu seinem Wagen abschnitt oder ob er viel eher belustigt schien.

»Ich lass dich so lange nicht gehen, bis du mir die Wahrheit gesagt hast«, beharrte ich und rührte mich nicht von der Stelle. Auch dann nicht, als er sich so dicht vor mich stellte, dass ich meinen Kopf in den Nacken legen musste, um ihm weiter in die Augen sehen zu können. Die Augen, die mich gerade mit diesem typischen Blick ansahen, unter dem ich das Gefühl hatte, von einem Skalpell bearbeitet zu werden.

Kennedy beugte sich zu mir vor und legte seine Lippen an mein Ohr. »Du würdest die Wahrheit doch gar nicht ertragen, Baby«, wisperte er heiser und rau, ließ mich erschaudern und vor Hitze schwitzen.

»Sag es mir einfach und ich lass dich gehen«, verlangte ich leise und fühlte mich mit einem Mal unheimlich kraftlos.

Ein verzweifeltes Seufzen drang an meine Ohren, bevor er tief durchatmete und mich mit einem für mich undefinierbarem Blick ansah. »Wieso musst du eigentlich immer so anstrengend sein?«, fragte er flüsternd und ich war mir nicht sicher, ob er darauf eine Antwort erwartete.

Verwirrt blinzelte ich ihn an. »Ich bin nicht anstrengend, ich bin nur ...« Erschrocken entwich mir ein kurzer, überraschter Laut, als sich auf einmal seine Arme um meinen Körper legten und er mich hochhob, als würde ich nichts wiegen. Unweigerlich griff ich mit beiden Händen um seinen Nacken, um Halt zu finden, und schnappte erneut nach Luft.

Bevor ich begriff, was er da tat, trug er mich weg vom Eisentor und zurück zur Hauswand, gegen die er mich anschließend presste und mich mit seinem Körper gefangen hielt. »Damit machst du es mir fast unmöglich, die Beherrschung zu behalten. Ist dir das eigentlich klar, Evanna?« Kennedys Lippen waren meinen so nah wie letztens bei der Party in der alten Schwimmhalle der Fairmont State. Nur dass uns diesmal weder Clare noch Valerie davon abhalten konnten, uns zu ...

Küssen? Großer Gott, was zum Teufel dachte ich da gerade eigentlich? War ich denn vollkommen bescheuert? Legte ich es wirklich darauf an, von diesem Kerl geküsst zu werden? Wollte ich es so sehr, dass ich verzweifelt darauf wartete – ausgerechnet jetzt und hier?

Scheiße, *ja*, das tat ich tatsächlich. Und dieses Eingeständnis schmerzte fast so sehr, wie der Fakt, dass es mir fürchterlich egal war, ob es hier oder vor den Augen meiner Eltern passierte. Es war mir egal, weil ich endlich etwas anderes in meinem Inneren spüren wollte, als alle Gefühle, die ich heute bereits den ganzen Tag in mir gefangen hielt.

Ich wollte von Kennedy geküsst werden, um all den Ekel, den diese verfluchten Männer vorhin während des Essens mit ihren Blicken und Händen auf meinem Körper in mir ausgelöst hatten, zu vertreiben.

Verzweifelt presste ich meinen Körper entschlossen gegen seinen, während er mich noch immer festhielt und mit dem Rücken gegen die Betonmauer unseres Hauses drückte, sein Gesicht so nah an meinem, dass ich mich genau wie beim letzten Mal nur hätte vorlehnen müssen, um ...

»Doch die darf ich unter keinen Umständen aufgeben. Nicht in deiner Gegenwart. Nicht deinetwegen. Hörst du?« Kennedys dunkle Stimme floss wie Elektrizität durch meinen Körper, ließ mich erzittern und mein Herz aus dem Takt schlagen.

»Wieso nicht?«, fragte ich hilflos und es klang fast wie ein Flehen. Ich erkannte meine Stimme kaum wieder.

»Weil ich dann endgültig die Kontrolle über mich verliere«, entgegnete er zu meiner Überraschung ehrlich und brachte mich damit für den Bruchteil einer Sekunde aus dem Konzept, weil ich nicht damit gerechnet hatte, diese Antwort aus seinem Mund zu hören.

Unvermeidbar glitt mein Blick hinunter zu seinen einladenden, schönen Lippen und ich spürte, wie der Drang, endlich von ihm geküsst zu werden, in mir unbändig wuchs. »Verliere sie«, bat ich so leise, dass er es vermutlich kaum verstehen konnte.

Doch als auch sein Blick zu meinen Lippen flog und ich ihn hart schlucken sah, wusste ich, er hatte mich dennoch gehört, hatte meine Bitte verstanden. Mein verzweifeltes Flehen, für das ich mich schämen sollte. Doch ich tat es nicht. Nicht in diesem Augenblick, in dem ich nichts mehr wollte, als dass er mir diesen einen Wunsch erfüllte und mich damit all das, was ich zuvor gefühlt hatte, vergessen ließ.

Kapitulierend und gleichzeitig erwartungsvoll schloss ich meine Augen und wartete nur darauf, Kennedys Lippen auf meinen zu spüren. Alles, was ich hörte, war mein unkoordiniert klopfendes Herz in meiner Brust. Oder war es seins?

»Fuck!«

Ein ohrenbetäubender Knall direkt neben meinem Kopf ließ mich abermals erschrocken zusammenzucken. Entsetzt riss ich die Augen auf und starrte in das vor Wut verzerrte Gesicht von Kennedy Connall und sackte augenblicklich innerlich zusammen.

Ernüchterung breitete sich in mir aus, als ich bemerkte, dass er vor mir zurückgewichen war und ich die Hitze seines Körpers nicht mehr spüren konnte.

»Du weißt Bescheid, Evanna«, bellte Kennedy plötzlich bestimmend und so bedrohlich, wie ich ihn bisher nicht erlebt hatte. »Ich war niemals hier. Haben wir uns verstanden?«

Ich atmete enttäuscht aus und senkte kraftlos die Schultern, als er sich, diesmal ohne auf eine Antwort von mir zu warten, von mir entfernte, um so schnell es ging, von hier wegzukommen. Weg von *mir*.

Mit Tränen in den Augen, die ich ihm nicht zeigen wollte, senkte ich auch meinen Blick, starrte verloren nach unten, als mir unerwartet etwas an ihm auffiel.

Ich schnappte leise erneut nach Luft. »Kennedy«, rief ich leise und hoffte, er hörte mich und blieb noch einmal stehen.

Er tat es. Wenn auch sichtlich widerwillig. Dennoch drehte er sich zu mir um und sah mich mit wütendem, abwartenden Blick an.

»Deine Hand«, sagte ich mit schmerzvoll verzogenem Gesicht, »... sie blutet.«

Sein Blick glitt an seinem Arm entlang, hinunter zu seiner Hand, die er noch immer zur Faust geballt hatte, und an der das Blut nur so entlang floss. Ich wollte lieber nicht wissen, mit welcher Wucht er gegen unsere Hauswand geschlagen haben musste, nur um sich offenbar davon abzuhalten, mich zu küssen.

Kennedy Connall musste mich wirklich und aus tiefster Seele verabscheuen, so viel verstand ich jetzt.

»Verflucht«, schoss es grollend vor Wut aus ihm heraus, bevor er zuerst seinen Hoodie, dann seine Jeans prüfend ansah, um abzuwägen, woran er am besten das Blut abwischen konnte. Doch anscheinend entschied er sich gegen beides und sah stattdessen mit zusammengepressten Lippen und unzufriedenem, hilflosen Blick zu mir auf.

»Du kannst sie gerne in der Küche an einer der Spülen abwaschen«, schlug ich schulterzuckend vor, rechnete allerdings nicht damit, dass er mein Angebot annahm. »Da kannst du sie auch mit einem sauberen Tuch versuchen zu stoppen. Sonst wirst du immer weiter bluten«, sagte ich kleinlaut und schaffte es kaum noch, seinem Blick standzuhalten.

Schnaubend kam er mir mit entschlossenen Schritten wieder näher, während ich leicht überfordert und perplex darüber, dass er tatsächlich auf mich hörte, stehenblieb und wartete, bis er bei mir war.

»Geh rein und sorg dafür, dass wir allein sind und mich niemand sieht. Auch keiner eurer Hausangestellten«, befahl er in gewohntem, rauen Ton, der mich im Normalfall entweder hätte die Augen verdrehen oder ihm die Leviten lesen lassen. Schließlich war es nicht meine verdammte Aufgabe, darauf zu achten, dass ihn niemand bei uns zuhause sah. *Er* war der verfluchte, zwielichtige Drogendealer im Haus des Councils, sollte er doch das nächste Mal besser aufpassen, nicht erwischt zu werden. Ich dachte, er wäre so etwas wie ein Phantom?

Offenbar nicht, wenn ich in seiner Nähe war.

Ich biss die Zähne zusammen und schluckte meinen Groll hinunter, der ohnehin von der tiefen Enttäuschung, die noch immer in meinen Knochen saß, überrollt wurde, wie von einer Lawine, die alle anderen Gefühle, die an die Oberfläche wollten, unter sich begrub und ersticken ließ.

Wortlos ging ich an ihm vorbei und steuerte den Hinterausgang an, der direkt durch unsere Küche führte und aus der Kennedy vorhin herausgestürmt kam. Es war klar, dass er sich zumindest in diesem Bereich unseres Hauses auskennen musste. Und mittlerweile wollte ich auch gar nicht mehr wissen, wo und wie gut er noch über unser Leben Bescheid wusste. Es interessierte mich nicht. Auch nicht, dass Dad anscheinend Drogen von ihm kaufte. Er und diese machtbesessenen Mistkerle, die hoffentlich alle noch im Zigarrenzimmer saßen und nicht auf der Suche nach mir im Haus herumschlichen.

Mit nervösem Puls betrat ich das Haus und sah mich prüfend in der verlassenen Küche um. Die Hausangestellten waren gerade vermutlich alle oben, um die Männer mit Whiskey, Häppchen und Zigarren zu bedienen. Und meine Mom befand sich ohnehin so selten in der Küche, wie ein Hippie im Krieg.

»Komm rein«, forderte ich Kennedy auf, der hinter mir stand und seine Hand mit der anderen festhielt, um nicht unsere Veranda vollzubluten. »Du kannst sie hier ausspülen«, sagte ich und deutete zur Spüle am Fenster. »Ich suche ein paar saubere Küchentücher, mit denen du dann die Blutung stoppen kannst.«

Kennedy folgte mir mit seinem Blick misstrauisch, während er zögerlich das Haus betrat und das Wasser an der Spüle anstellte, um das Blut von seiner Hand zu waschen. Ein leises Zischen verließ seine Lippen, doch er biss die Zähne zusammen und spannte seinen Kiefer an.

Es tat mir leid, dass er sich meinetwegen so schwer verletzt hatte. Allerdings war er auch selbst schuld daran. Statt seine Faust gegen die Hauswand zu donnern, hätte er auch einfach weggehen und mich stehenlassen können.

»Hier, damit sollte es gehen.« Ich reichte ihm ein paar Küchentücher, die ich auf dem Tisch gefunden hatte.

Kennedy wickelte sie fest um seine Hand und sah mich anschließend erneut mit diesem undefinierbaren Blick an, von dem ich keine Vorstellungen hatte, was er bedeutete. Das Einzige, was ich ihm ansah, war, dass er etwas sagen wollte. Etwas, das vielleicht erklärte, wieso er derart heftig reagiert hatte. Doch gerade, als er den Mund öffnete, um etwas zu sagen, schwang die Tür auf und ausgerechnet mein ehemaliger Sitznachbar, der Finanzminister, betrat die Küche.

»Na, sieh einer an, wen ich hier gefunden habe«, säuselte dieser mit anzüglichem Lächeln, als er mich erblickte. »Ich dachte schon, du lässt dich heute Abend gar nicht mehr bei uns blicken.«

Schockiert riss ich die Augen auf und sah zuerst ihn an, dann Kennedy, dessen Kiefer jetzt mehr denn je vor Wut angespannt war und der sich beeilte, seine Wunde abzubinden und zu verschwinden.

Verzweiflung machte sich in mir breit. Ich wollte nicht mit diesem Widerling allein gelassen werden. Ich wollte nicht, dass Kennedy geht, wollte mich nicht noch einmal machtlos und benutzt fühlen. Wollte nicht noch einmal angefasst werden. Nicht von diesem ekelhaften Arschloch und auch von keinem anderen, das oben im Zigarrenzimmer auf mich wartete.

Kennedy würdigte mich keines Blickes, ehe er ohne jedes Wort zum Hinterausgang ging, während der Finanz-Mistkerl an mich herantrat und mich, wie beiläufig, mit seinen Fingern an meinem Hintern streifte.

Mein Körper versteifte sich automatisch, als ich seine Berührungen spürte. Und wie so oft blieb ich wie angewurzelt und verloren stehen, vollkommen machtlos dem gegenüber, was gleich folgen würde, während ich nur aus dem Hintergrund hörte, dass Kennedy Connall das Haus verließ und mich damit den Wölfen unwissentlich zum Fraß vorwarf.

15

Ich fühlte mich innerlich tot. Von der einen auf die andere Sekunde verabschiedete sich meine Seele und wich aus meinem Körper, ließ mich ebenso allein, wie Kennedy es getan hatte, und verschwand an einen besseren Ort. Ein Ort, den es nur in meiner Fantasie gab und der mittlerweile nicht nur mein zweites Zuhause war, sondern meine Zuflucht und Rettung.

Sobald mir etwas Schlimmes bevorstand, was ich nicht abwenden konnte, verzog ich mich mit all meinen Gedanken, all meinem Bewusstsein dort hin, und ließ nichts als eine Hülle meines Körpers zurück, mit dem jeder tun und machen konnte, was er wollte, ohne meine Seele berühren zu können. Denn die schützte ich vor allem Bösen mit meinem Leben.

»Wolltest du dich hier etwa vor uns verstecken, Kleine?«, hörte ich nur wie durch Watte den Finanzminister an meinem Ohr raunen, während er seinen Körper drängend an meinen Rücken und schließlich gegen meinen Hintern presste. Ich spürte alles, was ich niemals spüren wollte, wusste, dass dieser Abend und diese Nacht genauso böse enden würden, wie es die letzten Jahre an Thanksgiving war.

Resigniert schloss ich die Augen und wusste, dass mich gleich zwei Arme von hinten packen und nach vorne quer über den Küchentresen drücken würden, während ich versuchte, mit all meinen Gedanken und so schnell ich konnte, an meinen Zufluchtsort in meiner Fantasie zu gelangen. Fort von hier, fort von allem Schmerz. Ich löste mich von meinem Körper und wartete nur darauf, dass es geschah.

Doch statt der gierigen Arme, die um mich griffen und mich anschließend nach vorne beugten, wurde ich plötzlich losgelassen und beiseitegeschoben, als hätte sich der Wichser an mir verbrannt.

Im nächsten Moment nahm ich erneut das schließende, laute Knallen der Tür wahr und drehte mich erschrocken zum Hinterausgang um, in dem auf einmal Kennedy stand und mich mit prüfendem, forschen Blick musterte. Von oben bis unten und wieder hinauf in meine Augen.

»Hey«, sagte er zögerlich, während sein Blick von mir zu dem Arschloch neben mir flog. »Mein Wagen will nicht anspringen. Habt ihr hier in dieser Villa irgendwo so etwas wie ein Schnellstarterkabel oder so?«

Ich blinzelte.

Passierte das gerade wirklich oder träumte ich? War ich vielleicht bereits an meinem Lieblingsort, nur dass mich dort diesmal ausgerechnet Kennedy Connall rettete? Ich war mir nicht sicher, was real und was reines Wunschdenken war.

»Ja«, krächzte ich nach einer Weile, weil anscheinend alle nur darauf warteten, bis ich etwas erwiderte. »Ja, klar. Irgendwo in der Garage müsste bestimmt eins sein«, sagte ich mit gebrochener Stimme und schluckte meine Tränen, die in mir aufstiegen, hinunter. »Ich frag am besten Mal Jerry, unseren Chauffeur. Der weiß sicher, wo es ist. Er wird dir bestimmt helfen können«, stammelte ich hilflos und vermutlich viel zu schnell vor mich hin, weil ich noch immer nicht verstand, was hier gerade eigentlich geschah.

War Kennedy wirklich zurückgekommen? Und tat er es meinetwegen? Oder war sein verfluchter Wagen tatsächlich liegengeblieben?

Scheiße, selbst wenn! Das war Schicksal und rettete mich, ganz egal, weswegen er jetzt hier war.

Mit glühenden Wangen und einem dicken Kloß in meinem Hals deutete ich hinaus in den Garten und Richtung Einfahrt, in der sich unsere Garagen befanden. Mein Dad besaß beinahe einen verdammten Fuhrpark, so viele Luxuskarossen, wie er mittlerweile besaß. Und in diesem Moment war ich dankbar dafür, dass ich so eine Ausrede hatte, das Haus kurz zu verlassen und draußen nach frischer Luft zu schnappen.

Kennedy verstand meine Geste und öffnete die Tür, wartete diesmal jedoch auf mich, statt hinaus- und vorzugehen, damit ich nach unserem Chauffeur suchen und nach dem dämlichen Kabel fragen konnte.

Beinahe fluchtartig quetschte ich mich an dem Finanzminister vorbei, rettete mich in Kennedys Nähe und schließlich hinaus ins Freie, wo ich mir die brennend heißen Tränen, die jetzt doch über meine Wangen liefen, hastig wegwischte, bevor es einer der beiden sehen konnte.

Kennedy bliebt einen Moment länger in der Tür stehen und fixierte sein Gegenüber mit einem schneidend bohrenden Blick. »Solltest du heute, am Fest der Dankbarkeit, nicht besser bei deiner Frau und deinen zwei Kindern sein, Harold?«, fragte er den Finanzminister und seine Stimme klang dabei so kalt und drohend, dass sie selbst mich frösteln ließ.

»Und solltest *du* nicht längst wieder von hier verschwunden sein, Ken?«, hörte ich die Antwort des Arschlochs noch gedämpft und begriff erst im Nachhinein, dass die beiden sich zu kennen schienen. »Wir sehen uns später im Zigarrenzimmer, kleine Eve«, rief Harold, der Finanzminister, zu mir nach draußen und ließ mich verzweifelt aufkeuchen.

Das Einzige, woran ich in diesem Augenblick noch denken konnte, war, dass ich von hier verschwinden musste. Jetzt und sofort. Ich konnte nicht mehr, schaffte keine weitere Nacht mit diesen Männern, ertrug keine weitere Berührung von ihnen, keinen Blick und keine ...

Kennedys scharfer Blick zerschnitt meine Gedanken, als er sich plötzlich zu mir umdrehte und mit schnellen Schritten auf mich zukam.

»Wieso bist du wieder zurückgekommen?«, schoss es fassungslos aus mir heraus. »Springt dein Wagen wirklich nicht mehr an?« Ich schnappte nach Luft, stand kurz davor, zu hyperventilieren, als Kennedy mich auf einmal mit beiden Händen packte und festhielt, damit meine Knie nicht nachgaben und mich unweigerlich zu Fall brachten.

»Du wirst jetzt Folgendes tun«, raunte er aufgeregt und sah mich auffordernd und bestimmt an. »Du gehst kurz wieder rein, suchst direkt nach deiner Mutter und sagst ihr, dass Clare vorhin auf dem Weg zu ihrer Familie einen Unfall hatte.«

»Was?«, schnappte ich wieder atemlos, während ich in seinen Augen zu erkennen versuchte, was zur Hölle er gerade vorhatte. Und warum er, verflucht nochmal, noch immer hier war? »Wieso sollte ich ...?«

»Tu einfach, was ich dir sage, Evanna«, drängelte er wütend. »Ich warte hier draußen, bis du wieder zurück bist.«

Bis ich wieder zurück bin? Ich starrte ihn verwirrt an, stand vollkommen neben mir und wusste nicht mehr, wo oben und unten war. »Und was dann?«

Kennedy seufzte leise, bevor all die Wut aus seinem Blick wich und Resignation Platz schaffte. »Dann bringe ich dich hier weg.«

Draußen war es bereits dunkel, als ich durch einen sanften Bass, der durch den Innenraum von Kennedys Wagen dröhnte, geweckt wurde und mich langsam aufrecht setzte, als ich bemerkte, dass wir offenbar längst an der Wohnung von Valerie, Clare und mir angekommen waren.

Müde rieb ich mir die Augen und leckte über die trockenen Lippen, bevor ich mich mit nervösem Herzklopfen zu Kennedy umdrehte, der hinter dem Steuer saß und mit starrem, harten Blick nach draußen durch die Windschutzscheibe sah.

Die ganze Fahrt über hatten wir nicht miteinander gesprochen. Nachdem ich Mom mit dem vermeintlichen Unfall von Clare angelogen hatte – genau so, wie Kennedy es mir zuvor gesagt hatte –, war ich in seinen Wagen gestiegen und war zusammen mit ihm aus Clarksburg abgehauen.

Kennedy hatte keine Fragen gestellt. Ich ebenso nicht. Und nach nur wenigen Minuten war ich in dem bequemen Leder des Beifahrersitzes eingeschlafen, so erschöpft und kraftlos hatte ich mich nach diesem Tag und nach allem, was geschehen war, gefühlt. Ich fragte nicht einmal nach, wohin Kennedy mich fuhr und woher er diesen mit Sicherheit wahnsinnsteuren Mustang besaß, in dem wir gerade saßen. Es war mir egal. Zumindest in diesem Moment. Denn alles, was zählte, war, dass ich nicht mehr in meinem Elternhaus sein musste und für den Rest des Abends meine Ruhe hatte und in Sicherheit war. Und dafür war ich Kennedy unendlich dankbar.

»Vermutlich sollte ich mich wundern, dass du weißt, wo ich wohne«, sagte ich leise und seufzte, nachdem ich die Stille zwischen uns gebrochen hatte.

Kennedy drehte seinen Kopf in meine Richtung und sah mich mit scharfem Blick an. »Aber?«

»Ich tu's nicht«, entgegnete ich schulterzuckend. »Ich wundere mich bei dir über rein gar nichts mehr, wenn ich ehrlich bin.«

Kennedy erwiderte nichts darauf, sah mich nur weiter mit diesem schneidenden Blick an, der so typisch für ihn war. Ob er das wohl absichtlich tat, mich immer derart anzusehen? Oder konnte er nicht anders und es geschah völlig unbewusst? Ich hatte keinen blassen Schimmer. Genauso, wie ich keine Ahnung hatte, wer er eigentlich war und weshalb er vorhin zurückgekommen war.

»Ich hab das Gefühl, du weißt so viel von mir. Und ich ... weiß im Grunde überhaupt nichts über dich. Ich hab keine Ahnung, wie dein Leben aussieht, wieso du dealst oder warum du ausgerechnet Jura studierst und in welchem Semester du gerade bist. Ich weiß absolut nichts von dir«, sprach ich meine Gedanken aus, auch auf die Gefahr hin, mich dadurch verletzbar zu zeigen oder dass er sich deswegen über mich lustig machte.

»Du weißt genug«, kommentierte Kennedy jedoch nur knapp und mit hartem Klang in der Stimme. »Mehr, als gut für dich ist.« Sein Blick verdunkelte sich.

Ich öffnete den Mund und holte Luft. »Aber ...«

»Geh nach Hause und schlaf dich aus, Evanna. Du siehst aus wie ein Gespenst«, unterbrach er mich und entriegelte die Beifahrertür, von der ich bis eben nicht mal wusste, dass er sie verriegelt hatte während der Fahrt.

Statt auszusteigen, so wie er es von mir verlangte, blieb ich sitzen und starrte ihn nachdenklich an. »Wieso bist du zurückgekommen, Kennedy?«, stolperte die Frage schließlich aus meinem Mund, obwohl ich sie eigentlich hatte zurückhalten wollen. Ich war mir nicht sicher, ob ich seine Antwort wirklich hören wollte. »Ich meine, du warst doch schon längst weg und hättest einfach fahren können. Niemand hat dich davon abgehalten. Warum bist du also ...?«

»Hätte ich dich besser dort lassen sollen?«, fuhr er mir wiederholt über den Mund und funkelte mich plötzlich wütend an. Als wäre *ich* schuld an allem. Als hätte *ich* ihn darum gebeten, mich mitzunehmen.

»So sehr, wie du mich verabscheust, hätte ich in der Tat genau *das* von dir erwartet«, antwortete ich ehrlich.

Kennedys Wut wich einen Augenblick einer unerwarteten Verwunderung. »So sehr, wie ich dich verabscheue?«, wiederholte er meine Frage ungläubig. »Ist es das, was du glaubst? Dass ich dich hasse?«

Ich schluckte hart. »Es ist genau das, was du mich jedes Mal spüren lässt, wenn wir uns sehen, ja.«

Sein Blick wurde weicher, beinahe wirkte er resigniert. »Du solltest jetzt wirklich besser gehen, Evanna.«

»Cleo«, erinnerte ich ihn trotzig und öffnete die Tür, um auszusteigen. »Letztens hast du mich Cleo genannt, nicht Evanna.«

Kennedy blickte mich intensiv und abschätzend an. »Und das bedeutet?«

»Sag *du* es mir«, forderte ich, nicht ohne eine leise Kränkung in der Stimme, die ich nicht zu verhindern schaffte, während ich aus dem Wagen stieg und vor der geöffneten Beifahrertür stehenblieb und ihn erwartungsvoll ansah.

Kennedy seufzte ergeben, bevor er sich mit beiden Händen über das Gesicht fuhr und den Kopf schüttelte. Wieso, wusste ich nicht. Ich hatte schließlich keine Ahnung, was er wirklich über mich dachte.

»Das hier war eine einmalige Sache, das ist dir klar, oder?«, knurrte er, wie so oft unzufrieden. Als müsste er sich wieder einmal schwer beherrschen.

Ich schnaubte und verschränkte die Arme vor der Brust. »Was von all den Sachen, die heute passiert sind, meinst du? Du musst dich schon genauer ausdrücken. Meinst du, dass du bei uns zu Hause aufgetaucht bist und meinem Dad Kokain verkauft hast oder dass ...«

Er fluchte leise und unterbrach meine Tirade unweigerlich. »Wieso kannst du es nicht sein lassen, hm? Warum musst du mich immer provozieren? Kannst du nicht ein Mal deinen vorlauten Mund halten und einfach das tun, was ich von dir verlange?«, wollte er anschließend mit rauer Stimme und scharfem Blick von mir wissen.

»Was verlangst du denn von mir?« Trotzig hob ich ihm mein Kinn entgegen.

Ich erkannte, wie sehr er sich zusammenriss, um nicht wie ein Vulkan auszubrechen und mich mit Haut und Haaren zu verschlingen. Kennedy gab sich sichtlich Mühe, in meiner Gegenwart ruhig zu bleiben, auch wenn ich es ihm nicht gerade leicht machte. Allein das rechnete ich ihm hoch an. Dennoch konnte ich nicht anders und musste ihm diese Fragen einfach stellen. Ich wollte endlich mehr über ihn erfahren, wollte mehr von ihm wissen.

»Dass du gehst, Evanna«, knurrte er leise und bedrohlich, als er mich wieder ansah. »Geh nach Hause, schlaf dich aus und ...« Mitten im Satz stoppte er und seufzte erneut, als müsste er sich davon abhalten, etwas zu sagen, was er später bereute.

Verstand er denn nicht, dass mich so etwas nur noch mehr neugierig werden ließ?

»Und *was*?«, beharrte ich auf eine Antwort und blieb unnachgiebig stehen.

Sein Blick spieß mich regelrecht auf. Wie ein spitzer Pfeil, der mich zweiteilte. »Halt dich endlich von mir fern.«

Wütend schnappte ich nach Luft und versuchte den Schmerz, der durch meine Brust schoss, zu ignorieren. »Glaubst du, ich hab darum gebeten, dass du ausgerechnet in unserem Haus aufkreuzt und mich vor diesen widerlichen Arschlöchern rettest? Es ist, verdammt nochmal, nicht *meine* Schuld, dass wir uns heute über den Weg gelaufen sind. Es war *deine* Entscheidung, *dein* Entschluss! Du wusstest genau, ich würde heute auch dort sein.«

Er spannte seinen Kiefer an. »Es ist aber sehr wohl *deine* Schuld, dass ich dich überhaupt vor diesen widerwärtigen Wichsern retten musste! Wach endlich auf und gesteh dir die Realität ein!«

Ich konnte nicht glauben, was er da gerade sagte. Fassungslos starrte ich ihn mit weit aufgerissenen Augen an und spürte, wie mein Puls zu rasen begann. »Und wie sieht die deiner Meinung nach aus, hm, Kennedy?«, fragte ich spitz und nur so vor Bitterkeit strotzend. »Komm schon, erzähl mir etwas über mein Leben, das ich anscheinend noch nicht weiß – oder nicht sehe.«

»Weißt du«, begann er schnaubend, »wenn du nur halb so viel Kampfgeist, wie du ihn *mir* gegenüber verspürst, bei diesen Pissern zeigen würdest, wenn sie dich wieder anfassen wollen, hättest du vermutlich etliche Probleme weniger.« Kennedy wirkte so wütend, wie ich ihn bisher selten erlebt hatte. Und trotzdem riss er sich unglaublich zusammen, um mich nicht auch noch zu packen und kräftig zu schütteln, wie er es wahrscheinlich in diesem Moment wahnsinnig gerne getan hätte. »Rette dich das nächste Mal selbst, Evanna. Ich werde es ganz sicher nicht noch einmal tun.«

16

Weihnachtszeit. Ich liebte und hasste sie gleichzeitig so sehr, wie es mein Herz nur zuließ. Weihnachtszeit bedeutete, bunte Lichter in der ganzen Stadt und wunderschön geschmückte Bäume. Leider war es aber auch das Fest der Familie und Liebe. Beides besaß ich genau genommen nicht. Nicht so, wie es sein sollte zumindest.

Meine echte, wahre Familie waren meine beiden Freundinnen, mit denen ich zusammenlebte, und meine Liebe ... Tja, auch die galt einzig und allein Valerie und Clare. Sie waren alles, was ich liebte, alles, was ich noch hatte in meinem Leben. Und nur ihnen zuliebe gab ich mir redlich Mühe, die nächsten Wochen mit weihnachtlicher Stimmung und nicht allzu mieser Laune zu glänzen. Was mir bei dem Gedanken an die bald anstehenden Feiertage, die ich wie jedes Jahr bei meinen Eltern in Clarksburg verbringen würde, mehr als schwerfiel.

Es war gerade einmal eine Woche her, seitdem Kennedy mich unerwartet aus den Klauen dieser ekelhaften Männer an Thanksgiving in unserem Haus befreit und mich anschließend hatte auf der Straße vor meiner Wohnung stehenlassen. Eine Woche, in der ich weder mit Dad oder Mom Kontakt, noch Kennedy gesehen, geschweige denn mit ihm gesprochen hatte. Und mittlerweile war ich mir nicht einmal sicher, ob ich das überhaupt noch wollte – zumindest, was Kennedy Connall anging.

Der Stachel, den er mit seinen letzten Worten tief in mein Herz gesetzt hatte, saß noch immer und schmerzte bei jedem Gedanken daran. Denn auch diesmal konnte ich nicht leugnen, dass er mit allem, was er über mich gesagt hatte, absolut recht behielt. Genau genommen war ich tatsächlich selbst schuld an allem, was mir zugestoßen war und was mit mir geschah. Ich hätte mich schließlich jederzeit wehren können, hätte schreien, beißen und um mich treten können. Doch ich tat es nicht. Nie. Nicht einmal ein einfaches Nein hatte ich bisher je zustande gebracht, sobald mich einer dieser Männer benutzte oder etwas mit mir tat, was ich nicht wollte.

Dabei war ich mir fast sicher, dass einige von ihnen von mir abgelassen hätten, wäre ich nicht feige gewesen und hätte einfach nur meinen Mund aufgemacht, um ihnen zu sagen, dass ich das alles nicht wollte. Dass sie mich nicht anfassen und in Ruhe lassen sollten. Dass ich, verdammt nochmal, minderjährig war. Zumindest, als sie das erste Mal ihre Hände auf meinen Körper gelegt hatten und damit alles kindliche, was noch in mir gewesen war, ein für alle Mal aus mir herausgelöscht hatten. Von einem Tag auf den anderen Tag war ich ihretwegen zu einer Frau geworden. Zu einer Frau, die ich niemals sein wollte. Und doch war *ich* es, die es zugelassen hatte, dass ich statt zu Cleo, die ich sein wollte, zu Evanna wurde.

»Eve«, meldete sich Clare leise flüsternd neben mir, während wir nebeneinander in der Vorlesung für Politikgeschichte in einer der hinteren Reihen saßen und an unserem erkalteten Kaffee nippten. Draußen war es bitterkalt. Ganz besonders so früh am Morgen. Und so hatten wir es kaum geschafft, den Kaffee aus der campuseigenen Coffeebar zum Vorlesungssaal zu bringen, bevor er auch schon kalt wurde.

»Hm?« Erwartungsvoll sah ich meine Freundin fragend an.

Clare schmunzelte. »An wen oder was denkst du gerade?«, wollte sie plötzlich wissen.

Ich runzelte die Stirn. »Wieso fragst du?«

Sie zuckte mit den Schultern. »Du siehst wieder einmal aus, als würdest du gerne jemandem den Hals umdrehen wollen.« Sie kicherte leise und durchbohrte mich mit ihrem wissenden Blick. »Hat es vielleicht etwas mit einem berüchtigten Drogendealer zu tun?«

Empört blies ich die Wangen auf und sah sie gespielt böse an. »Ernsthaft, Clare? Du willst mit mir über Kennedy Connall reden? Ausgerechnet jetzt in der Vorlesung?«

Sie kicherte einfach weiter, weil sie mich kannte und deswegen genau wusste, dass sie mit ihrer Vermutung ins Schwarze getroffen hatte. Clare hatte schon immer die von uns dreien am sensibelsten ausgerichteten Antennen, wenn es um so etwas ging. Sie erkannte sowohl Val als auch mir ziemlich schnell und leider auch viel zu oft an, ob unsere Gedanken stets bei einem gewissen Typen hingen. Gerade Valerie litt ständig darunter, weil es bei ihr gefühlt jede Woche jemand anderes war und Clare das natürlich sofort auffiel.

Seit einiger Zeit schien sich jedoch etwas bei ihr verändert zu haben. Denn nicht nur Clare war schließlich aufgefallen, dass Valerie auffällig häufig mit Dallas, wie auch immer sein Nachname war, zusammen war. Außerdem redete sie ständig über ihn. Und das jetzt schon seit mehreren Wochen. Das war außergewöhnlich.

»Du hast bis heute nicht erzählt, was er zu dir gesagt hat, als ich bei dieser seltsamen Poolparty dazwischen geplatzt bin«, erwiderte sie breit grinsend. »Wollte er dich wirklich küssen? Und ...« Ihre Augen wurden so groß wie zwei Teller. »Hättest du ihn zurückgeküsst?«

»Himmel, Clare! Woher kommt das alles gerade? Das ist doch alles schon eine halbe Ewigkeit her.« Ich sah sie verständnislos an und schüttelte den Kopf. »Seit wann ist Kennedy wieder Thema zwischen uns?«

»Seitdem du pausenlos an ihn denkst«, schoss sie leise zischend zurück, ehe sie erneut zu kichern begann. »Und streite es bloß nicht ab. Du weißt genau, ich erkenne es, wenn du oder Val in einen Typen verschossen seid.«

»Verschossen?«, kam es entgeistert und diesmal viel zu laut aus meinem Mund. So laut, dass auch der Professor sich zu uns umdrehte und uns mit strengem Blick ansah.

Ich presste die Lippen fest aufeinander und rutschte auf meinem Platz nach unten, während Clare noch immer schrecklich amüsiert über das ganze Gesicht grinste.

»Wir klären das später, wenn wir nach Hause laufen«, warnte ich sie vor und schluckte all meinen Verdruss darüber hinunter, dass selbst meine Freundin bereits bemerkte, dass Kennedy mir unter die Haut ging. Und das, obwohl ich mir in letzter Zeit so viel Mühe gab, dass er das nicht tat.

Doch, verflucht nochmal, Clare hatte recht. Seit Wochen schon dachte ich ständig nur noch an Kennedy Connall. Und mit jedem Mal, wenn wir uns sahen oder uns über den Weg liefen, wurde es nur noch schlimmer und schlimmer. So schlimm, dass er längst in meinem Kopf festsaß und darin alles belagerte, als würde es ihm gehören.

Ich hatte ihn hereingelassen – in mein tiefstes Innerstes. Und jetzt wusste ich nicht, ob und wie ich ihn wieder loswerden sollte. Ich wollte ihn vergessen und gleichzeitig mehr über ihn erfahren. *Alles*. Meine Gefühle waren schrecklich durcheinander und so widersprüchlich, wie sie nur sein konnten. Was also sollte ich dagegen tun? Ich hatte nicht die blasseste Ahnung.

»Ich dachte, wir gehen nach Hause und du backst ein paar deiner Christmas-Cookies für Val und mich?«, wunderte ich mich grinsend, als Clare nach der letzten Vorlesung zusammen mit mir zwar den Campus verließ, anschließend jedoch in die entgegengesetzte Richtung lief, in der unsere Wohnung lag.

»Das ist das, was *du* tun willst«, erinnerte sie mich ebenfalls grinsend und lief einfach weiter, sodass ich ihr hinterherhasten musste, um sie wieder einzuholen. »*Ich* wollte noch unbedingt in die Stadt, um nach einem passenden Weihnachtsgeschenk für Val zu suchen. Schon vergessen?«

Ich presste die Lippen aufeinander und nickte schuldbewusst.

»Hast du denn schon eins für sie gefunden?«, fragte Clare mit verzweifeltem Blick, als ich mich ihr freiwillig und ohne Diskussion anschloss, um in die Stadt zu gehen.

Ich zuckte mit den Schultern. »Ich schenke ihr das, was sie sich gewünscht hat«, sagte ich schmunzelnd.

Clare blieb abrupt stehen und starrte mich fassungslos an. »Sie hat dir verraten, was sie sich wünscht?«

Ich nickte verwundert. »Dir etwa nicht?«

Clare schnappte empört nach Luft. »Mir hat sie nur gesagt, ich soll sie überraschen«, erwiderte sie niedergeschlagen. »Aber wie soll man jemanden überraschen, der gefühlt schon alles hat. Und selbst wenn nicht, könnte sie sich alles leisten, was sie will. Ich hingegen ...«

»Clare«, unterbrach ich sie grinsend und stupste sie mit dem Ellenbogen an, damit wir weiterliefen. »Du weißt doch, wie sie ist. Sie will dich nur herausfordern, mehr nicht. Und wir kennen sie beide gut genug, um zu wissen, dass sie nichts Materielles von uns beiden braucht. Sie möchte doch nur, dass du dir ein wenig den Kopf darüber zerbrichst und ihr am Ende einen selbstgebackenen Kuchen oder irgendetwas anderes deiner Köstlichkeiten schenkst.«

Meine Freundin schnaubte. »Und wieso fordert sie zur Abwechslung nicht auch mal dich heraus?«

Ich begann zu lachen. »Weil sie genau weiß, dass ich ihr nichts bieten kann – nichts, außer meiner Zeit«, sagte ich kichernd. »Schließlich kann ich weder gut kochen, noch so genial gut backen wie du. Alles, was ich habe, ist meine Zeit, die ich ihr schenke. Und genau das hat sie sich auch von mir gewünscht.«

Clare sah mich irritiert an. »Als ob du ihr nicht schon genug deiner Zeit schenkst. Wofür will sie die denn diesmal so explizit einsetzen? Sollst du wieder mit ihr auf ein

Konzert, auf das niemand sonst mit ihr hingehen will?« Sie begann zu grinsen und überlegte laut: »Gibt es die Jonas Brothers eigentlich noch?«

Lachend prustete ich erneut los.

»Oder One Direction?«, fragte sie kichernd. »Will sie etwa schon wieder versuchen, den armen Harry Styles zu stalken?«

Ich grinste amüsiert. »Ich fürchte, One Direction haben sich schon vor einer gefühlten Ewigkeit getrennt, liebe Clare. Und Harry ... Tja, der wird wohl kaum an Silvester ausgerechnet in Clarksburg im verfluchten West Virginia sein neues Jahr beginnen wollen.«

Clare sah mich verständnislos an und wickelte ihren dicken Schal fester um den Hals, als uns eine eisige Windböe ins Gesicht wehte. »Sie will also, dass du mit ihr zusammen Silvester in Clarksburg verbringst? Das hat sie sich von dir extra gewünscht?«

Wieder nickte ich, doch diesmal war jedes Schmunzeln oder Lächeln aus meinem Gesicht verschwunden. Meine Freundinnen wussten, dass ich nur verdammt ungern Silvester oder Neujahr in meiner Heimatstadt verbrachte. Nur kannten sie bis heute die Gründe dafür nicht. Und mir war es lieber, dass es dabei blieb.

»Wieso hat sie mich nicht gefragt, ob ich Silvester mit ihr verbringe? Mir ist es schließlich egal, ob wir hier in Fairmont bleiben oder in Clarksburg feiern.« Clare verzog das Gesicht, als wir in Richtung der Innenstadt abbogen, in der die Einkaufsmeile mit all ihren Geschäften lag.

»Gerade *deswegen* muss sie sich das ja nicht mehr von dir wünschen. Val weiß genau, du würdest auch so mit ihr kommen. Aus freien Stücken – anders als ich.«

Meine Freundin sah mich von der Seite an und musterte mich nachdenklich. »Wieso ist das eigentlich so?«, überlegte sie laut. »Warum willst du an Silvester nie nach Clarksburg oder zu deiner Familie? Deine Eltern können unmöglich so schrecklich sein, wie du sie manchmal darstellst. Dein Dad ist schließlich der Council von Harrison County. Und deine Mom ist einfach nur entzückend.« Clares Augen funkelten, als sie begann, über meine Mutter zu schwärmen. »Jedes Mal, wenn ich nach der Schule bei euch war, hat sie dafür gesorgt, dass ich abends nicht hungrig nach Hause gehen musste.«

Ich schnaubte. »Das liegt nur daran, weil sie verhindern wollte, dass sich in der Stadt herumsprach, dass sie sich nicht um die Freundinnen ihrer Tochter kümmert. Oder dass sie ihnen egal sind, so wie ihre Tochter es für sie ist«, erwiderte ich augenrollend und bemühte mich, nicht die Fassung zu verlieren.

Clare blieb erneut stehen und sah mich mit entsetztem Blick an. »Das glaube ich nicht. Weder, dass du ihr egal bist noch die Tatsache, dass es sie nur interessiert, ihren

Ruf zu wahren. Diesen Eindruck hat sie damals nie auf mich gemacht.«

»Natürlich nicht«, lachte ich bitter auf. »Was für eine schlechte Schauspielerin wäre sie denn gewesen, wenn es ihr jeder hätte ansehen können? Geschweige denn, dass sie meinem Dad dann nichts mehr genützt hätte.«

Meine Freundin schüttelte ungläubig den Kopf und lief wieder weiter. »Du übertreibst. So schlimm können die beiden niemals sein.«

Ich biss die Zähne zusammen und schluckte alle weiteren Kommentare zu diesem Thema hinunter. Clare konnte nicht ahnen, *wie* schlimm meine Eltern tatsächlich waren. Und da ich nicht wollte, dass sie die Wahrheit jemals erfuhr, musste ich wohl oder übel die Klappe halten. Ganz egal, wie sehr es mich innerlich aufregte, dass sie mir nicht glauben wollte und das Ganze herunterspielte.

Clare war ein Mensch mit einem wahnsinnig großen Herzen, doch dadurch leider auch hin und wieder ein wenig naiv. Sie wusste, dass weder Valerie noch ich ein leichtes Leben hatten, nur weil unsere Familien in der regionalen Politik eine große Rolle spielten und wir dadurch im Gegensatz zu ihr ziemlich privilegiert aufgewachsen waren.

Clare hatte während der Highschool oft genug gesehen oder mitbekommen, wie schwer Val und ich es manchmal hatten. Nicht nur, weil wir wegen unseres Status auch andere Verpflichtungen hatten als die meisten unserer Mitschüler, sondern auch weil wir häufig von eben diesen ausgegrenzt und gemieden wurden. Wer dachte, wohlhabende und einflussreiche Eltern verhalfen auch in der Highschool automatisch zu einem gewissen Ruf und schützten vor Mobbing oder Ausgrenzung, der irrte gewaltig.

Valerie und ich mussten uns die gesamte Schulzeit durchkämpfen, um uns einen eigenen Ruf zu erarbeiten – einen, der uns absichtlich von unseren Familien abgrenzte, nur damit wir von den anderen nicht gemieden oder schikaniert wurden. Vielleicht hatten wir dadurch unser manchmal vielleicht zu übertriebenes Selbstbewusstsein erhalten, das wir jetzt besaßen. Und vielleicht kam auch daher mein verbissener Kampfgeist, sobald Kennedy in meiner Nähe war und mich wieder einmal mit diesem abwertenden Blick ansah. Der Blick, der mich womöglich an die Zeit von früher erinnerte.

All das konnte Clare nicht wissen, egal, wie gut sie mich kannte. Mich *und* Valerie. Sie hatte zwar vieles von damals mitbekommen, doch eben nicht alles. Schon gar nicht das, was sich wirklich hinter den ach so hohen Mauern der viktorianischen Villen in Clarksburgs Luxusvierteln abspielte. Und ich wollte auf keinen Fall diejenige Person sein, die ihr die Augen öffnete.

Manchmal war ein wenig Naivität auch so etwas wie ein Segen.

17

Draußen war es bereits dunkel und wie von vor zwei Wochen fielen erneut dicke, wunderschöne Schneeflocken vom Himmel, während Clare und ich direkt an der Fensterfront in einem Café an der Einkaufsmeile von Fairmont saßen und uns drinnen mit heißer Schokolade wärmten. Es hatte Stunden gedauert, bis wir ein paar passende Weihnachtsgeschenke für Clares Familie gefunden hatten. Für Valerie hingegen hatte sie allerdings nach wie vor keine sonderlich originelle Idee, was sie unserer Freundin schenken sollte.

Seufzend nippte sie an ihrem dampfenden Becher und musterte mich eingehend. »Wolltest du mir nicht etwas darüber erzählen, was wirklich zwischen dir und Kennedy Connall läuft?«

Augenblicklich setzte ich mich in meinem gepolsterten Sessel gerade auf und starrte sie wie vom Blitz getroffen an. »Was da wirklich zwischen ihm und mir läuft?«, wiederholte ich mit viel zu hoher Stimme und sah sie fassungslos an. »Verdammt, Clare! Da läuft rein gar nichts, wie oft soll ich dir das denn noch sagen? Kennedy Connall hasst mich!«, platzte es ungehalten aus mir heraus, als ich bemerkte, wie sich einige Köpfe in unsere Richtung drehten.

Clare zog unweigerlich den Kopf ein und presste kurz die Lippen schuldbewusst aufeinander. »Vielleicht solltest du nicht so laut sein, wenn du in aller Öffentlichkeit seinen Namen in den Mund nimmst«, flüsterte sie, weil sie genau wusste, was das für mich bedeuten konnte, sollte jemand erfahren, dass ich Kennedy Connall kannte. Schließlich war ich offensichtlich nicht die Einzige, die wusste, was er war – oder tat. Ich wollte keinesfalls mit einem Drogendealer in Verbindung gebracht werden. Schon gar nicht, weil ich ahnte, was Dad dann tun würde, sollte er davon erfahren.

Andererseits wusste ich, dass er und seine verdammten Politikerfreunde vermutlich Connalls beste Kunden waren. Was also sollte mir schon blühen? Wenn ich es darauf anlegte, hatte ich Dad damit in der Hand, oder etwa nicht? War diese Information nicht weitaus mehr wert für die Presse, als jede, die sie über mich hätten verbreiten können? Und bedeutete das nicht automatisch, ich hatte meinen Vater damit in der Hand? War diese Information vielleicht so etwas wie meine Rückversicherung für alles, was mir noch bevorstand? Gerade jetzt an Weihnachten?

Ich sank in meinem Sessel nach hinten und lehnte mich in Gedanken versunken zurück, als mir zum ersten

Mal bewusst wurde, was Kennedys Auftauchen in unserem Haus an Thanksgiving womöglich losgetreten hatte. Es war mein Ticket in die Freiheit. Zumindest könnte es das werden, wenn ich es klug anstellte und meinen Vater damit tatsächlich erpresste. Doch ... würde ich wirklich so weit gehen? Hatte ich den Mut dazu, mich endlich von meiner Familie zu lösen? Und was passierte dann mit Kennedy, sollte ich alles, was ich wusste, irgendwann an die Presse weitergeben?

Mein Herzschlag beschleunigte sich wie von selbst, als ich darüber nachdachte, Kennedy Connall auszuliefern. Vollkommen egal, ob direkt an die Presse, Polizei oder lediglich an meinen Dad und seine Leute, sie würden ihn zerfleischen und sein Leben restlos in Stücke reißen, bis nichts mehr davon übrig war.

Wollte ich das wirklich? Sein Leben gegen meines eintauschen?

»Eve?« Clare holte mich zurück in die Realität und sah mich stirnrunzelnd an. »Ich mache mir langsam Sorgen um dich«, sagte sie bewusst leise, damit uns niemand der anderen Cafégäste hörte.

Ich setzte mir ein mildes Lächeln auf und winkte ab, bevor ich an meiner heißen Schokolade nippte, die mittlerweile leider alles andere als heiß war. »Es gibt keinen Grund dazu, mach dir also bitte keine Gedanken um mich«, beschwichtigte ich, mied allerdings ihrem Blick, weil ich wusste, sie konnte meine Lügen problemlos enttarnen.

»Aber du sagtest doch selbst, du glaubst, dass Connall dich hasst«, entgegnete sie flüsternd. »Wenn das wirklich stimmt, dann ...«

»Dann werde ich mit ihm auch allein fertig«, unterbrach ich sie schmunzelnd. »Er ist nur Dealer, kein Serienkiller, okay?«

Clare verzog wieder einmal ihr Gesicht und musterte mich skeptisch. »Bist du dir sicher? Ich meine, niemand weiß so wirklich, wer dieser Typ eigentlich ist. Jeder weiß zwar, dass er dealt, aber niemand kennt ihn – so richtig, meine ich. Oder weißt du vielleicht, wie alt er ist, wo er wohnt oder was er sonst noch so treibt, außer Drogen an unschuldige Studenten zu verkaufen?«

Amüsiert sah ich sie an und begann zu grinsen. »Nun ... so unschuldig, wie du vielleicht glaubst, sind die Studenten ganz sicher nicht, denen er das Zeug verkauft. Wir gehören schließlich auch zu seinen Kunden, falls du das vergessen haben solltest?«

Panisch sah sie sich in dem Café um, bevor sie mir einen bösen Blick zuwarf, weil ich auch das in aller Öffentlichkeit erwähnte – wenn auch deutlich leiser als noch eben zuvor.

»Außerdem weiß ich tatsächlich zufällig, dass er auch an der Fairmont State studiert«, gab ich schulterzuckend zu. »Er dürfte also alles zwischen achtzehn und Mitte zwanzig sein, schätze ich.«

Clare klappte überrascht der Mund auf. »Er studiert?«, fragte sie spitz und schnappte nach Luft. »Auf unserer Uni?«

Ich nickte knapp. »Du wirst niemals erraten, *was* er studiert.« Ein weiteres Grinsen schlich sich auf meine Lippen, ich konnte es nicht unterdrücken.

Meine Freundin krabbelte beinahe über den Tisch, um an diese Information zu gelangen und zu fordern, dass ich es ihr verriet. Doch bevor ich meinen Mund öffnen und es ihr sagen konnte, fiel mein Blick hinaus zum Fenster und geradewegs in stechend grüne Augen, die mich von der gegenüberliegenden Straßenseite aus der Dunkelheit durchbohrten.

Kennedy.

Wie lange stand er schon dort und beobachtete mich und Clare? Wusste er, dass ich gerade über ihn sprach? Oder war er nur zufällig hier und hatte mich in diesem Café sitzen sehen? So viele Fragen rasten durch meinen Kopf, doch keine von ihnen fand eine Antwort.

Meine Freundin bemerkte mein Starren und folgte meinem Blick. Ihr Atem stockte hörbar, doch sie sagte nichts. Ebenso wenig wie ich. Zu zweit sahen wir beide wie gebannt hinaus zu Kennedy, der mit tobendem Blick, der allein mir galt, auf der anderen Seite der Straße stand, die Hände lässig in den Hosentaschen, und auf etwas zu warten schien.

In der nächsten Sekunde tauchte plötzlich jemand neben ihm auf und ich verstand, dass er nicht auf *etwas* gewartet hatte, sondern auf …

»Scheiße, ist das etwa seine Freundin?«, platzte es ungehalten aus Clare heraus, die ähnlich wie ich völlig perplex und schockiert darüber war, was wir gerade beobachteten.

Eine wunderhübsche Brünette schmiegte sich an Kennedys Körper und drückte ihm einige Shoppingtüten in die Hand, während sie ihn mit selbst von hier aus unübersehbar funkelnden Augen anblickte. Ein zuckersüßes Lächeln lag dabei auf ihren Lippen, die feuerrot geschminkt waren.

Unweigerlich dachte ich an Kennedys abwertenden Kommentar zurück, als er über mich und mein Aussehen geurteilt hatte, nachdem ich aus Clarksburg an dem Footballspiel der Falcons aufgetaucht und ihn angesprochen hatte. Es war offensichtlich gewesen, dass ihm mein stark geschminktes Gesicht nicht gefallen hatte. Wieso sollte es ihm also bei ihr gefallen?

Entsetzt über meine eigenen Gedanken blinzelte ich einmal und schüttelte den Kopf. Was, verflucht nochmal, stimmte nicht mit mir? Wieso verglich ich mich automatisch mit dieser Frau, die ich weder kannte und von der ich nicht einmal wusste, wer sie war – geschweige denn, ob sie wirklich zu Kennedy gehörte.

Selbst wenn, schoss es mir durch den Schädel, der allmählich zu dröhnen begann vor lauter Verwirrung, die in meinem Inneren herrschte. Was interessierte es mich, ob er eine Freundin hatte oder nicht? Es sollte mir egal sein. Vollkommen egal.

Die Wahrheit sah allerdings anders aus. Und das ahnte auch Clare längst.

Mit prüfendem Blick sah sie wieder zu mir, statt nach draußen zu Kennedy und der hübschen Brünetten, die ihm gerade sogar ihre Lippen auf die Wange gedrückt und anschließend mit ihren Fingern die rote Farbe ihres Lippenstiftes weggewischt hatte.

»Geht es dir gut?«, fragte meine Freundin mich vorsichtig, während ich mir Mühe gab, gleichgültig auszusehen.

Zu meiner eigenen Verwunderung fiel es mir schwerer als erwartet. Vielleicht weil ich nicht damit gerechnet hatte, dass es mich tatsächlich so sehr treffen würde, ihn mit einer Frau zu sehen. Wie hätte ich das auch wissen können, wenn ich mir nicht einmal richtig eingestehen konnte – und es auch nicht wollte –, dass Kennedy Connall schon länger eine größere Rolle in meinem Leben spielte. Eine Rolle, die er definitiv nicht spielen sollte.

Und doch tat er es. Ohne, dass weder er noch ich es verhindern konnten.

Gewisserweise war er mir wichtig geworden. Warum oder wie das passieren konnte, wusste vermutlich nur der Teufel. Für mich ergab es zumindest keinen Sinn. Zumal ich ihn noch immer nicht wirklich kannte. Wie war es also möglich, dass mir jemand wichtig war, von dem ich nicht wusste, wer er eigentlich war? Das war völlig absurd.

»Wieso sollte es mir nicht gut gehen?« Ich lächelte Clare an, versuchte meine Atmung unter Kontrolle zu behalten, um mich nicht zu verraten. Denn die Wahrheit war, dass ich innerlich ein wenig durchdrehte. Nicht nur, weil da dieses Mädchen war, das sich an Kennedy schmiegte, sondern weil ich nicht länger vor mir selbst leugnen konnte, dass dieser Kerl mich kaltließ. Denn das tat er ganz eindeutig nicht. Nicht, wenn dieses untrügliche und ekelhaft bittere Eifersuchtsgefühl in mir so stark war, dass ich es nicht ignorieren konnte. So gerne ich es getan hätte.

»Mir machst du nichts vor, Eve«, erwiderte Clare leise seufzend und griff sanft nach meiner Hand. »Ich habe deinen Blick damals gesehen, als er kurz davor gewesen war, dich zu küssen ...«

»Das war er nicht«, unterbrach ich sie krächzend und räusperte mich, um meine Stimme wieder zu festigen. »Er wollte mich niemals küssen. Das hast du nur falsch interpretiert.«

»Nein, habe ich nicht«, widersprach sie kopfschüttelnd, warf anschließend aber einen weiteren Blick hinaus, um sich zu vergewissern, dass Kennedy noch da war. Doch als auch ich wieder hinaussah, war er und auch die Brünette an seiner Seite verschwunden.

Beinahe erleichtert atmete ich leise aus, was Clare ebenfalls nicht entging.

»Willst du mehr über ihn herausfinden?«, fragte sie deswegen im nächsten Moment und lächelte aufmunternd. »Über ihn und ... sie? Vielleicht ist sie gar nicht seine Freundin, sondern nur seine Schwester oder so?«

Ich runzelte zweifelnd die Stirn. »Seine Schwester? Wirklich, Clare? Sah das für dich ernsthaft nach Geschwisterliebe aus?« Ich wusste, ich hätte sie das nicht fragen dürfen. Nicht, ohne mich endgültig zu verraten. Doch es war ohnehin zu spät. Sie wusste längst, dass ich mich zu Kennedy hingezogen fühlte. Sie wusste es, genau so, wie ich es wusste – und es mir selbst gegenüber auch endlich eingestand.

Clare zuckte mit den Schultern und schob die Unterlippe vor, als würde sie schmollen. »Das muss trotzdem nichts heißen«, beharrte sie, und ich wusste, sie tat es nur, um meine Laune wieder zu heben und mich aufzumuntern, auch wenn es eigentlich keinen Grund dazu gab.

Uns beiden war klar, dass es sinnlos war, für jemanden wie Kennedy Connall zu schwärmen. Jemand wie er war nicht in der Lage, eine Beziehung zu führen, geschweige denn, überhaupt irgendwelche ehrlichen Gefühle für ein Mädchen, eine Frau, zu empfinden. Es war also nicht nur dumm, derartige Hoffnungen aufzubauen, in seinem Fall war es sogar gefährlich. Zumal meine Familie niemals zulassen würde, dass ich einen Jungen wie ihn eines Tages mit nach Hause und damit in unser Leben brachte.

Ich musste ihn mir schnellstmöglich wieder aus dem Kopf schlagen und genau das tun, worum er mich gebeten hatte – mich von ihm fernhalten. Das wäre das Beste für uns alle. Sowohl für ihn, als auch für meine Freundinnen und erst recht für mich selbst.

Damit war mein Entschluss gefallen.

Kennedy Connall war für mich gestorben. Ab sofort existierte er nicht mehr für mich. Und die Tatsache, dass ich wusste, dass er hochrangigen Politikern aus der Region Kokain und wer weiß, was sonst noch alles, verkaufte, behielt ich vorerst für mich. Nicht, um meinen Dad oder seine Freunde zu schützen, sondern aus dem einzigen Grund, weil ich nicht einschätzen konnte, was diese Information, sollte sie in falsche Händen gelangen, alles anrichten konnte. Was das mit Kennedy Connalls Leben anstellte, spielte für mich dabei keinerlei Rolle mehr. Wünschte ich zumindest.

»Lass uns endlich nach Hause gehen und dort einen kitschigen Weihnachtsfilm auf Netflix ansehen«, schlug ich meiner Freundin mit resigniertem Lächeln vor, bevor ich das Geld für unsere beiden Heißgetränke samt Trinkgeld auf den Tisch legte und nach unseren Shoppingtüten griff, ohne auf Clares Antwort zu warten.

»Na schön«, kam es dennoch nachgebend von ihr, ehe sie mich wieder verzweifelt ansah. »Aber was mache ich dann mit Vals Geschenk? Ich hab schließlich noch immer nichts für sie gefunden.«

Ich verzog mein Gesicht zu einer Grimasse und grinste. »Ich sagte doch schon, du solltest ihr einen deiner köstlichen Kuchen backen. Darüber freut sie sich weitaus mehr, als über einen lächerlichen Gutschein oder ein Parfüm, das sie ohnehin nur zwei- oder dreimal benutzen würde.«

Clares Miene hellte sich langsam auf. »Glaubst du das wirklich oder sagst du das nur, um mich zu beruhigen?«

Ich lächelte, diesmal aufrichtig, und zog sie anschließend in meine Arme. »Ich weiß es sogar. Mach dir also nicht immer so einen Kopf. Val und ich lieben dich und dein Gebäck über alles. Sonst würden wir es dir nicht ständig klauen und allein verschlingen.«

Meine Freundin kicherte, als ich sie wieder losließ, und griff zu den restlichen Tüten, ehe wir das Café verließen. Wie auf Kommando begann es über unseren

Köpfen erneut aus dicken, bezaubernden Flocken zu schneien. Es war wie ein Zeichen des Himmels. Ein Zeichen, dass ich den richtigen Entschluss getroffen hatte. *Bevor* es für mich zu spät war.

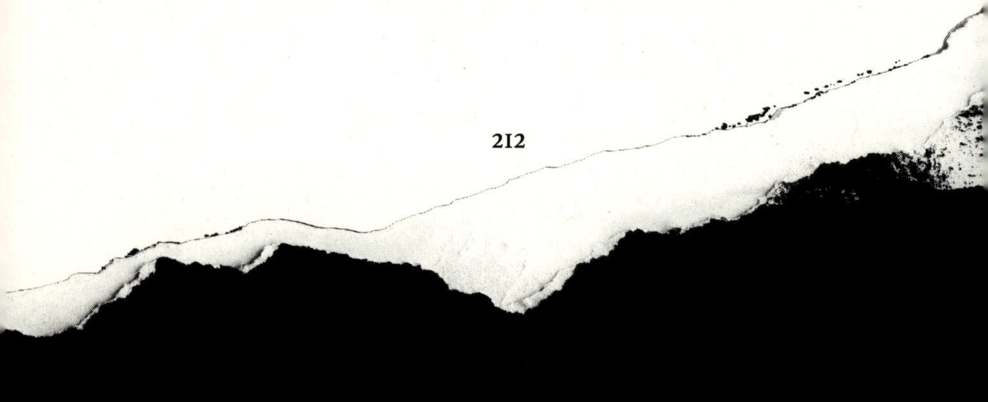

18

Es war Freitagabend, etwa zwei Wochen vor Weihnachten, als ich nach einer späten Vorlesung von der Uni zurück in unsere Mädchen-WG kam und mir bereits an der Haustür einige Stimmen aus dem Inneren entgegen schwappten, die ich allerdings nicht zuordnen konnte. Mit nervösen Herzklopfen öffnete ich die Tür mit meinem Schlüssel und betrat die Wohnung.

Musik drang aus dem Wohnzimmer zu mir in den Flur und an unserer kleinen Garderobe hingen einige Jacken, die ich weder Val noch Clare zuordnen konnte.

Verwundert legte ich meine Sachen ab, als mir auch schon Valerie wild lachend entgegen stürmte und mir freudestrahlend um den Hals fiel. »Eve«, begrüßte sie mich, während sie mich an sich drückte und mir einen Kuss aufs vom Schnee noch leicht feuchte Haar hauchte. »Endlich bist du auch hier!«

Überrascht sah ich sie an, nachdem ich mich von ihr gelöst hatte, lächelte aber über ihren euphorisierten Zustand. »Hast du etwa schon getrunken?«, fragte ich und lachte. »Himmel, Val, es ist noch nicht mal neun Uhr abends.«

Meine beste Freundin winkte ab und grinste. »Ist doch egal, es ist endlich Wochenende!« Sie warf kreischend ihre Hände in die Luft und begann ebenfalls zu lachen. »Wir warten hier schon seit über zwei Stunden auf dich. Wieso bist du so spät?«

»Ich hatte noch ein Seminar, das ich noch besuchen wollte«, erwiderte ich und lugte zum Wohnzimmer, aus dem ich viele unterschiedliche Stimmen wahrnahm. »Was gibt es denn zu feiern und ... wen hast du eingeladen?« Ich fand es seltsam, dass ich nichts davon wusste, dass Val hier offensichtlich eine Hausparty steigen ließ. Und noch verwunderlicher war es, dass mich nicht einmal Clare vorgewarnt hatte, bevor ich nach Hause gegangen war. Sie wusste nämlich, dass ich heute später kommen würde. Warum hatte sie mir also nichts davon gesagt? Oder Val zumindest erzählt, wo ich gerade war.

Valerie legte ihren Arm um meine Taille und zog mich an sich. »Komm mit, ich zeig es dir«, sagte sie begeistert und zog mich mit sich ins Wohnzimmer, das beinahe aus allen Nähten platzte, vor Menschen, die ich nicht kannte und die jetzt alle gleichzeitig ihre Köpfe zu Val und mir drehten und uns aus großen Augen ansahen.

Mit unangenehmem Gefühl im Bauch suchte ich die Menge nach Clare ab und entdeckte sie recht abseits am Fenster, wie sie mir mit entschuldigender Miene entgegenblickte. Weswegen, verstand ich jedoch erst im nächsten Moment, als ich meinen Blick weiterschweifen ließ, und zuerst Dallas auf unserem Sofa entdeckte, anschließend ... Kennedy Connall.

Kennedy Connall, der lässig auf einem der Sessel in unserem Wohnzimmer saß, und gelangweilt auf die Zigarette in seiner Hand starrte. Dass hier rauchen verboten war, schien ihm ebenso egal, wie die Tatsache, dass es Vals, Clares und meine Wohnung war, die er gerade vollqualmte.

Ich schluckte, um all die aufsteigenden Gefühle in meinem Inneren unter Kontrolle zu halten und Valerie nicht an die Gurgel zu springen. Oder am besten gleich Kennedy, der mich nicht einmal eines Blickes würdigte, obwohl er sich, verdammt nochmal, in *meiner* Wohnung befand. Und das wusste er schließlich genau. Er hatte mich vor nicht einmal zwei Wochen immerhin hier abgeladen, nachdem er mich aus dem Haus meiner Familie in Clarksburg vor den gierigen Händen der anderen Männer gerettet hatte.

Verflucht! So viel zu meinem Entschluss und dem Vorhaben, mich endlich von ihm fernzuhalten.

Als wäre es nicht schwer genug, diesem Typen auf dem Campus ständig aus dem Weg gehen zu müssen, saß er jetzt allen Ernstes in meiner verdammten Wohnung, auf meinem Sessel und tat so, als wäre es nicht der Rede wert.

Als wäre ich unsichtbar und wir würden uns nicht kennen.

Ich hätte schreien können, so sehr frustrierte es mich, dass ich ihm nicht einmal eine winzige Reaktion wert war. Egal welche. Er hätte mich mit seinem typischen Blick ansehen oder mich verfluchen können. Alles wäre mir lieber gewesen, als das, was er gerade tat.

Kennedy ignorierte mich absichtlich, das war mir klar. Und doch tat es ungewollt weh. Mehr als ich erwartet hatte und offenbar weitaus mehr, als ich verbergen konnte. Denn als mein Blick zurück zu Clare glitt, wusste ich, dass sie mir ganz genau ansehen konnte, wie ich mich in diesem Moment fühlte. Nur Val schien davon rein gar nichts mitzubekommen. Lag es nun an ihrem bereits beachtlichen Alkoholpegel oder daran, dass sie mal wieder nur Augen für Dallas hatte.

Es kränkte mich, dass meine beste Freundin einen solchen Scheißkerl wie ihn über mich und meine Gefühlslage stellte. Doch das würde ich ihr noch früh genug sagen. Jetzt war allerdings nicht der richtige Zeitpunkt dafür, denn erst einmal musste ich endlich erfahren, was zum Teufel hier eigentlich los war.

Wieso waren all diese Menschen bei uns? Und warum hatte Valerie sie alle eingeladen, ohne mich vorher um Erlaubnis zu fragen oder mir wenigstens Bescheid zu sagen? Was war in letzter Zeit bloß los mit ihr? War das vielleicht schon der schlechte Einfluss von Dallas? Tat sie all das nur seinetwegen? Um ihm zu imponieren? Ich konnte es mir fast nicht vorstellen, doch ich hatte auch keine andere Erklärung dafür.

»Val«, flüsterte ich leise und hoffte, sie verstand es noch in ihrem vernebelten Zustand. »Was ist das hier? Und wer sind all diese Leute?«

Meine beste Freundin sah mich breit grinsend an. »Das sind Dallas und seine Freunde natürlich«, antwortete sie, als wäre es offensichtlich.

Ich verkniff mir ein Augenrollen und versuchte, ruhig zu bleiben, so sehr die Wut in meinem Bauch langsam hochkochte. »Und was genau machen Dallas und seine Freunde in unserem Wohnzimmer? Hatten wir nicht vereinbart, keine Partys in unserer Wohnung zu feiern?«, erinnerte ich sie. Schließlich waren es damals auch ihre Worte gewesen, weil nicht nur ich einen Ruf zu verlieren hatte und deswegen permanent aufpassen musste, mit welchen Menschen ich mich umgab und was sie über mich oder meine Familie herausfinden konnten. Valerie musste ebenso darauf achten.

Doch wie es schien, war sie momentan nicht sie selbst. Denn auch jetzt zuckte sie nur gleichgültig mit den Schultern und grinste erneut. »Da wird schon nichts passieren. Mach dich locker, Eve. Wir feiern hier nur den Geburtstag von Dallas' Mitbewohner, das ist alles. Niemand von den

Leuten hier wird in deinem Zimmer nach Informationen zu deinem Dad schnüffeln, das verspreche ich dir, Darling.«

Ich verzog unweigerlich das Gesicht. Darling? Großer Gott, wie viel hatte sie in den zwei Stunden, in denen sie angeblich auf mich gewartet hatten, schon getrunken? Ich wechselte einen vielsagenden Blick mit Clare, als diese daraufhin aufstand und mir ein Zeichen gab, ihr in die Küche zu folgen.

»Es tut mir so schrecklich leid, Eve«, stammelte sie mir auch schon entgegen, noch ehe ich eingetreten und hinter mir die Tür schließen konnte, damit uns niemand zuhörte. »Val hat mich vorhin genauso damit überrollt wie dich. Ich hatte nicht mal die Chance, dich vorzuwarnen, weil ich mich ständig darum kümmern musste, dass Valerie nicht vollkommen abdreht.« Clare seufzte erschöpft und warf verzweifelt die Hände in die Luft, bevor sie sich an den kleinen Küchentisch setzte und mich abwartend ansah.

Jetzt verstand ich wenigstens, wieso sie mir nicht geschrieben hatte, als ich auf dem Weg nach Hause war. Ich konnte mir durchaus vorstellen, wie anstrengend es gewesen sein musste, pausenlos auf Valerie aufzupassen, damit sie keine Dummheiten beging. Offenbar war heute etwas passiert, dass unsere Freundin gewaltig aus der

Bahn geworfen haben musste. Anders war ihr Verhalten nicht zu erklären. Und schon gar nicht zu entschuldigen.

Clare und ich kannten Valerie schon eine Weile. Lang und gut genug, um zu wissen, dass sie immer mal wieder Tage hatte, an denen sie vollkommen abdrehen konnte, wenn wir sie nicht zügelten oder auf sie aufpassten. Manchmal lag es einfach nur daran, dass sie mit dem Druck, der von ihren Eltern ausging, nicht umzugehen wusste. Manchmal aber hatte ich das Gefühl, gab es da mehr. Mehr, als sie uns sagen konnte. Oder es auch nicht wollte.

Aber wie sollte ich ihr daraus einen Vorwurf machen, wenn auch ich etwas ganz Wesentliches vor meinen beiden besten Freundinnen verschwieg? Ich wollte nicht heuchlerisch sein, also drängte ich Val niemals dazu, endlich mit uns darüber zu reden, was sie von Zeit zu Zeit so schwer zu belasten schien. Doch wenigstens wusste ich jetzt, dass es nicht nur an Dallas' Einfluss lag, dass sie unsere Vereinbarung, in unserer WG niemals eine Party zu feiern, brach.

»Ich nehme an, du hast auch keine Ahnung, was bei ihr heute vorgefallen ist?« Ich sah Clare kapitulierend an und setzte mich ebenfalls an den kleinen Tisch ihr gegenüber.

Meine Freundin schüttelte den Kopf. »Sie hat nichts gesagt. Wie immer.«

Ich nickte verstehend. Clare und ich wussten, dass es meistens einen guten Grund gab, weshalb sich Valerie so verhielt, wie sie es in diesem Moment tat. Und wir ahnten, dass es etwas war, was unserer Freundin schwer zusetzte. Deswegen hatten wir meist auch Nachsicht mit ihr. So auch jetzt. Ganz egal, wie sehr es mich ärgerte, dass ihretwegen jetzt ein Haufen wildfremder Menschen in unserer Wohnung waren und weiß der Teufel was tun oder über sie und mich herausfinden konnten, was sie nicht wissen sollten. Was *niemand* wissen sollte.

»Wie verhindern wir, dass einer von ihnen Val nur benutzt, um etwas über ihren oder deinen Dad herauszubekommen und an die nächste Zeitung zu verkaufen?«, fragte Clare hilflos.

Ich schnaubte. »Es reicht schon, dass sie wissen, dass Val mit ihren neunzehn Jahren Alkohol trinkt, findest du nicht auch?«

Clare presste die Lippen fest einander und grübelte. »Aber woher wissen *wir*, dass *die* wissen, wer ihr überhaupt seid?«, fragte sie dann plötzlich neunmalklug und lächelte zögerlich. »Ich meine, es könnte doch auch durchaus sein, dass bisher niemand wirklich eine Ahnung hat, wer Valerie ist? Oder auch wer *du* bist? Sie könnten auch einfach nur denken, ihr wärt stinknormale Studentinnen – genau wie ich.«

Es passte mir gar nicht, wie sie sich im Gegensatz zu Val und mir unbewusst unter Wert verkaufte. Clare war alles, nur keine stinknormale Studentin. Sie war so viel mehr und es wurde Zeit, dass sie das endlich erkannte. Sie war schlauer als Val und ich vermutlich zusammen. Und sie war auch unsagbar hübsch und eine starke, eigenständige Persönlichkeit, auf die sie mehr als stolz sein konnte. Clare hatte so viel zu bieten, von dem sie anscheinend nicht wusste. Oder es sich selbst zumindest nicht zutraute, weil es ihr manchmal – ebenfalls im Gegensatz zu Val und mir – an Selbstbewusstsein fehlte.

Mit skeptischem Blick sah ich sie an. »Glaubst du das ernsthaft? Dallas wird garantiert längst wissen, wer Val wirklich ist«, mutmaßte ich.

Sie verzog das Gesicht. »Und Kennedy weiß sicher auch, wer *du* bist«, überlegte sie laut und widerlegte damit ihre eigene Vermutung.

Verzweifelt fuhr ich mir über das Gesicht und seufzte. »Wieso ist er hier, verflucht nochmal?« Ich erwartete keine Antwort von Clare, schließlich konnte sie weder etwas dafür, dass Kennedy heute Abend hier war, noch hätte sie wissen können, weswegen ...

»Ich habe versucht, aus Valerie herauszuquetschen, ob sie etwas über ihn weiß oder zumindest eine Ahnung hat, wieso er hier ist und zu wem er gehört, aber sie war sich ebenfalls nicht sicher«, erwiderte sie jedoch im nächsten Moment und ließ mich überrascht nach Luft schnappen.

»Sie ist sich nicht sicher?«, wiederholte ich fassungslos und riss die Augen auf. »Hat sie denn wenigstens eine Vermutung?«

Scheiße, Val! Warum hast du ihn dann nicht einfach wieder rausgeschmissen, wenn du nicht weißt, was zur Hölle er hier sucht?, fluchte ich innerlich und bemühte mich aber weiterhin, ruhig zu bleiben. Schließlich wusste ich noch immer nicht, was heute bei ihr passiert war. Was der Auslöser für all das sein konnte.

Clare schluckte hart. »Sie meinte, er wäre ganz sicher nicht mit Dallas befreundet. Also kann es eigentlich nur einer der anderen sein, der ihn mitgenommen hat.«

»Um Drogen unter die feierwütigen Leute zu bringen vielleicht?«, fragte ich schnaubend.

»Schon möglich«, bestätigte sie nickend. »Sagte Val nicht, sie wollten den Geburtstag von Dallas' Mitbewohner feiern?«

Diesmal war ich es, die nickte, ehe ich tief Luft holte. »Ich habe keinen Schimmer, wer das sein soll. Und schon gar nicht, wieso sie seinen scheiß Geburtstag nicht in ihrer eigenen Wohnung feiern konnten«, entgegnete ich wütend – jedoch nicht auf unsere Freundin, sondern auf Dallas, diesen Schwachkopf! Wieso drängte er sich so sehr in unser Leben?

Clare kommentierte meinen kleinen Wutausbruch nicht. Stattdessen sah sie mich nur einige Sekunden prüfend an, bevor sie aufstand und uns beiden eine Flasche Wasser aus dem Kühlschrank holte. Sie wusste genau, wir würden heute Abend keinen Schluck Alkohol anrühren, weil wir auf Valerie aufpassen mussten.

»Kommst du klar damit?«, wollte sie schließlich wissen, nachdem sie mich erneut abschätzend gemustert hatte.

»Womit?«, fragte ich – stellte mich bewusst dumm und trank mein Wasser, um Zeit zu schinden und mein wild pochendes Herz zu beruhigen.

Clare durchschaute mich dennoch. »Damit, dass *er* hier ist.«

Ihrem Blick ausweichend zuckte ich mit den Schultern. »Ich habe keinen Grund, *nicht* damit klarzukommen«, log ich, auch wenn ich es besser wusste. Vor allem, dass sie auch diese Lüge sofort durchschauen würde.

Doch gerade *weil* sie es tat, sagte sie nichts dazu. Weil sie eine gute Freundin war und mich gut genug kannte, um zu wissen, dass es helfen würde, mir diese Lüge selbst einzureden. Wenigstens für heute Abend. Wenigstens so lange, bis ich nicht mehr für Valerie stark sein und vorgeben musste, dass Kennedy Connalls Anwesenheit in unserer Wohnung mich nicht vollkommen aus der Bahn warf.

19

Geduld ist die Kunst, nur langsam wütend zu werden, sagte mal jemand. Und jetzt verstand ich auch zum ersten Mal, was dieser bescheuerte Spruch eigentlich bedeutete. Während ich zusammen mit Clare etwas abseits des Geschehens im Wohnzimmer auf dem Fenstersims saß und Val dabei zusah, wie sie sich vor fremden Menschen gehen ließ und immer mehr Alkohol trank, flammte meine Wut immer weiter darüber auf, wie beharrlich Kennedy versuchte, mich zu ignorieren.

Nein, das war falsch formuliert: Er *versuchte* es nicht nur, es *gelang* ihm auch wunderbar über all die Zeit, in der er doch im selben Raum saß wie ich. Er wechselte weder auch nur einen Blick mit mir, noch tat er sonst etwas, das mir das Gefühl gab, *nicht* Luft für ihn zu sein.

Scheiße, ich existierte schlicht und ergreifend nicht mehr für ihn. Dabei sollte es doch eigentlich genau andersherum sein. Stattdessen saß ich jetzt hier, dazu verdonnert, mich mit ihm auseinanderzusetzen, weil er in unserer Wohnung war.

Natürlich zwang mich niemand dazu, ihm meine Aufmerksamkeit zu schenken. Ich hätte auch genauso gut darauf verzichten und mich währenddessen Clare oder einem der anderen Gäste widmen können. Vor allem aber meiner besten Freundin Valerie, die gerade auf Dallas' Schoß saß und an einem frisch gedrehten Joint zog, der wie durch Zauberhand zwischen all den Leuten aufgetaucht war.

Es ärgerte mich maßlos, dass Kennedy es wagte, Drogen in unsere Wohnung zu schmuggeln und unweigerlich dafür sorgte, dass Valerie all ihre Prinzipien vergaß – ebenso wie unsere Vereinbarung, was Partys oder das Rauchverbot in unserer Wohnung betraf. Doch wie zum Teufel sollte ich ihm das klarmachen, wenn ich mir doch eigentlich vorgenommen hatte, nie wieder ein Wort mit ihm zu wechseln und so zu tun, als wüsste ich nicht, wer er war.

Für mich war es unmöglich, mir selbst vorzuspielen, er wäre unsichtbar oder am besten gar nicht erst hier. Schließlich war seine Anwesenheit, seine ganze Präsenz, so dominant und eindrucksvoll im Gegensatz zu allen anderen, die in diesem Wohnzimmer waren, dass ich es für keine einzige Sekunde schaffte, sie zu ignorieren. Kennedys unvergleichliche Ausstrahlung, so unnahbar und gleichzeitig spürbar intensiv, übertönte einfach alles und jeden. Und das ärgerte mich vermutlich am meisten.

»Langsam reicht es mir«, sagte ich zu Clare, die mit hilflosem Blick dabei zusah, wie Valerie jetzt wieder zu ihrem Glas griff, in dem sich irgendein hochprozentiges Gesöff befand, das einer der Gäste wahrscheinlich mitgebracht hatte.

»Was hast du vor?«, fragte meine Freundin mit gesenktem Kopf, als mein wütender Blick erneut Kennedy traf, der noch immer vollkommen gelangweilt in einem unserer Sessel saß und auf seinem Smartphone herumtippte. Es interessierte ihn nicht im Geringsten, was hier vor sich ging. Ebenso hatte er sich, seitdem ich hier war, mit keinem der anderen unterhalten. Weswegen war er also überhaupt hier? Und mit wem war er hergekommen? Val hatte ihn ganz sicher nicht eingeladen.

»Ich werde diese Party jetzt beenden«, entschloss ich und schnaubte wütend. »Sollen sie doch in ihrer eigenen Wohnung weiterfeiern. Hier ist damit Schluss.«

»Nicht doch, Baby«, ertönte plötzlich eine tiefe, aber klare Stimme neben mir.

Ich drehte mich verdutzt um und sah in ein ziemlich makellos geschnittenes Gesicht eines Typen, der mir zuvor nicht aufgefallen war. Dabei unterschied er sich allein rein äußerlich komplett von allen anderen. Und auch sein schweineteures Aftershave, das jetzt ungehindert in meine Nase drang, sagte mir unmissverständlich, dass er eigentlich nicht hierher gehörte – nicht zu den anderen Gästen, genaugenommen.

Misstrauisch beäugte ich ihn, ehe ich prüfend eine Augenbraue hob und meine Lippen spitzte. »Hat man dir nicht beigebracht, dass es unhöflich ist, andere bei ihren Gesprächen zu belauschen?« Mag sein, dass ich mittlerweile leicht reizbar und deswegen ein wenig auf Krawall aus war, doch es nervte mich allein schon, dass dieser Kerl mich Baby genannt hatte. Dabei kannten wir uns nicht. Und selbst wenn, würde ich ihm ganz sicher nicht erlauben, mich noch einmal so zu nennen.

»Komisch«, sagte der unbekannte Typ mit gespielt verwundertem Gesichtsausdruck und einem ununterdrückbaren Grinsen. »Und ich dachte, dein Dad hätte dir beigebracht, nett zu deinen Gästen zu sein. Immerhin könnten sie sich sonst bei der Presse darüber beschweren, was für eine Rotzgöre die Tochter des Councils ist.«

Mein Atem stockte und meine Augen weiteten sich schockiert.

Er lachte. »Keine Sorge, Baby. Ich werde hier niemandem verraten, wer du bist. Du und deine kleine Freundin.« Er deutete mit dem Drink in seiner Hand zu Valerie, die noch immer auf Dallas' Schoß saß, nur dass sie ihm jetzt ihre Zunge in den Hals schob, als wären sie allein hier und es würden ihnen nicht alle notgeilen Kerle zusehen können, die um sie herum auf dem Boden saßen.

Ich hatte durchaus wahrgenommen, dass der Idiot mich erneut Baby genannt hatte, doch ich hielt mich davon ab, ihn darauf anzusprechen oder ihn deswegen zu maßregeln. Schließlich wusste ich jetzt, dass ich mir ihm gegenüber keinen Fehler erlauben durfte. Wer auch immer er war, er wusste nicht nur, wer Valerie war, sondern auch ich. Und dieses Wissen könnte uns beiden noch das Genick brechen.

Tief durchatmend, um nicht die Beherrschung zu verlieren, blickte ich zu Clare, die unbeholfen mit den Schultern zuckte. Doch dann erkannte ich aus dem Augenwinkel, dass wir beobachtet wurden.

Als ich meinen Kopf drehte und zu Kennedy schaute, war es das erste Mal an diesem Abend, dass er mir direkt und ohne auszuweichen ins Gesicht sah. Kontrolliert, wie er war, scannte er mich und meinen Körper einmal kurz von unten bis oben, bis er mir beinahe prüfend wieder in die Augen blickte. Als müsste er sichergehen, dass ... Ich hatte keine Ahnung, wovon er sich in diesem Moment vergewissern wollte. Fakt aber war: Er hatte endlich aufgehört, mich zu ignorieren.

Etwas tief in mir drin jubelte, allein schon, weil es sich gewissermaßen wie ein winziger, kleiner Sieg anfühlte. Doch ein anderer Teil in mir wusste, es hatte mit Sicherheit nichts Gutes zu bedeuten, dass Kennedy Connall sein offensichtliches Ziel aufgab, mich wie Luft zu behandeln, nur um mich auf Abstand zu halten. Und das beunruhigte nicht nur mich, sondern auch Clare, die jetzt sichtlich alarmiert zuerst Kennedy, dann den unbekannten Typen neben mir musterte.

Hart schluckend riss ich mich zusammen und drehte Connall den Rücken zu, um der Versuchung zu entgehen, ihn weiter und immer wieder anzustarren, als wäre ich abhängig von ihm. »Und wieso sollte ich ausgerechnet dir vertrauen, dass du uns nicht verrätst – Valerie und mich? Schließlich habe ich keine Ahnung, wer du eigentlich bist. Du könnest selbst irgendein sensationsgeiler Journalist sein, der nach der nächsten Schlagzeile jagt.«

Der Unbekannte mit dem makellosen Gesicht fixierte mich mit einem überheblichen Lächeln auf den Lippen. »Schade, dass du noch nicht von mir gehört hast«, sagte er dann selbstbewusst und streckte mir seine Hand entgegen. »Matthew Sanders. Ich bin im fünften Semester von Politikwisschenschaft auf der Fairmont State.« Sein Lächeln vertiefte sich und wurde zu einem Grinsen, das ich allerdings nicht richtig zuordnen konnte. Es war eine Mischung aus Belustigung und Arroganz, vielleicht auch Spott, der darin lag.

Beherrscht, mein Pokerface nicht zu verlieren und ihm dadurch zu zeigen, was ich gerade dachte, sah ich ihn mit ausdrucksloser Miene an, auch wenn ich in meinem Inneren ein wenig durchdrehte. Mir wurde bewusst, dass er weitaus mehr über mich wissen musste, als er bisher preisgeben wollte. Und außerdem irritierte es mich maßlos, dass mir sein Name bekannt vorkam, ohne dass ich verstand, woher. Hatte ich ihn schon einmal gehört? Doch in welchem Kontext? Begegnet waren wir uns offensichtlich noch nie, denn das hätte er mir ganz sicher unter die Nase gerieben, so, wie ich ihn einschätzte.

Um ihm keinen Grund zu liefern, Valerie und mich doch noch in die Pfanne zu hauen und den anderen zu verraten, wer unsere Väter waren, nahm ich seine Geste und damit seine Hand widerwillig an. »Du willst also später einmal in die Politik?«, fragte ich, so beiläufig, wie ich nur konnte. Dabei wollte ich mit dieser Frage nur eines bezwecken: herauszufinden, ob er über mich nur an meinen Dad gelangen wollte.

Wieder schlich sich ein undefinierbares Grinsen auf seine Lippen. »Du musst mich nicht ausfragen, Eve. Ich stelle keine Gefahr für dich oder deinen Dad dar. Damit würde ich nur meine eigene Karriere sabotieren – und nichts liegt mir ferner als das, glaub mir. Dein Vater ist in dieser Hinsicht so etwas wie ein Vorbild für mich. Und er ist es auch, der mir als Mentor zur Seite stehen wird nach meinem Abschluss.«

Unweigerlich verzog ich das Gesicht, auch wenn ich mich bemüht hatte, es nicht zu tun, um ihm meine wahren Emotionen nicht zu zeigen. »Ihr kennt euch? Mein Dad und du, meine ich.«

Sanders nickte schmunzelnd. »Ich habe ihn vor einigen Wochen das erste Mal kennengelernt. Beinahe wäre ich an Thanksgiving bei euch gewesen, aber leider bestand meine eigene Familie darauf, dass ich dieses Jahr mit ihnen zusammen feiere.«

Übelkeit stieg in mir auf. »Mein Dad hatte dich zu uns eingeladen an Thanksgiving?«

Wieder nickte er, diesmal mit einem anzüglichen Lächeln auf den Lippen, das mir die Antwort lieferte, die ich eigentlich hatte wissen wollen. »Er meinte, du hättest dich sicher gefreut, endlich jemanden in deinem Alter dabei zu haben an diesem Abend.«

»Du bist nicht in meinem Alter«, schoss es unkontrolliert aus mir heraus, weil es mich innerlich schüttelte, zu wissen, dass mein Dad mich ihm offensichtlich wie ein Stück Vieh zum Verkauf angeboten hatte.

Verwundert hob er beide Augenbrauen. »Bist du denn nicht neunzehn?«, hakte er ehrlich verwirrt nach.

»Sicher«, entgegnete ich, unüberhörbar verbittert. »Du aber nicht. Nicht wenn du schon im fünften Semester bist, richtig?«, schlussfolgerte ich.

Er begann erneut zu lachen. »Na ja, uns trennen genaugenommen nur fünf Jahre. Ich würde also schon behaupten, dass wir in etwa im selben Alter sind. Findest du nicht auch?«

Keine Ahnung, wieso, aber mein Kopf drehte sich ganz automatisch in Kennedys Richtung und ich erkannte, dass er noch immer zu Matthew und mir starrte, als müsste er genauestens beobachten, was wir hier taten. Als könnte er unserem Gespräch von seinem Platz auf dem Sessel aus lauschen können. Was aber vollkommen absurd war.

Als ich mich wieder zu Sanders umdrehte, erkannte ich, dass er meinem Blick gefolgt war und jetzt seinen Kiefer leicht anspannte. Ob die beiden sich ebenfalls kannten, so wie auch die anderen Politikerfreunde meines Dads Kennedy anscheinend kannten? Ich war mir fast sicher, dass es so war.

Nervös kaute ich auf meiner Unterlippe, ehe ich mich dazu entschloss, mit Clare ein kurzes Krisengespräch in unserem Badezimmer zu führen. Ich musste meine Gedanken ordnen und vor allem wollte ich ihre Einschätzung zu Matthew Sanders hören. Schließlich hatte sie häufig eine gute und richtige Menschenkenntnis und hatte ihn ebenso skeptisch angesehen wie ich. Es würde mich nicht wundern, wenn auch sie der Meinung war, dass ich diesem Typen nicht trauen konnte. Und es auch nicht sollte.

»Würdest du mich bitte kurz entschuldigen? Ich bin gleich wieder da«, säuselte ich zu Sanders mit einem aufgesetzten Lächeln, bevor ich mich zu meiner Freundin umdrehte und ihr ein Zeichen geben wollte, dass sie mir unauffällig folgen sollte. Doch im selben Moment hallte ein seltsames Geräusch durch das Wohnzimmer, was uns alle zu Valerie und Dallas blicken ließ.

Unsere Freundin war von seinem Schoß aufgesprungen und starrte den Idioten aus wutverzerrten Augen an, während seine rechte Wange feuerrot zu glühen begann.

»Heilige Scheiße«, zischte Clare neben mir leise. »Hat sie ihn etwa geohrfeigt?« Panisch sah sie mich an und ich seufzte.

So viel zu meinem Plan, mich in Ruhe mit Clare über Matthew Sanders auszutauschen. Jetzt mussten wir uns erst einmal um Valerie kümmern, bevor sie Dallas noch den Kopf abriss – weswegen auch immer.

Eine halbe Stunde später hatte sich unsere Freundin wieder beruhigt und hing erneut an Dallas' Lippen, als wäre nie etwas gewesen. Fassungslos sahen Clare und ich ihr dabei zu, taten allerdings nichts dagegen. Sie war immerhin alt genug, um selbst zu entscheiden, ob sie mit wehenden Fahnen ins Verderben laufen wollte. Und anscheinend wollte Valerie heute Abend nichts lieber als das.

Innerhalb weniger Minuten hatte sie bereits vergessen, dass Dallas ihr gerade gestanden hatte, dass er vor einer Woche erst in nur einer Nacht nicht nur zuerst mit ihr, sondern anschließend noch mit einer anderen Frau geschlafen hatte. Die Ohrfeige hatte sie offensichtlich ebenso verdrängt wie er. Dallas' schien es ohnehin nichts auszumachen, von ihr geschlagen zu werden. Zumindest hatte Val uns davon erst vor wenigen Minuten ausgiebig und ungefiltert erzählt. Jetzt wusste ich beinahe mehr über Dallas' Vorlieben als über meine eigenen – etwas, worauf ich wirklich gern verzichtet hätte.

»Was machen wir jetzt mit ihr und den anderen?«, fragte Clare verzweifelt, als sie sich schnaubend mit dem Rücken gegen die Wohnzimmerwand lehnte und zu unserer Freundin blickte, die leider noch immer kein bisschen müde aussah.

Im ganzen Raum stand die Luft und der Qualm von Zigaretten und Marihuana vernebelte selbst mir mittlerweile die Sinne. »Ich werde jetzt erst einmal überall die Fenster öffnen«, sagte ich seufzend. »Vielleicht hilft der Durchzug etwas, um den Gestank hier schnellstmöglich rauszubekommen.«

Clare nickte einverstanden. »Ich öffne sie hier und pass auf, dass sich niemand aus dem Fenster stürzt. Mach du die Fenster in Küche und Badezimmer auf, ja?«, wies sie mich entschlossen an, bevor sie sich auch schon zwischen ein paar Leuten hindurchquetschte, um auf die andere Seite des Raumes zu gelangen, der durch die vielen Menschen plötzlich deutlich kleiner wirkte, als er eigentlich war.

Mit einem letzten Blick zu Valerie, der frische Luft sicher auch guttun würde, drehte ich mich um und durchquerte den Flur, um zuerst das große Fenster in der Küche zu öffnen. Anschließend ging ich ins Badezimmer, um dasselbe zu tun, und hoffte, dass es reichen würde. Ganz sicher würde ich nicht auch Vals, Clares und mein Zimmer für alle sperrangelweit aufreißen und dort ebenfalls die Fenster öffnen. Ich traute diesen Menschen im Wohnzimmer nicht. Ganz egal, wer sie waren.

Noch bevor ich das Badezimmer wieder verlassen konnte, erkannte ich aus dem Augenwinkel eine Bewegung im Spiegel, der an der Wand über dem Waschbecken angebracht war, und drehte mich erschrocken um. In der nächsten Sekunde wurde ich auch schon gegen die kalten Fliesen in meinem Rücken gedrückt.

20

Schnell atmend starrte ich in die grünen Augen von Kennedy und entspannte mich unweigerlich, auch wenn ich wusste, dass ich das nicht tun sollte. Ich sollte nicht erleichtert sein, ihn zu sehen. Denn das bedeutete nichts Gutes. Dennoch konnte ich das Gefühl von aufsteigender Wärme in meinem Körper nicht unterdrücken, das sich in diesem Augenblick ganz wie von selbst in meinem Inneren ausbreitete.

»Fast könnte man meinen, du kannst nichts anderes als das«, wisperte ich, noch leicht außer Atem, während mir sein einnehmender, unverkennbarer Duft ungehindert in die Nase stieg.

Kennedy verzog seine Augen zu schmalen Schlitzen und sah mich streng und prüfend an. »Was meinst du?« Er schien leicht verwirrt über meine Aussage, blieb aber wie gewohnt beherrscht, während er mein Gesicht ausgiebig und intensiv betrachtete – so, wie er es häufig tat.

»Mich gegen eine Wand zu drücken und mich mit diesem Blick anzusehen, mit dem du mich immer ansiehst.« Der Blick, der mir das Gefühl gab, er würde mich am liebsten auf der Stelle zerfleischen. Oder verschlingen. Mit Haut und Haaren. Und ich war mir nicht mehr sicher, ob ich das nicht ebenso wollte. Mehr, als es vermutlich gut für mich war.

»Sag mal, tust du das absichtlich?«, fragte er im nächsten Moment hörbar verärgert.

Diesmal war ich es, die verwirrt blinzelte und nicht wusste, was er von mir wollte.

»Ist das wieder ein verzweifelter Versuch, meine Aufmerksamkeit zu gewinnen? Denn ganz ehrlich, Evanna, so funktioniert das bei mir nicht«, raunte er, wie so oft, dicht an meinem Mund – so nah, dass ich seinen heißen Atem auf meinen Lippen spüren konnte und mich dazu zwang, die Augen offen zu halten und sie nicht sehnsuchtsvoll zu schließen, wie ich es gerne getan hätte. Schließlich musste ich bei Kennedy immer auf der Hut sein und sollte ihm nicht zeigen, wie sehr mich seine Nähe durcheinanderbrachte.

»Ich habe keinen Schimmer, wovon du sprichst«, sagte ich mit so fester, klarer Stimme, wie mir in diesem Moment möglich war.

»Sanders«, peitschte er mir auch schon als Antwort heiß und zornig entgegen. Sein vor Flammen flackernder Blick durchbohrte mich, während ich mich zusammenzureißen versuchte.

Ich hatte bereits geahnt, dass Kennedy und Matthew Sanders sich kannten. Und ebenso hatte ich geahnt, dass sie nicht gerade die besten Freunde waren. Wäre es so, hätte Kennedy vorhin sicherlich nicht seinetwegen aufgehört, mich zu ignorieren. Doch er hatte es getan und mich seitdem keine Sekunde lang aus den Augen gelassen. Schon gar nicht, wenn Sanders in meiner Nähe war.

»Was ist mit ihm?«, fragte ich trotzdem gespielt unwissend.

Mir war längst klar, dass dieser Typ keine saubere Weste hatte und ich ihm nicht trauen konnte. Schließlich kannte er meinen Dad und nannte ihn sogar sein Vorbild. Das allein genügte, um zu erkennen, dass Matthew Sanders kein Mensch war, mit dem ich länger als nötig zusammen sein wollte. Dennoch hätte ich gerne noch Clares Meinung über ihn erfahren, doch dazu war es dank Valeries kleinem Ausraster vorhin nicht mehr gekommen.

»Lass die Finger von ihm, bevor du sie dir verbrennst.« Kennedys Stimme war eiskalt und hatte einen Klang angenommen, der mich beängstigen und einschüchtern sollte. Doch das tat er nicht. Ich war es längst gewohnt, dass er so mit mir redete. Und ebenso wusste ich, was er damit bezwecken wollte: mich vom Leib zu halten.

»Ich soll mich also nicht nur von dir, sondern auch von Matthew Sanders fernhalten?«, fasste ich zusammen und klang dabei vielleicht ein wenig zu amüsiert, um ihm *nicht* das Gefühl zu geben, ihn nicht ernstzunehmen. »Seid ihr bei der Mafia oder so? Das ist doch langsam wirklich lächerlich.«

Kennedys Augenbrauen schoben sich wütend zusammen. »Sehe ich aus, als würde ich scherzen?«

Natürlich nicht. Er sah nie aus, als würde er scherzen, geschweige denn mal lachen oder einfach nur Spaß haben. Überhaupt wunderte ich mich, ob er jemals wirklich die Kontrolle darüber verlor und sich amüsierte. Bisher kannte ich ihn nichts als wütend, verbissen und beherrscht. Hin und wieder auch ein wenig verzweifelt, wenn ich ihm mal wieder zu sehr auf die Nerven ging. Doch das konnte ich ihm kaum verübeln. Ich konnte nun mal ziemlich stur sein, wenn ich wollte und es darauf anlegte. Und gerade jetzt war wieder so ein Moment ...

»Ich entscheide selbst, wen ich auf Abstand halte und wen nicht«, zischte ich ihm trotzig entgegen und legte meine Hände auf seine Brust, um ihn bestimmt von mir zu schieben. Allerdings hatte ich nicht damit gerechnet, dass allein diese Berührung meinen Körper in augenblickliche Hitzewallungen verfallen ließ.

Himmel, wie sehr war ich diesem Kerl eigentlich schon verfallen? Das war doch absolut dämlich! Und noch dazu war es so gar nicht meine Art, einem Mann derart zu verfallen. Erst recht nicht, wenn er mich pausenlos nur wie Dreck behandelte. Doch genau das tat Kennedy mit mir. Wieso fühlte ich mich dann trotzdem dermaßen zu ihm hingezogen, dass ich nicht mal mehr meinen eigenen Körper unter Kontrolle hatte, sobald ich ihn berührte – oder er mich?

»Tust du das wirklich, Evanna? Denn das sah an Thanksgiving noch ganz anders aus.« Kennedys Blick und seine Worte hätten nicht eindeutiger sein können. Ganz zu schweigen davon, wie sehr sie mich trafen. Vollkommen unvorbereitet und ohne jede Vorwarnung, obwohl ich es mir hätte denken können, dass er mich noch einmal genau *daran* erinnerte.

»Hättest *du* dich nicht eingemischt, hätte ich mich vermutlich von selbst von Sanders ferngehalten. Doch jetzt hast du meine Neugier geweckt.« Trotzig reckte ich ihm mein Kinn entgegen. Wenn er mich absichtlich provozieren wollte, musste er eben damit rechnen, dass er dadurch nur wieder meinen Kampfgeist weckte. Selbst schuld!

Doch zu meiner Überraschung bewirkten meine Worte nicht genau das, was ich vermutet hatte. Kennedy wurde nicht noch wütender und sein Blick durchlöcherte mich auch nicht wie eine Bleikugel, die mich auf der Stelle töten wollte. Stattdessen fuhr er sich plötzlich einen kurzen Moment verzweifelt über das Gesicht.

»Verflucht nochmal, Cleo, hör auf mit den Spielchen«, fluchte er unerwartet flüsternd, bevor er mich wieder ansah. Fast hatte ich das Gefühl, er flehte mich an. »Vertrau mir nur dieses eine Mal und halte dich von ihm fern. Klar?«

Mein Körper begann zu zittern. Nicht nur, weil er mich erneut und das jetzt zum zweiten Mal Cleo genannt hatte, sondern mich sein Verhalten dermaßen verwirrte und deswegen unweigerlich wütend werden ließ, dass ich mich nicht mehr unter Kontrolle halten konnte.

»Wie soll ich dir vertrauen, wenn *du* es bist, der mich auf Abstand hält und nichts, aber auch rein gar nichts, über sich preisgibt?«, sprudelte es ungehindert aus mir heraus, während in meinem Kopf noch immer der Klang meines Namens aus seinem Mund echote. *Cleo. Cleo. Cleo.* »Ich weiß nichts über dich, Kennedy Connall! *Überhaupt nichts.*«

Fluchend drehte er sich um und murmelte irgendetwas in seinen nicht vorhandenen Bart, bevor er sich wieder mir zuwandt und mich mit einem ungeduldigen Blick ansah. »Fünf-fünf-sieben«, sagte er schließlich und fluchte ein letztes Mal. Vermutlich weil er sich über sich selbst ärgerte, nachgegeben zu haben.

»Was soll das sein?«, fragte ich perplex und starrte ihn verständnislos an.

»Finde es heraus«, verlangte er und es klang fast wie ein Befehl. In jedem Fall wie eine Herausforderung.

Dabei war er es doch, der gerade noch von mir gebeten hatte, mit den Spielchen aufzuhören.

Fünf-fünf-sieben – das konnte absolut alles und gleichzeitig nichts bedeuten. Wo zur Hölle sollte ich da anfangen, nach der richtigen Antwort zu suchen? Und was genau würde ich dort finden?

»Okay«, sagte ich dennoch schwer seufzend und sah es als kleinen Fortschritt, dass er mir *irgendetwas* geliefert hatte, was ich und sonst vielleicht niemand von ihm wusste – auch wenn ich in diesem Augenblick nicht den Hauch eines Schimmers hatte, um was es sich dabei handelte. »Nur bringt es mich gerade *jetzt* kein Stück vorwärts«, sprach ich daher weiter, weil ich ein wenig mehr brauchte. Mehr, um ihm bei der Sache mit Matthew Sanders vertrauen zu können. Kennedy konnte ja nicht ahnen, dass ich es längst tat. Allein schon, weil mein eigenes Bauchgefühl bei diesem Typen Alarm schlug. »Verrätst du mir, wieso du heute hier bist? Immerhin warst du es, der wollte, dass ich dir nicht mehr in die Quere komme. Und jetzt tauchst du einfach in unserer Wohnung auf und ...«

»Ich hatte keine andere Wahl«, unterbrach er mich harsch und wirkte mit einem Mal wieder wütend.

»Wegen der Drogen?«, wollte ich wissen. Wenn er schon ehrlich mit mir war, nutzte ich die Gelegenheit. »Offenbar bist du nämlich der Meinung, dass meine beste

Freundin sie verdient hat – im Gegensatz zu mir. Oder wieso hast du sie mitgebracht und hast Valerie nicht, genau wie mich, davon abgehalten, sie zu nehmen?«

Er schnaubte. »Das war nur ein bisschen Gras, reg dich also ab. Es wird ihr nicht schaden.«

Ich beherrschte mich, ruhig zu bleiben, auch wenn es mir gerade ziemlich schwerfiel. »Aber *mir* wolltest du nichts von all dem geben. Weder die Pillen, noch etwas Gras«, erinnerte ich ihn zwischen vor Wut zusammengebissenen Zähnen.

»Weil du andere Gründe hattest, sie zu nehmen, als Valerie«, erwiderte er knapp.

Ich schnappte genervt nach Luft. »Woher willst du wissen, was ...?«

»Außerdem war es nicht mein Gras, was die vorhin geraucht haben«, unterbrach er mich erneut und stoppte dadurch meinen unhaltbaren Gefühlsausbruch abrupt.

Verwirrt blinzelte ich ein Mal und starrte ihn mit offenem Mund an.

»Ich habe keine Drogen mit hierher genommen. Dallas muss sie von jemand anderem gekauft und angeschleppt haben.« Jetzt wirkte Kennedy tatsächlich beinahe amüsiert. Zumindest schien ihn mein verdutztes Gesicht ein winziges bisschen zu belustigen, denn diesmal erkannte ich das leichte Zucken seiner Mundwinkel ganz eindeutig.

»Aber ...« Ich wusste wirklich nicht, was ich dazu sagen sollte. Meine Gedanken flogen nur so durcheinander, sodass ich richtig von falsch nicht mehr korrekt auseinanderhalten konnte. »Mit wem bist du heute Abend dann hier? Wer hat dich mitgenommen? Ich weiß, dass Valerie dich nicht eingeladen hat.« Ich sah ihn lauernd und voller Misstrauen an.

Kennedy aber zuckte nur ausdruckslos mit den Schultern. »Mich muss niemand einladen, ich tauche überall dort auf, wo ich auftauchen will.«

Ein bitteres Lachen drang aus meiner Kehle. »Weil du das verdammte Phantom bist?«

Erneut schnaubte er und verdrehte dabei die Augen. »Dieser Spitzname ist so lächerlich wie die rüschenbesetzten Handtücher, die hinter mir an der Wand hängen.«

»Das war ein Geschenk von Clares Familie für unsere erste eigene Wohnung«, zischte ich empört.

»Ich weiß.« Wieder zupfte ein unterdrücktes Lächeln an seinen Lippen. Wieder kontrollierte er es binnen weniger Sekunden. Doch sein Blick blieb zu meiner Überraschung amüsiert. »Trotzdem sehen sie lächerlich aus«, sagte er, nur um mich ein weiteres Mal zu provozieren.

Von wegen, er wollte, dass diese Spielchen zwischen uns aufhörten. *Er* war es doch, der sie nahezu heraufbeschwor, und das mit purer Absicht. Weil er sie in Wahrheit genauso sehr genoss wie ich nämlich.

»Was ist?«, fragte er, als er plötzlich auf mich zukam und sich wieder einmal so dicht vor mir aufbaute, dass ich kaum eine Chance hatte, vor ihm zu fliehen. Doch das wollte ich auch gar nicht. »Wunderst du dich denn nicht, was ich sonst noch alles über dich und dein Leben weiß? Und ebenso über das deiner beiden Freundinnen?«

Fasziniert bewunderte ich das leuchtende Funkeln in seinen grünen Augen und das erneute Zucken seiner Mundwinkel. Verflucht, und wie ihm dieses Spiel gefiel! Es gefiel ihm in diesem Moment sogar so sehr, dass er beinahe seine Selbstbeherrschung aufgab und mir sein wahres Gesicht zeigte. Ein Gesicht, das ich nur zu gerne sehen würde. Eines Tages und wenigstens ein Mal in meinem Leben vielleicht.

Ein entzücktes Schmunzeln schlich sich unfreiwillig auf meine Lippen, als ich ihn verwundert ansah. »Ich wundere mich viel eher, wieso du noch immer hier bist und über belangloses Zeug mit mir redest, statt wieder zurück zu den anderen zu gehen und mich, wie du es immer tust, wie eine Vollidiotin hier stehenzulassen.« Noch ehe die Worte meine Lippen verlassen hatten, bereute ich sie auch schon. Schließlich würden sie mit Sicherheit dafür sorgen, dass er gleich wieder seine bereits gewohnte Maske aufsetzte und grausam zu mir wurde – so, wie er es immer war, wenn ich ihm zu nahe kam oder es wagte, ihn zu reizen.

Doch Sekunden verstrichen und nichts dergleichen geschah. Stattdessen sah Kennedy mich nur musternd und mit einem mir bisher unbekannten Ausdruck in den Augen an. Ein Ausdruck, der heiße Schauer über meinen Körper jagte und mein Herz zum Galoppieren brachte, weil er mir das Gefühl gab, ihn überrascht zu haben. Positiv überrascht.

Wahrscheinlicher war aber, dass ich mir das alles nur einbildete und Kennedy alles, nur nicht beeindruckt war. Schon gar nicht von meiner lächerlichen Feststellung, die ebenso wenig zu bedeuten hatte, wie die Tatsache, dass er noch immer bei mir war, statt zu gehen und mich stehenzulassen.

Trotzdem konnte ich es nicht lassen, meinen Mund zu halten, und wollte die Wahrheit aus ihm herauskitzeln. Es war einfach unmöglich, mich zurückzuhalten, wenn er mich mit diesem Blick ansah, also tat ich das, was ich besser niemals hätte tun sollen: Ich presste meinen Körper vorsichtig an seinen und sah ihn provozierend an. Dass sich seine Muskeln augenblicklich spürbar anspannten, sobald ich ihn berührte, schob ich auf einen natürlichen Reflex zurück.

»Gefällt dir meine Gesellschaft vielleicht doch mehr, als du es dir eingestehen willst?«, entfloh es meinen Lippen, ehe ich es aufhalten konnte.

Kennedys Funkeln in seinen Augen wurde zu einem lodernden Feuer. »Forderst du mich gerade heraus, Barnett?«, raunte er heiser und dunkel, als er sich ein wenig zu mir herunterbeugte, damit seine Lippen direkt über meinen schwebten und mich erneut zum Beben brachten. »Du willst ganz sicher nicht erleben, wie es aussieht, *wenn* ich die Geduld verliere«, warnte er – doch diesmal klang seine Warnung weitaus halbherziger als all jene zuvor.

Vielleicht war das auch der Grund, weshalb ich nicht aufhören konnte, die Situation und spürbar aufgeheizte Stimmung zwischen uns auf die Spitze zu treiben. »Die Geduld mit *mir* oder die Geduld darüber, dich mir gegenüber *beherrschen* zu müssen?«

»Wo liegt der verdammte Unterschied?«, knurrte Kennedy ungehalten. »Du treibst mich in jeder Hinsicht in den Wahnsinn.« Sein Blick stand in Flammen und verbrannte mich nicht nur innerlich, sondern gefühlt jeden Zentimeter meiner Haut. Ich hatte schrecklich Mühe, meine Atmung unter Kontrolle zu halten.

»In wirklich *jeder*?«, hauchte ich deswegen leicht atemlos und wünschte mir wieder einmal nichts mehr, als dass er mich endlich küssen würde. Verdammt, doch nur ein einziges Mal wenigstens!

»Du wirst dir noch wünschen, mir nie begegnet zu sein«, wisperte Kennedy stattdessen hart schluckend, bevor er überraschend sanft seinen Daumen für einige Sekunden über meine Unterlippe gleiten ließ. »Doch dann wird es für dich zu spät sein.«

Nun schluckte auch ich. »Und wenn es das längst ist?« Dem Drang, seinen Daumen zu küssen und genussvoll meine Augen zu schließen, widerstand ich nur schwer.

»Dann bist du nicht mehr zu retten.« Und im nächsten Moment hatte er auch schon seine Hand von mir genommen und war ein paar Schritte zurückgetreten.

Ich wollte schreien, mich auf den Boden schmeißen und ihn davon abhalten, zu gehen, doch mir war klar, ich würde nichts dergleichen tun. Ich würde weder protestieren noch ihn zurückhalten, würde kein Wort mehr sagen, nur um meine Würde zu behalten und nicht wieder erbärmlich auszusehen in seinen Augen.

Das war auch besser so, denn Kennedy hatte nicht mit einem Protest oder einer Antwort von mir gerechnet und drehte sich bereits um, damit er das Badezimmer verlassen und zu den anderen gehen konnte, bevor hier etwas geschah, dass für uns beide vermutlich nicht nur weitreichende Konsequenzen hatte, sondern weder ihm noch mir guttun würde.

Er war fast aus der Tür raus, als er plötzlich ausgerechnet mit Clare zusammenstieß, die anscheinend auf der

Suche nach mir gewesen war, weil ich so lange verschwunden blieb.

Überrascht und mit weit aufgerissenen Augen starrte sie zu ihm hinauf, bevor sie auf einmal wütend die Augenbrauen zusammenzog und ihren Finger tief in seine Brust bohrte. »Oh nein, nicht du schon wieder!«, wetterte sie auch schon im nächsten Moment los. Vollkommen gleich, ob er sie mehr als einen ganzen Kopf überragte. Wenn Clare auf jemanden wütend war und ihn zusammenstauchen wollte, dann tat sie es auch. Vor allem dann, wenn es dabei um ihre Freunde ging und sie diese verteidigen wollte.

»Lass bloß die Finger von Eve, hörst du? Ich habe keine Angst vor dir, ganz egal, was man sich auf dem Campus über dich erzählt. Ich werde dafür sorgen, dass du meine Freundin *nicht* mit dir in die Tiefe stürzt!«, fauchte sie ihn in bester Manier einer Katzenmutter an, die ihre Kitten vor drohender Gefahr schützen wollte.

Kurz blitzte Verwunderung in Kennedys Augen auf, dann plötzlich Belustigung. Ehrliche und völlig spottfreie Belustigung, die sogar bis zu seinen Mundwinkeln reichte und seine schönen, einladenden Lippen zu einem faszinierenden Lächeln verziehen ließ.

»Sie hat absolut recht, Cleo«, sagte er dann mit amüsiertem Grinsen im Gesicht, das mir den Atem raubte. »Halte dich lieber an Clare und hör auf sie. Damit bist du besser dran.«

Und mit diesen Worten verschwand er schließlich aus dem Badezimmer, ließ meine Freundin und mich ganz und gar perplex zurück.

»Was zur Hölle war das denn?«, sprudelte es einen langen Augenblick später aus Clare fassungslos heraus, als sie sich zu mir umgedreht hatte.

Ich hatte wirklich keine Ahnung, wie ich ihr das alles erklären sollte. Doch um ehrlich zu sein, interessierte mich ohnehin etwas anderes weitaus mehr: »Hat er gerade ernsthaft gelächelt?«, wollte ich entgeistert von ihr wissen, weil ich mir nicht sicher war, ob ich nicht einfach nur halluziniert hatte.

Meine Freundin starrte mich verwirrt an. »Hat er dich eben ernsthaft *Cleo* genannt?«, fragte sie jetzt wiederum. Offenbar waren wir beide komplett durcheinander – und das aus gutem Grund. »Und was zum Teufel soll das überhaupt bedeuten, du solltest besser auf *mich* hören? Ist er etwa derselben Meinung wie ich? Das ergibt doch gar keinen Sinn!« Sie warf die Arme in die Luft und schüttelte den Kopf.

»Für ihn irgendwie schon«, gestand ich leise und grübelte darüber nach, was das alles zu bedeuten hatte. »Ich weiß nur noch nicht, *wieso*.«

»Wieso, *was*?« Clare runzelte die Stirn. »Wieso er mir recht gibt oder weswegen er anscheinend ebenfalls verhindern möchte, dass du dich in etwas verrennst, das dir schaden wird?«

Irritiert sah ich sie an. Offenbar dachte sie über etwas ganz anderes nach als ich. »Zweiteres natürlich«, sagte ich deswegen, als wäre es selbstverständlich.

Clare musterte mich eingehend. »Seltsam«, erwiderte sie dann mit nachdenklichem Gesichtsausdruck. »*Das* wiederum finde ich sehr offensichtlich.«

21

Eine weitere, geschlagene Woche verging, in der meine innere Unruhe anschwoll, weil bald schon Weihnachten bevorstand und ich noch immer keinen vernünftigen Plan hatte, wie ich diesen drei verfluchten Feiertagen und damit auch meiner Familie entfliehen sollte. Außerdem machte Valerie mir langsam Sorgen.

Nach ihrem Absturz letztes Wochenende mitten in unserem Wohnzimmer hatte sie weder mit Clare noch mit mir bisher darüber reden wollen, was bei ihr passiert war, dass sie sich hatte so gehen lassen. Das Einzige, was sie uns versichert hatte, war, dass es nicht an Dallas lag und auch rein gar nichts mit ihm zu tun hatte. Doch das bedeutete, es musste etwas mit ihrem Studium oder gar mit ihrer Familie zu tun haben. Und beides war mehr als beschissen.

Dennoch war vor allem ich nicht in der Position, ihr ins Gewissen zu reden. Nicht, wenn ich selbst ein gewaltig großes Geheimnis vor meinen Freundinnen zu verbergen versuchte und ebenso nicht bereit war, mich ihnen zu offenbaren.

Es reichte schon, dass ausgerechnet Kennedy Connall eine wage Ahnung davon hatte, was in meinem Leben wirklich vor sich ging. Jetzt musste ich darauf vertrauen, dass er es niemandem erzählte. Ob ich wollte oder nicht.

Ich war darauf angewiesen, dass er mich nicht verpfiff. Und gleichzeitig war er darauf angewiesen, dass ich ihn und seine Geschäfte mit den Regionalpolitikern nicht verpfiff. Damit waren wir beide ganz offensichtlich in einer Pattsituation gelandet und hatten ohnehin keine andere Wahl, als dem jeweils anderen zu vertrauen. Egal, wie schwer uns das fiel.

»Es ist so scheißkalt heute«, fluchte Clare neben mir leise und mit sichtlich bibbernden Lippen, während sie mich skeptisch musterte. »Frierst du denn gar nicht? Das kann doch unmöglich reichen, was du anhast? Ich würde sterben vor Kälte, wenn ich hier wie du nur in einem Hoodie sitzen würde.« Sie zupfte an meinem weinroten College-Sweater, den ich vorhin schnell übergezogen hatte, nachdem sie mich dazu überredet hatte, heute Abend zum Footballspiel der Fairmont Falcons gegen die Eagles der Charleston University mitzukommen und es mir mit ihr zusammen anzusehen.

Ich war kein wirklich großer Footballfan, aber ich mochte unser College, weswegen ich die Falcons gerne gegen das gegnerische Team anfeuerte. Außerdem hatte ich so etwas zu tun und musste mir nicht ständig

Gedanken über Valerie machen, die heute mal wieder abgetaucht und mit Dallas, statt mit Clare und mir unterwegs war.

»Ich friere nur selten«, antwortete ich meiner Freundin, die in ihrem dicken Wintermantel, dem übergroßen Schal und der Strickmütze auf dem Kopf beinahe aussah, als würde sie gleich zu einer Expedition nach Sibirien aufbrechen. Dabei hatte sie durchaus recht, heute Abend war es tatsächlich bitterkalt. Und doch nicht kalt genug, um meinen Kopf endlich davon abzuhalten, hitzige Erinnerungen aus meinem Gedächtnis abzuspulen. Wieder und wieder.

Permanent sah ich Kennedys Gesicht vor meinem geistigen Auge. Ich sah das atemberaubende Lächeln auf seinen Lippen und die Belustigung in seinem Blick, sah, wie er sich zu mir herunterbeugte und seinen Daumen über meine Unterlippe ...

»Nein!«, schoss es plötzlich mahnend aus Clares Mund, als wäre ich ein Hund, den sie zurückpfeifen musste. »Lass das bloß bleiben, Eve! Hör sofort auf, an ihn zu denken«, befahl sie streng, während sie mich prüfend von der Seite musterte. »Du weißt, was er gesagt hat. Du sollst auf *mich* hören.«

Lachend knuffte ich sie in die Seite, was schwierig war, weil ich durch gefühlt Dutzend Stofflagen hindurch musste, um überhaupt an sie heranzukommen. »Ich hole uns mal noch eine heiße Waffel und zwei Kaffee, um dich wieder aufzutauen, du kleiner Eiszapfen«, neckte ich sie und stand von meinem Platz auf der Tribüne auf, um nach unten zu gelangen, wo am Spielfeldrand eine kleine Verkaufsbude stand, die Brezeln, Waffeln und Heißgetränke für die Studenten anbot.

Gerade als ich bestellen und den Geldschein aus meiner Hosentasche holen wollte, fiel mein Blick zwischen die Tribünenreihen hindurch und ich erkannte zwei Personen, die unbemerkt von der tobenden Menge über ihnen unterhalb der Tribünenreihen standen. Sofort musste ich an Kennedy denken und daran, dass ich ihn dort schon einmal erwischt hatte, wie er dort während eines Spiels der Falcons Drogen an jemanden verkauft hatte.

Mein Herz begann wild in meiner Brust zu poltern und statt die Waffeln und den Kaffee, den ich Clare versprochen hatte, zu bestellen, bewegten sich meine Beine wie von selbst hinter die Tribünenreihen, um nachzusehen, was dort geschah – und vor allem, ob es wirklich Kennedy war, den ich gerade gesehen hatte. Doch als ich dort ankam, war niemand mehr hier. Als hätten sich die beiden Personen in Luft aufgelöst.

Wie ein verfluchtes Phantom, schoss es mir gerade noch durch den Kopf, als ich plötzlich von hinten gepackt und mir eine Hand auf den Mund gepresste wurde, damit ich nicht schrie. Im nächsten Moment wurde ich auch schon herumgewirbelt und starrte mit weit vor Schock aufgerissenen Augen in Kennedy Connalls Gesicht.

Statt sich zu beruhigen, begann mein Herz noch schneller zu schlagen, als es ohnehin tat. Mein Puls schoss nach oben, so sehr, dass ich unweigerlich das Rauschen meines Blutes in meinen eigenen Ohren hören konnte.

»Was zum Teufel stimmt eigentlich nicht mit dir, Evanna Cleopatra Barnett?«, knurrte Kennedy mit reißerischem Blick direkt gegen seine eigene Hand, die er fest und beinahe schmerzvoll auf meine Lippen drückte. »Wenn dir jemand sagt, du sollst dich von Feuer fernhalten, weil es dich sonst verbrennt, dann halt dich, verflucht nochmal, daran. Es sei denn, du legst es darauf an, draufzugehen.«

Da ich wegen seiner Hand auf meinem Mund nichts sagen konnte, starrte ich ihm nur mit geweiteten Augen in seine und wartete ab, was er als Nächstes tat. Und da er offensichtlich noch nicht fertig mit mir war, weil er weder Anstalten machte, mich loszulassen, noch seine Hand von meinen Lippen zu nehmen, machte sich eine unterschwellige, aber naive Hoffnung in mir breit. Eine Hoffnung, die so dumm und selbstzerstörerisch war, dass sie Kennedys letzte Aussage locker bestätigt hätte. Ich legte es offensichtlich tatsächlich darauf an, draufzugehen.

»Scheiße, Cleo«, stieß er in der nächsten Sekunde schwer ausatmend aus und nahm auf einmal seine Hand von meinem Mund. »Es hätte alles so verdammt leicht sein können«, sagte er hörbar verzweifelt, als es unerwartet über unseren Köpfen zu schneien begann und ich überrascht nach oben zum Himmel blickte, der teilweise von der Tribüne über uns verdeckt wurde.

Kennedy trat einen letzten Schritt auf mich zu und griff mit der anderen Hand in meinen Nacken, vergrub seine Finger in meinen langen Haaren und zog daran, damit ich keine andere Wahl hatte, als zu ihm aufzusehen.

Ich gab keinen Mucks von mir, während sein lodernder, zorniger Blick mich wie ein Dolch durchstieß, um mich zu entzweien und zur Kapitulation zu zwingen. Doch diesmal war ich stärker, als er glaubte. Stärker, als er hoffte. Diesmal würde ich *nicht* vor seinen Augen zerbrechen und in tausend Einzelteile zerspringen, nur weil er so grausam und kalt zu mir war.

Nein, diesmal würde ich nicht vor ihm auf die Knie gehen. In keiner Weise. Denn diesmal war etwas anders zwischen uns. *Ich* war anders. Und er schien es merkwürdigerweise auch.

Kennedy beugte sich zu mir herunter, betrachtete mein Gesicht, als hätte er es nie zuvor wirklich gesehen. Beinahe fühlte es sich an, als würde er mit seinem Blick jeden Millimeter davon abtasten, damit er es perfekt und so genau wie möglich in seinem Gedächtnis abspeichern konnte. Doch das ergab keinen Sinn – verhinderte allerdings nicht, dass mein Atem stockte und nur noch stoßweise kam. Direkt in sein Gesicht, das meinem so nah war, wie selten zuvor.

»Wieso machst du alles noch schwerer, als es ohnehin schon ist, Evanna?«, formten seine einladenden Lippen, während ich sie wie hypnotisiert anstarrte und mich fragte, wie sie wohl schmeckten.

Kennedy rauchte. Zumindest gelegentlich hatte ich ihn mit einer Zigarette gesehen. Ob er also danach schmecken würde – nach kaltem Nikotin? Oder schmeckte er genau so, wie er roch? Denn endlich kam ich darauf, was es war, das sich immer wieder als feiner und unwiderstehlicher Duft in meine Nase schlich, wenn er mir so nah war wie jetzt.

Kennedy roch unverwechselbar nach Freiheit. Eine Mischung aus Wäldern, Kiefern- und Zedernholz und dem Duft nach frischgefallenem Schnee, der auf den Bergkuppen West Virginias lag und der mich unweigerlich an schöne Tage meiner Kindheit erinnerte.

Ich schluckte hart. »Schwerer für wen?«, schaffte ich es nur mit Mühe, hervorzubringen, während mein Blick noch immer gebannt und hoffnungsvoll auf seinen Lippen lag.

Mir war es egal, ob er es sehen konnte. Es war mir egal, dass er wusste, wie sehr ich ihn küssen wollte. Wie sehnsüchtig ich darauf wartete, dass er wenigstens ein Mal seinen Mund auf meinen presste und mich das spüren ließ, was vermutlich schon viele Mädchen zuvor spüren durften.

Es war ganz sicher kein Sieg und schon gar kein Triumph, zu einer Reihe an Frauen zu gehören, die Kennedy Connall verfallen waren. Doch auch das war mir in diesem Moment vollkommen egal. Auch wenn ich mich damit genau zu dieser Art Mensch machte, die ich doch eigentlich nicht ausstehen konnte: Mädchen und Frauen, die sich abhängig machen ließen – abhängig von Männern, die Macht über sie hatten.

Kennedy *hatte* Macht über mich. Es war zwecklos, es zu leugnen.

»Für mich«, wisperte er heiser und rau, als auch sein Blick für einige Sekunden ungeduldig zu meinen Lippen zuckte. »Für dich.« Erneut fluchte er leise und beinahe flüsternd. Sein heißer Atem traf meine Haut, als er plötzlich fester an meinen Haaren zog, damit ich meinen Kopf weiter in den Nacken legte und ihm dadurch nur noch mehr ausgeliefert war.

Ich konnte nicht fliehen und ich wollte es auch gar nicht. Ganz egal, ob er mir gerade Schmerzen zufügte und mir damit bewies, wie groß die Kontrolle war, die er über mich und meinen Körper hatte. Wenn er wollte, konnte er mit mir tun, was er wollte und ich würde es einfach zulassen.

Jedoch *nicht* alles.

Keinesfalls würde ich mich ihm noch einmal so sehr beugen, dass ich ihm das letzte bisschen Würde schenkte, das noch in mir steckte. Ich war vielleicht verzweifelt und sehnte mich gerade nach nichts mehr, als danach ihn zu spüren und endlich schmecken zu können. Doch ich war auch keine völlige Idiotin, egal wie sehr seine Nähe und der Duft nach Freiheit meine Sinne vernebelten. Ich würde seinetwegen nicht zu Kreuze kriechen und mich oder mein Leben dafür aufgeben, so wie es meine Mom bei meinem Vater getan hatte.

»Wieso hast du nicht einfach bei Clare bleiben können, so, wie ich es dir erst vor einer Woche geraten habe?« Kennedys leises Flüstern riss mich aus den Gedanken und meinen Blick von seinen Lippen los.

Wütend sah ich hinauf zu seinen Augen und schnaubte. »Weil ich herausfinden muss, was fünf-fünf-sieben bedeutet«, entgegnete ich aufgewühlt und ungeduldig. War ihm das denn wirklich nicht klar gewesen, was er damit anrichtete, wenn er mir eine solche Halbinformation als winzigen Happen seines Lebens vor die Füße warf, statt mich wie ein normaler Mensch aufzuklären, was diese Ziffern bedeuteten? »Du hast selbst gesagt, ich soll es tun – soll es herausfinden. *Du* warst es also, der mich herausgefordert hat«, schoss ich ihm aufgebracht entgegen, weil es mich ehrlich ärgerte, dass er nicht so weit gedacht hatte. »Du hast also kein Recht, jetzt herumzujammern oder mich dafür verantwortlich zu machen, dass ich neugierig bin!«

Kurz zuckte sein Blick erneut zu meinen Lippen, während sein Blick von Verwunderung zu Belustigung und wieder zurück zu Fassungslosigkeit wechselte. Es schien ihn sichtlich zu verwirren, was ich ihm da gerade an den Kopf geworfen hatte. Und gleichzeitig schien es ihn ebenso und wiederum zu meiner Überraschung zu amüsieren.

Kennedys Mundwinkel zuckte verräterisch. »Hast du gerade gesagt, dass ich jammere?«

»Und ob du das tust, ja«, stieß ich spitz und gehässig aus, während die Wut in mir gegen all die anderen Gefühle anzukämpfen versuchte, die dieser Mistkerl gerade in mir hervorrief. »Dabei bist du selbst schuld, dass ...«

Noch bevor ich den Satz überhaupt zu Ende denken, geschweige denn ihn aussprechen konnte, verschloss Kennedy plötzlich meine Lippen mit seinen und presste sie so fest und kalt gegen meine, dass ich es nicht einmal mehr geschafft hatte, ausreichend Luft zu holen.

Japsend vor Schock entwich mir ein ununterdrückbares Seufzen, während ich mich nach Halt suchend an seinen Hoodie krallte. Ich stand kurz davor, vor Erregung zu zerspringen, doch ebenso stand ich auch dermaßen unter Strom, dass ich nicht wusste, wie mein armer, kleiner Körper diese widersprüchlichen Gefühle, die alle zeitgleich in mir explodierten, aushalten sollte, ohne freiwillig zu kapitulieren und in Kennedys Armen auseinanderzufallen.

Ich war völlig außer mir, schockiert, fassungslos und gleichzeitig so unsagbar verwirrt, aber glücklich, dass ich es kaum schaffte, mich auf diesen unerwarteten Kuss zu konzentrieren. Ich spürte nur, mit welcher Verzweiflung Kennedys Lippen sich gegen meine drückten, schmerzvoll und grob. Als würde er mir damit nur beweisen wollen, wie grausam er wirklich sein konnte. Wie kalt und gefühllos er in Wahrheit war und wie schnell ich es bereuen würde, es gewagt zu haben, diesen Kuss von ihm einzufordern.

Dabei hatte ich diesmal nicht darum gebettelt. Ich hatte nicht danach gefleht, so wie ich es an Thanksgiving unterschwellig getan hatte. Nein, diesmal ging alles von ihm aus – nicht von mir. Und vermutlich ärgerte ihn genau das weitaus mehr, als alles andere.

Noch ehe ich realisieren konnte, dass ich langsam aber sicher keine Luft mehr bekam und durch seine Lippen elendig ersticken würde, ließ er auf einmal von mir ab, ohne überhaupt seine Zunge benutzt zu haben.

Enttäuschung stieg in mir auf, automatisch und ohne dass ich es verhindern konnte. Doch ich gab mir Mühe, ihm nichts davon zu zeigen. Kennedy hatte mich geküsst. Er hatte mir damit also einen Gefallen getan und mir ein einziges Mal das Gefühl gegeben, wonach ich mich so sehr gesehnt hatte. Wieso fühlte es sich in diesem Moment also trotzdem falsch an? Weswegen fühlte ich mich so ... unbefriedigt?

Ich hatte ihn nicht schmecken können. Nicht wirklich zumindest, denn das hatte er nicht zulassen wollen. *Deswegen* ließ er die Zunge weg und hatte keine Anstalten gemacht, sie mit meiner zu vereinen. Er gab mir wieder einmal nur so viel, wie er bereit war, zu geben. Und auch damit bewies er nur, wie viel Macht er über mich hatte.

»Du wirst noch mein verfluchtes Verderben sein«, knurrte er finster, während seine Lippen noch immer die meinen berührten, sie jedoch nicht küssten. Kennedys Blick glühte regelrecht vor Zorn. Nur war ich mir sicher, dass dieser Zorn nicht mehr nur mir allein galt. Und das war gleichzeitig beruhigend, wie es beunruhigend war.

»Und du meins«, hauchte ich atemlos und vollkommen verloren unter der Intensität seines Blicks. Kennedys Augen hielten mich fixiert. Gefesselt und gefangen. Und das ließ mich wieder spüren, wie machtlos ich ihm ausgeliefert war. »Hab ich recht?«, fragte ich wispernd und hoffte, noch einmal eine Berührung seiner Lippen auf meinen fühlen zu dürfen. Doch er entzog sich mir.

»Du hast ja keine Ahnung, *wie sehr.*« Kennedys Blick veränderte sich, als er mich losließ und Abstand zwischen uns brachte. Sein Kiefer spannte sich wütend an und sein ganzer Körper schien zu beben.

Jeder Idiot würde in diesem Moment schnellstmöglich abhauen und die Flucht ergreifen, denn es war mehr als ersichtlich, dass er sich gerade nur mit stärkster Willenskraft zusammenriss, um die Beherrschung nicht zu verlieren. Weswegen verstand ich allerdings nicht. Ich wusste nur, dass vermutlich jeder andere Angst vor ihm bekommen hätte, wenn er sie mit demselben Blick angesehen hätte, mit dem er mich gerade ansah. Doch die hatte ich nicht.

Das Einzige, was ich fühlte, war die Angst davor, ihn zu verlieren. Vor allem, als er sich langsam in Bewegung setzte und mich, wie er es immer tat, stehenlassen wollte.

»Kennedy ...«, rief ich verzweifelt, auch wenn ich keinen Schimmer hatte, was ich ihm hätte sagen sollen. Mein Kopf war völlig leer und gleichzeitig so voll, dass ich nicht einmal mehr wusste, welchen verfluchten Tag wir heute hatten oder wie ich später zurück zu unserer Wohnung kommen sollte, wenn es weiterhin so heftig schneite. Ich war dermaßen durcheinander und voller explosiver Gefühle, dass ich am liebsten laut losgeschrien hätte.

Ich wollte nicht, dass er ging. Nicht schon wieder. Nicht, nachdem er mich geküsst hatte. Auch wenn es noch so kurz und eiskalt gewesen war. Ich wollte jetzt nicht allein sein, wollte nicht verlassen werden – schon gar nicht von ihm. Dabei war mir klar, dass alles genau darauf hinauslaufen würde. Schließlich hatte das alles nichts zu bedeuten.

Kennedy hatte mich nur geküsst, um mich zu provozieren. Um mir zu zeigen, dass er genau das Arschloch war, das jeder in ihm sah. Mich eingeschlossen. Er hatte es nur getan, um mich ein weiteres Mal zu demütigen und mir zu beweisen, wie lächerlich ich war. Lächerlich hoffnungsvoll. Obwohl ich doch genau wusste, wie dumm das eigentlich war. Schließlich war mein Leben nicht ohne Grund so beschissen, wie es nun mal war, und ich hatte nicht ohne Grund früh gelernt, weder Erwartungen noch Hoffnungen aufzubauen. Es war sinnlos. Und manchmal war es auch gefährlich.

Ich wusste das alles und konnte dennoch nicht verhindern, dass mein dummes Herz tat, was es wollte. Dabei dachte ich immer, es hatte längst seine verdammten Lektionen gelernt.

Meine Gedanken überschlugen sich, genau wie meine Gefühle, sodass ich beinahe zu spät bemerkte, dass Kennedy tatsächlich noch einmal stehengeblieben war und mich aus finsteren, dunklen Augen ansah, während die Schneeflocken über unseren Köpfen tanzten.

»Ich bin über Weihnachten wieder in Clarksburg. Bei meiner Mom und ... meinem Dad«, rief ich mit zerbrechlicher Stimme, ohne wirklich darüber nachgedacht zu haben, was ich da gerade tat.

Ich hatte nicht vorgehabt, ihm so etwas zu sagen. Nein, nicht *das*. Es war nicht meine Absicht, hilflos und verzweifelt zu klingen. Doch jetzt war es zu spät und Kennedy wusste, worauf ich hinaus wollte. Er verstand sofort, was ich ihm damit sagen und um was ich ihn jämmerlich und feige bitten wollte. Doch statt etwas zu erwidern, mich deswegen zu verspotten oder zur Hölle zu wünschen, presste er nur hart die Lippen aufeinander und drehte sich anschließend wortlos um und ging.

22

Christmas Eve. Hätte ich Zeit gefunden, mich irgendwo dort, wo man mich nicht finden konnte, zu vergraben, ich hätte es vermutlich getan. Dann würde ich jetzt in seligem Frieden ruhen und müsste mich nicht mehr mit all den erdrückenden Gefühlen befassen, die meine Kehle bereits über Stunden zuschnürten. Stattdessen befand ich mich, wie von mir erwartet, auf dem Weg nach Clarksburg zu meinen Eltern, um bei ihnen die Weihnachtsfeiertage zu verbringen.

Pünktlich zu unserem traditionellen Kirchenbesuch am Abend kam ich zu Hause an und zog mich schnell in meinem Zimmer um, noch ehe ich Mom oder Dad begrüßen konnte. Sie legten ohnehin keinen Wert darauf. Lieber war es ihnen, dass ich wie aus dem Ei gepellt parat stand, um unsere heuchlerischen, bürgerlichen Pflichten zu erfüllen, um mit ihnen gemeinsam und eigentlich nur, damit es alle sahen, an Heiligabend zur Kirche ging. Danach war immer noch genug Zeit, um mich kritisch zu beäugen, und wegen Thanksgiving zu ermahnen.

Seitdem ich damals einfach mit Kennedy verschwunden war, hatte Mom mich nicht mehr darauf angesprochen. Sie und Dad hatten, Gott sei Dank, nicht mitbekommen, wie ich in Connalls Wagen gestiegen und abgehauen war, doch es passte ihnen natürlich nicht, dass ich überhaupt früher als abgesprochen gegangen war. Und so wusste ich, würde mir heute noch ein längeres Gespräch mit beiden bevorstehen. Ein Gespräch, das vermutlich eher zum Monolog meines Dads werden würde, indem er mir vorhielt, was für eine schlechte Tochter ich doch war und dass ich es nicht zu schätzen wusste, welche Privilegien ich durch ihn und seine Arbeit hatte.

Dabei hatte er keine Ahnung, dass ich auf all seine verfluchten Privilegien längst scheißen konnte. Doch natürlich sagte sich so etwas nur *dann* so leicht, wenn man überhaupt einmal in den Genuss von irgendwelchen Privilegien kommen konnte. Auch das war mir bewusst. Und ein bisschen schämte ich mich dafür, dass ich sie mit Füßen trat, obwohl es Menschen da draußen gab, die womöglich für Chancen, die ich geschenkt erhielt, töten würden.

Zu welcher Sorte Mensch Kennedy Connall wohl gehörte? Ich hatte keinen Schimmer, ob er reich oder arm aufgewachsen war oder ob er überhaupt Geld besaß – er oder seine Familie. Natürlich wäre es seltsam, da er schließlich Drogen verkaufte und so etwas wahrscheinlich niemand tat, der von Geburt an wohlhabend war. Doch gleichzeitig fuhr er auch einen wahnsinnig teuren

Wagen, der niemals nur aus den Verkäufen von Drogen finanziert werden konnte. Es sei denn ... er hatte ihn gestohlen.

Was wusste ich denn schon, ob er nicht weitaus krimineller unterwegs war, als ich bisher ahnte? Gut möglich, dass er nicht nur Dealer war, sondern auch andere krumme Dinger drehte, die er sicher nicht einmal dem Pfarrer in der Kirche beichten würde. Zum Beispiel die Tatsache, dass er anscheinend seine Freundin betrog, wann immer er wollte und es ihm in den Kram passte. Zumindest wenn das, was Clare und ich vor etwa zwei Wochen beobachtet hatten, überhaupt so etwas wie eine Beziehung war zwischen Kennedy und der hübschen, unbekannten Brünetten.

Sollte es sich dabei wirklich um seine Freundin handeln, wusste ich nicht, was ich über den seltsamen kurzen Kuss zwischen uns beiden denken sollte. Schließlich war es von ihm ausgegangen, nicht von mir. Doch auch ohne die Ungewissheit darüber, ob Kennedy überhaupt vergeben war, war ich mir zugegeben nicht sicher, was dieser Kuss überhaupt zu bedeuten hatte.

Vermutlich nichts. Absolut gar nichts. Trotzdem ließ es mir seit einer Woche keine Ruhe mehr und ich musste permanent daran zurückdenken. Es war einfach unmöglich, ihn zu vergessen. Nicht nur, weil er so überraschend kam, sondern auch ... Weil er trotz – nein, wegen – seiner

Kälte, der unverhältnismäßigen Härte und der kurzen Dauer so unbeschreiblich intensiv war, dass es mir jedes Mal eine unbändige Gänsehaut bescherte, sobald ich mich an diesen Moment erinnerte.

Ich hatte bis heute weder Clare noch Valerie etwas davon erzählt. Weil ich zum einen nicht wusste, wie ich das hätte tun sollen, ohne dass sie beiden vollkommen ausflippten und mir deswegen Vorwürfe machten, weil ich es zugelassen hatte. Sondern weil ich vor ihnen nicht zugeben wollte, dass ich es nicht nur genossen hatte, sondern beinahe alles dafür tun würde, um es zu wiederholen.

Demütig seufzte ich leise auf, während mein Blick von Gesicht zu Gesicht der Kirchenbesucher huschte und ich wie jedes Jahr feststellen musste, dass niemand von ihnen aufrichtig und ehrlich gläubig war. Die meisten von ihnen kannte ich noch aus meiner Kindheit und Jugend, weil sie allesamt aus der unmittelbaren Nachbarschaft waren.

Beinahe jeder von ihnen hatte in der Vergangenheit mindestens einen Skandal ausgelöst, egal wie klein oder groß er letztendlich war. Niemand von ihnen war ein Heiliger oder hatte eine reine Weste. Und schon gar nicht hatten sie es verdient, hier zu sitzen, mit ihrer falschen und gespielten Reue und Bescheidenheit.

Diese Gesellschaft, in der ich aufgewachsen war, und in der meine Eltern mich mit allen Mitteln halten wollte, war mir schon lange zuwider. Wieso ich also noch immer hier war und wie jedes verfluchte Mal genau das tat, was von mir verlangt wurde, war mir absolut schleierhaft. Ich hätte aufstehen und gehen sollen, hätte endlich aus diesem Hamsterrad ausbrechen müssen. Doch stattdessen rührte ich mich auch jetzt und heute nicht von der Stelle. Ich blieb. Ganz egal, wie viel Mühe und Kraft es mich kostete, das alles zu ertragen.

Die Frage nach dem *Warum* schob ich, wie so oft, beiseite.

»Du wirst deine Aktion von Thanksgiving wiedergutmachen, hast du verstanden, Evanna?« Mein Vater musterte mich mit strengem Blick, während meine Mutter stumm und reglos neben mir saß und beinahe so tat, als würde sie diese Diskussion nichts angehen. Als wäre ich nicht auch ihre Tochter und es wäre ihr gutes Recht, mir ihre Meinung zu sagen. Nein, sie saß nur da, wie eine verdammte Aufziehpuppe, die lediglich das, was Dad ihr vorplapperte, wiederholte. Wenn sie denn überhaupt einmal ihren Mund aufmachte. Meinen hilfesuchenden Blick ignorierte sie dabei vehement.

»Ich kann nichts dafür, dass meine Freundin einen Unfall hatte«, startete ich einen letzten Versuch, mich zu rechtfertigen – auch wenn das eine glatte Lüge war. Clare ging es schließlich hervorragend. Doch das mussten sie nicht wissen. »Was hätte ich denn tun sollen, eurer Meinung nach? Hätte ich nicht zu ihr fahren und nach ihr sehen sollen?«, fragte ich verzweifelt. »Was hätte die Presse wohl darüber berichtet, wenn das rausgekommen wäre?« Mein Ass im Ärmel.

Dad hatte dermaßen Panik vor schlechter Publicity, dass ich zumindest damit häufig gut argumentieren konnte. Die Frage war nur, ob er es auch diesmal schlucken und mich schließlich in Ruhe lassen würde.

Wütend verzog er die Augen zu zwei schmalen Schlitzen und starrte mich abschätzend an. »Weil du so früh abgereist bist, sind mir einige wichtige Kontakte durch die Lappen gegangen«, raunte er unheilvoll. »Das nächste Mal wirst du uns so lange Gesellschaft leisten, wie es nötig ist«, bestimmte er grollend und sorgte dafür, dass sich mein Körper automatisch bis in den letzten Muskel anspannte. »Ich habe keine Lust, noch einmal so viel Geld zu verlieren, nur weil du dich zierst. Du weißt, dass meine Gäste bei Laune gehalten werden müssen. Jederzeit. Nur so sitzen ihre Hosen lockerer.«

Ein bitteres Lachen drang gequält und kalt aus meinem Mund. »In jeder Hinsicht, ja.«

Meine Mutter schnappte schockiert nach Luft und drehte sich mit weit aufgerissenen Augen zu mir um. Es war das erste Mal, dass sie mich heute Abend wirklich ansah. Und in ihrem Blick erkannte ich, dass sie ganz genau verstand, wovon ich da sprach. Nur war die Wut, die ich in ihren Augen finden konnte, allein mir geschuldet. Weil ich es gewagt hatte, sie daran zu erinnern, dass ihre Tochter für die Geschäfte ihres Mannes benutzt wurde. Seelisch und körperlich. Denn das war etwas, das sie nur zu gerne verdrängte.

»Wie ich schon sagte: Du wirst es wiedergutmachen«, donnerte die Stimme meines Vaters durch den Raum, bevor ein leises Klopfen an der Tür seines Büros erklang und schließlich vorsichtig der Kopf von Selina, eins unserer Hausmädchen, erschien.

»Ihr erwarteter Gast ist soeben eingetroffen, Sir«, ließ sie Dad mit hörbar zittriger Stimme wissen und verschwand augenblicklich, ohne auf seine Antwort zu warten.

Eine dunkle Vorahnung packte mich mit eisigen Klauen im Genick. »Was für ein Gast?«, fragte ich, die Panik, die unweigerlich in mir aufstieg, unterdrückend. Dad wird wohl kaum an Weihnachten auch noch einen seiner Partner oder Politikerfreunde eingeladen haben. Die waren an Heiligabend ganz sicher bei ihren eigenen Familien, schließlich sprach sich so etwas dann doch ziemlich schnell herum.

Es war eine Sache an Thanksgiving traditionell bei dem Council zu speisen und über Geschäfte zu reden, statt bei seiner eigenen Familie zu sein. Doch Weihnachten … Nein, das war den heuchlerischen Gläubigen doch zu heilig, als dass sie es wagen würden, ihre Familien gerade an diesem Abend alleinzulassen.

Mom mied meinen Blick, stand vom Sofa auf und strich sich ihr elegantes weinrotes Kleid zurecht, während Dad den letzten Schluck seines Whiskeys in sich hineinkippte. Warnend sah er mich schließlich an. »Du wirst heute Abend ganz besonders nett und zuvorkommend zu unserem Gast sein«, verlangte er drohend. »Du weißt, was ich von dir erwarte.« Sein Blick wurde strenger. »Und diesmal sollte es dir nicht allzu schwer fallen. Schließlich ist er nicht nur in deinem Alter, ihr studiert sogar dasselbe – an derselben Uni. Halt dich also ran, Evanna. Einen Mann wie diesen findet man nicht an der jeder Straßenecke.«

Sekunden vergingen, in denen ich stocksteif einfach nur dasaß und nicht zu atmen wagte. Dads Worte drangen nur langsam zu mir durch. Und selbst als sie bei mir angekommen waren, war ich dermaßen verwirrt und fassungslos, dass ich nur verstört blinzeln konnte.

Hatte mein Vater mir gerade offenbart, dass er mich verkauft hatte? An irgendeinen Typen, der es in seinen Augen verdient hatte, mich zu besitzen? Einer, der vermutlich sein Ebenbild war – skrupellos, korrupt und machtbesessen. Ein Typ in meinem Alter, der genau wie ich Politikwissenschaft auf der Fairmont State studierte?

Ein böser, aber unvermeidbarer Gedanke schoss mir plötzlich durch den Kopf – ein Gesicht, dazu ein Name, den ich noch gar nicht allzu lange kannte. Doch konnte das wirklich möglich sein? Und falls ich recht hatte, war das alles nur ein blöder Zufall?

Ich konnte es mir nicht vorstellen.

Matthew Sanders Grinsen konnte kaum eindeutiger sein, als ich ihm mit fassungslosem Blick am Tisch gegenübersaß und ihn wutentbrannt anstarrte. Ich hätte wissen müssen, dass dieser blöde Kerl irgendwas im Schilde führte. Wieso sonst hätte er mich letztens auf der Party ansprechen sollen?

Er wollte, dass ich wusste, wer er war. Er wollte mich wissen lassen, dass er meinen Dad kannte und dass wir uns deswegen schon bald wiedersehen würden. Nur war ich vor zwei Wochen noch zu blind, um das erkennen zu können. Blind, weil ich nur Augen für Kennedy hatte und auf ihn statt auf Matthew Sanders geachtet hatte. Dabei hätte all meine Aufmerksamkeit eigentlich ihm gelten sollen. Allein schon, weil ich schließlich vom ersten Moment an ein ungutes Bauchgefühl bei ihm hatte. Und dieses Bauchgefühl bestätigte sich jetzt.

»Ihr kennt euch also schon?«, versuchte Mom verzweifelt ein Gespräch zwischen uns aufzubauen, wirkte dabei allerdings dermaßen verkrampft, dass es selbst Sanders unangenehm schien.

»Von Kennen kann keine Rede sein«, zischte ich flüsternd, so leise, dass eigentlich nur Matthew es hören konnte.

»Evanna und ich haben uns letztens bei einer netten Zusammenkunft von Freunden kennengelernt«, übernahm er für mich das Wort und log meinen Eltern damit eiskalt ins Gesicht.

Zusammenkunft von Freunden? Wen wollte er damit eigentlich verarschen? Dass es sich dabei um eine Party mit Alkohol und Marihuana gehandelt hatte, verschwieg er natürlich. Nicht auszumalen, was meine Eltern sonst von ihm denken würden.

Wenn er wüsste, dass mein Dad noch weitaus Schlimmeres zu sich nahm als Marihuana, würde er ganz sicher anders reden, schoss es mir durch den Kopf, während ich in meinem noch kaum angerührten Teller stocherte. *Oder wusste er das vielleicht sogar längst?*

Nachdenklich sah ich auf und musterte Matthew Sanders abschätzend. Er und Kennedy schienen sich zu kennen. War es da also so abwegig, dass beide genau Bescheid wussten? Über Dad und die Drogen und vermutlich noch einiges mehr, von dem ich zu diesem Zeitpunkt nicht einmal etwas ahnte. Ich würde es ihnen jedenfalls zutrauen, sowohl dem einen als auch dem anderen. Gerissen genug waren sie dafür allemal.

»Das klingt ja fantastisch«, kommentierte Mom mit gespielter Begeisterung und ließ mich unweigerlich die Augen verdrehen. Dieser Abend würde mich all meine Geduld kosten. Doch im Vergleich zu allem, was mich hätte sonst erwarten können, war das absolut nichts, womit ich nicht umzugehen wusste. Es hätte mich heute Abend auch deutlich schlimmer treffen können. Deswegen war ich Sanders beinahe schon dankbar dafür, dass er sich in mein Leben drängte. Aus welchen Gründen auch immer.

»Und du befindest dich jetzt im letzten Semester deines Studiums, Matthew?« Wieder war es Mom, die unserem Gast ihre Aufmerksamkeit schenkte. Dabei war klar, dass Dad das eigentlich von mir erwartete. *Ich* hätte diese Rolle längst übernehmen und Sanders bespaßen und anschließend vermutlich an seinen Eiern herumspielen sollen, damit er sich auch ja bei uns wohlfühlte. Doch dazu würde es niemals kommen.

Es war seltsam und nur schwer zu erklären, woran das lag, doch bei Sanders kannte ich keine Skrupel, ihn abzuweisen und zurückzudrängen, sollte er es jemals wagen, mich anzufassen. Bei Dads anderen Gästen, meist deutlich älteren Männern, gelang mir das hingegen nie. Vollkommen gleich, wie sehr ich mich vor deren Berührungen ekelte.

Meine Angst vor diesen mächtigen Arschlöchern oder den Konsequenzen meiner Abfuhr ihnen gegenüber war schlicht und ergreifend zu groß. Ganz anders als bei Matthew Sanders, den ich nur liebend gern in die Weichteile treten würde, sollte er etwas tun, was ich nicht tun wollte.

»Im vorletzten«, korrigierte der bereits jetzt inoffiziell zum Schwiegersohn Auserkorene stolz und lächelte mit seinem falschen Charme, sodass meine Mutter auf ihrem Stuhl beinahe zerfloss. »Zumindest wenn alles nach Plan läuft.«

»Das wird es schon«, versicherte Dad plötzlich entschlossen. »Daran habe ich keinen Zweifel.«

Aufmerksam beobachtete ich den vielsagenden Blickwechsel zwischen den beiden und mir wurde klar, was das zu bedeuten hatte. Dad würde Matthew Sanders zu seinem Abschluss verhelfen, wenn es sein musste. Und diesen würde er wie durch Zauberhand mit Bestnoten machen, dessen war ich mir fast sicher. Schließlich kannte ich die Kontakte, die Dad zu meiner Uni hatte, und wusste leider nur zu genau, dass er mit einem einfachen Handschnippen dafür sorgen konnte, dass Sanders seine Prüfungen bestand. Genauso wie er dafür sorgen konnte, dass ich es schwerer hatte als nötig. Und dass jemand wie Kennedy Connall seinen Studienplatz von heute auf morgen ganz verlor, ohne dass es hinterfragt oder angefochten werden konnte.

Zum ersten Mal begriff ich, dass ich mehr von meinem Vater abhängig war, als ich bisher geglaubt hatte. Und das mittlerweile nicht nur meinetwegen. Ich wollte keinesfalls schuld daran sein, dass Kennedy von der Uni flog oder anderen Ärger bekam. Und das alles nur, weil ich es nicht lassen und auch nicht verhindern konnte, dass ich mich zu ihm hingezogen fühlte.

Vielleicht wollte er deswegen von Anfang an, dass ich mich von ihm fernhielt? Weil er wusste, was es bedeutete, mit mir in Verbindung gebracht zu werden. Alles konnte Konsequenzen haben, sein gesamtes Handeln mir gegenüber. War es da also noch verwunderlich, dass er mich um jeden Preis loswerden wollte?

Fast war es witzig, wie sehr diese Erkenntnis tief in meiner Brust schmerzte. Witzig, weil *sie* es war, die dafür sorgte, dass ich mein ach so privilegiertes Leben mehr denn je hasste und jetzt kurz davor stand, endgültig die Geduld darüber zu verlieren. Nach allem, was mir widerfahren war, was mir zugemutet und angetan wurde, war es ausgerechnet *dieser* Gedanke, der mich plötzlich wachrüttelte.

Was sagte das bloß über mich als Person aus? Und was als Frau?

Meine Mutter kannte die Antwort. Auch wenn sie diese weder sich noch mir eines Tages eingestehen würde. Ich hingegen – ich war einfach nur enttäuscht von mir selbst.

23

Kaum zu glauben, dass Matthew Sanders es innerhalb weniger Stunden tatsächlich geschafft hatte, sich bei meiner Familie dermaßen einzuschleimen und einzunisten, dass ihm Mom und Dad sogar die gesamten Weihnachtsfeiertage erlaubten, bei uns zu bleiben.

Zunächst hatte ich es für einen schlechten Scherz gehalten. Doch jetzt, eine beinahe schlaflose Nacht später, in der dieser Kerl, von dem ich noch immer nicht sicher war, was ich von ihm halten sollte, quasi direkt nebenan verbracht hatte, wusste ich, dass sie es todernst meinten.

Ganz besonders Dad, der Matthew Sanders offenbar schon als seinen zukünftigen Schwiegersohn und inoffiziellen Nachfolger sah und mich immer wieder mit diesem drohenden Blick durchbohrte, damit ich mich bloß ins Zeug legte, um bei Matthew zu landen und ihn um meinen kleinen Finger zu wickeln.

Dabei war ich fast sicher, dass ich das nicht nötig hatte. Sanders würde alles dafür tun, um an Dads Stelle zu sein, dessen war ich mir mittlerweile sicher. Es würde mich also nicht wundern, wenn sein Auftauchen hier weder aus Zufall noch aus Nächstenliebe geschah.

»Vielen Dank noch mal, dafür, dass Sie mich zu sich nach Hause eingeladen haben, Mrs. und Mr. Barnett. Und vielen Dank auch, dass ich über Weihnachten hierbleiben kann, solange meine Familie noch in New York ist.« Sanders schmierige Tour zog sich nicht nur über den gestrigen Heiligabend wie ein roter Faden durch alle Gespräche mit meinen Eltern, er zog sie auch heute bereits den ganzen Tag schon durch. Ohne Skrupel und ohne mit der Wimper zu zucken, erzählte er Mom alles, was sie von ihm hören wollte und Dad genau das, was ihn anscheinend interessierte. Darin war Matthew Sanders unschlagbar, das musste man ihm lassen.

»Das ist doch selbstverständlich, Junge. Schließlich ist Weihnachten und du sollst nicht allein sein an diesen Tagen«, erwiderte Dad mit strenger Miene. Als wäre er in der Verpflichtung, sich um diesen ach so armen Jungen zu kümmern, der über Weihnachten aus heiterem Himmel und angeblich völlig ungeplant allein dastand. *Wer es glaubt!*

»Würden meine Eltern gerade nicht aufgrund des Schneesturms mitten in New York feststecken, wäre ich das auch nicht«, schnaubte Sanders auch schon im nächsten Moment, als müsste er meiner Mom und meinem Dad noch einmal die unglaubliche – und für mich persönlich sehr unglaubhafte – Story des heftigen Schneesturms erzählen, der über den gesamten Bundesstaat von New York hinweggefegt war und mit seiner Grausamkeit alles lahmlegte, was lahmzulegen war. Und jetzt saß seine Familie seit gestern Mittag angeblich ausgerechnet am John F. Kennedy international Airport fest und kam nicht aus New York raus, um mit ihrem Sohn Weihnachten zu feiern.

Langsam hatte ich wirklich genug von diesem Schwachsinn. Nicht nur, dass Sanders' Geschichte stark an die von *Kevin allein Zuhaus* erinnerte, es nervte mich über alle Maßen, dass meine Eltern mir gegenüber so taten, als würden sie ihm diesen Scheiß ernsthaft abkaufen. Dabei würde es mich nicht wundern, wenn das alles weit im Voraus geplant gewesen war. Zumindest zwischen meinem Dad und Matthew Sanders.

Zwar war ich froh und unsagbar erleichtert darüber, dass ich Weihnachten nur mit ihm teilen musste und dadurch niemand von Dads anderen Politikerfreunden oder Geschäftspartner vorbeikam, doch leicht war das ganze Schauspiel dennoch nicht zu ertragen.

Ich vermisste meine Freundinnen. Und ich vermisste tatsächlich sogar die Uni und die langweiligen Vorlesungen, die mir wenigstens für ein paar Stunden am Tag das Gefühl gaben, ein normales Leben zu führen und für einen kurzen Moment zu vergessen, dass ich die verfluchte Tochter des Councils von Harrison County war und dadurch permanent unter Beobachtung stand.

Dabei wollte ich seit Jahren nichts lieber, als endlich unsichtbar zu sein. Zumindest für eine gewisse Zeit und für alle Menschen außer meinen beiden Freundinnen. Denn einzig sie allein waren mir wichtig. Sie waren meine wahre Familie, die sich um mich sorgte und kümmerte. Alles, was ich in meiner echten Familie nicht bekam. Nicht einmal an Weihnachten – und auch nicht dieses Jahr, wie es schien.

»Können wir dann jetzt los?«, drängelte ich Matthew, damit wir endlich für den Rest des Abends von hier verschwinden und ich den messerscharfen Blicken meines Vaters entgehen konnte, mit denen er mich seit gestern Abend immer wieder durchbohrte und mich dadurch unweigerlich daran erinnerte, wofür ich anscheinend überhaupt auf dieser Welt war.

Heute, traditionell am ersten Weihnachtsabend, fand in dem örtlichen Countryclub von Clarksburg eine kleine Benefizveranstaltung statt, zu der ich jedes Jahr gedrängt wurde. Meist war ich jedoch entweder mit meinen Eltern oder mit einem von Dad auserkorenen Geschäftspartner dort, den ich dann mit allem, was ich hatte, von irgendetwas überzeugen musste, was meinem Vater in seiner Position und Karriere weiterhalf. *Etwas, das unsere Familie vor dem Ruin bewahren würde*, wie er es oft formulierte, um mich davon zu überzeugen, dass ich keine andere Wahl hatte.

Dabei hatte ich die immer und jederzeit gehabt. Bloß hatte ich das eine Zeit lang vergessen. Und nur durch Kennedy Connalls ehrlichen und deswegen schmerzlich grausamen Worte hatte ich mich wieder daran erinnert, dass ich keine Puppe war, für die mich offensichtlich viele Männer hielten. Auch wenn Dad das anders sah als ich und mich immer noch genau so behandelte, als wäre ich nicht mehr wert, als das Geld auf unserem Bankkonto, so wusste ich jetzt wenigstens wieder, wer ich wirklich war. Wer ich sein und nicht sein wollte.

Trotzdem tat ich ihm und Mom heute nur zu gerne den Gefallen und ging mit Matthew Sanders in den Country Club, nur um dort so zu tun, als würden die Vernachlässigten dieser Gesellschaft meine Eltern und alle, die heute Abend Unmengen an Summen spendeten, auch nur im Mindesten interessieren.

Diese Spendenveranstaltungen waren schon immer nur dazu da, um den Schein nach außen zu wahren und die Reichen noch reicher werden zu lassen. Denn statt Demut und ehrliches Mitleid für all jene zu zeigen, die es verdienten und das ganze Geld weitaus nötiger hatten als wir, wurden diese Termine für rein geschäftliche Zwecke benutzt. Und wem das nicht genügte, der konnte so zumindest ein winziges Bisschen sein Gewissen mit einer großzügigen Spende an eine der vielen Organisationen erleichtern. Eine Win-Win-Situation für alle, nur nicht für diejenigen, für die diese Veranstaltungen eigentlich gedacht waren.

Alles in allem würde dieser Abend aber immerhin das geringste Übel für mich werden. Zumindest im Vergleich zu all den letzten Jahren, in denen ich auf genau dieser Veranstaltung nicht nur mich selbst, sondern auch meine Seele verkauft hatte. Das würde mir mit Matthew Sanders heute nicht passieren. Er würde mich nicht anfassen. Nicht, wenn ich es nicht wollte und zuließ. Dafür war auch er nicht der Typ, genau wie Kennedy. Dafür waren beide zu stolz. Zu sehr von sich selbst überzeugt – und das vermutlich aus gutem Grund.

Ich schätzte Sanders ähnlich wie Kennedy als einen totalen Frauenmagneten ein. Er würde also keine Probleme haben, das zu bekommen, was er haben wollte. Egal wann, egal wo. Dafür brauchte er mich nicht. Der einzige Grund, weswegen er sich mit mir abgab und an mich herankommen wollte, war mein Dad. Mir hätte es also nicht gleichgültiger sein können, wenn er ihn eines Tages vom Thron stoßen und zu Fall bringen wollte. Gerne half ich ihm dabei. Er musste mich nur darum bitten und ehrlich mit mir sein.

»Sag bloß, der Fruchtpunsch, bei dem sie den Alkohol vergessen haben, schmeckt dir nicht, Prinzessin?«, spottete Matthew über meine zu Ekel verzogene Miene, während ich mir Mühe gab, das viel zu süße, heiße Getränk, das er mir extra geholt hatte, nicht wieder auszuspucken.

»Großer Gott, das ist wirklich grauenhaft«, erwiderte ich und unterdrücke den Reflex, mich schütteln zu müssen. Mit gekräuselter Nase leckte ich mir über die Lippen, um den Geschmack loszuwerden und stellte den hübsch weihnachtlich angemalten Becher auf den Tisch, an dem Matthew und ich seit etwa einer Stunde saßen.

Die Spendenaktion lief bereits seit einer Weile und es waren tatsächlich schon mehrere tausend Dollar für eine Organisation eingegangen, die sich um die Obdachlosen in der Stadt kümmerte. Dass ich nicht lachte. Denn so weit ich das wusste, kümmerte sich diese Organisation lediglich darum, dass die Obdachlosen den Reichen vom Hals blieben und bloß nicht in deren hübsche Stadtviertel abwanderten und dort ihre ebenso hübschen Vorgärten niedertrampelten.

»Soll ich dir etwas anderes holen?«, fragte Sanders im nächsten Moment, nachdem er mich ausgiebig gemustert hatte. Er trug heute Abend ein schickes, enganliegendes Hemd, hatte die Haare elegant nach hinten gegelt und sich frisch rasiert. Man könnte fast meinen, er wollte mich beeindrucken. Nur dass ich weder auf diese Art Männer stand, noch hatte er es für mich getan.

Matthew Sanders war berechnend, genauso, wie es mein Vater war. Ich würde also garantiert *nicht* auf ihn oder seine Masche hereinfallen. Mochte er noch so charmant wirken. Ich war mir sicher, tief im Inneren war er es nicht. Und charmant war etwas, das mich noch nie wirklich angezogen hatte.

Nicht zum ersten Mal an diesem Tag musste ich erneut an Kennedy denken, von dem ich mich fragte, ob er gerade auch bei seiner Familie war und wie er Weihnachten verbrachte. Ich hatte keine Ahnung, wie ich ihn in dieser Hinsicht einschätzen konnte. Immerhin wusste ich nach wie vor so gut wie gar nichts über ihn. Ob er überhaupt so etwas wie eine Familie hatte, erst recht nicht.

Seufzend sah ich mich im Country Club um, in dem ich beinahe großgeworden war. Mom hatte mich hier mehrfach die Woche abgeladen, damit ich Tennis- und Golfspielen lernte, wie es alle früher oder später in unseren Kreisen taten. Seit Ewigkeiten hielt sich dieses Klischee über die Schönen und Reichen bereits – und seit Ewigkeiten bedienten wir es nur zu gern. Ich wette, Matthew hatte seine Kindheit ebenso wie ich beinahe jeden Tag in einem dieser versnobten Country Clubs verbracht.

Mir fiel auf, dass er noch immer auf eine Antwort von mir wartete, als ich zu ihm aufsah. Er war attraktiv, keine Frage. Und unter anderen Umständen hätte er mir rein optisch durchaus gefallen können. Doch die Umstände waren nun mal so, wie sie waren. Und mein Männergeschmack hatte sich seit einigen Jahren quasi daraus geformt, dass ich alles ablehnte, das mich zu sehr an das erinnerte, was mich verletzt, benutzt oder beschmutzt hatte – und das waren so ziemlich alle Männer der heutigen Elite.

Ganz egal, wie groß, klein, alt, ob verheiratet oder mit eigenen Kindern, sie alle hatten dafür gesorgt, dass ich nicht nur generell Probleme hatte, Männern näher zu kommen oder gar intim mit ihnen zu werden. Sie hatten vor allem dafür gesorgt, dass ich mich von allen ihresgleichen abgestoßen fühlte. Mein Dad brauchte sich also nicht zu wundern, wenn ich eines Tages bei einem mehr als bescheidenen Kerl landete, der weder große Ziele noch die Ambitionen hatte, eines Tages reich zu werden oder die Welt an sich zu reißen. Sozusagen das Gegenteil von Matthew Sanders.

Ich verkniff mir ein Schmunzeln bei meinen Gedanken, während ich Sanders noch immer abschätzend musterte. »Du musst nicht den Gentleman für mich spielen«, sagte ich schließlich und beantwortete damit auch endlich seine Frage. »Nicht hier und nicht, wenn meine Mom oder mein Dad nicht in der Nähe sind.«

Sanders verzog das Gesicht, als hätte ich ihn damit getroffen. »Wer sagt, dass ich das nur ihretwegen tue? Vielleicht will ich einfach nur nett sein und mit dir einen netten Abend haben.«

Ich schüttelte den Kopf. »Nicht nötig, wirklich. Wir kennen uns schließlich nicht. Und dass ich heute mit dir hier bin, statt mit einem von Dads anderen Geschäftspartnern, bedeutet auch rein gar nichts.«

Sanders betrachtete mich einige Sekunden lang und sein Blick brannte unangenehm auf meiner Haut. »Du bist kein Fan von all dem hier, oder?«, wollte er dann von mir wissen, obwohl er die Antwort längst zu kennen schien.

»Ich will, ehrlich gesagt, nur noch so schnell es geht wieder zurück nach Fairmont zu meinen Freundinnen«, sagte ich seufzend und sah mich erneut im Country Club um. Mittlerweile wimmelte es hier nur so von Clarksburgs Elite.

Es kostete mich viel Disziplin und Kraft, ruhig zu bleiben und nicht schnellstmöglich von hier flüchten zu wollen. Und das lag einzig daran, dass die Blicke der Männer, die meinen Dad kannten und mich in der Vergangenheit irgendwann einmal angefasst hatten oder mir zu nahe gekommen waren, immer wieder auf mir lagen und mir das Gefühl gaben, zu ersticken. Als würde jemand seine großen Pranken um meinen Hals legen und fest zudrücken, bis ich bettelnd um mein Leben nach Luft japste.

Ich hörte, wie das Smartphone in meiner kleinen Umhängetasche vibrierte und holte es hervor, weil ich hoffte, Clare oder Valerie hätten mir geschrieben, was mich zumindest für einen kurzen Moment auf andere Gedanken brachte. Doch als ich auf das Display hinuntersah, erkannte ich, dass die eingegangene Nachricht einer unbekannten Nummer gehörte.

»Rette dich selbst.«

Augenblicklich erstarrte ich.

Kennedy. Das konnte doch nicht möglich sein. Doch wer sonst sollte mir so etwas schreiben? Er war der Einzige, der jemals diese Worte zu mir gesagt hatte. Außerdem hätte es mir klar sein müssen, dass er spielendleicht an meine Nummer kommen konnte, wenn er es darauf anlegte. Er wusste schließlich beinahe alles von mir. Auch wenn ich noch immer keinen Schimmer hatte, woher und wie er all das über mich hatte herausfinden können.

Kurz warf ich einen prüfenden Blick in die Menge und auch zu Matthew Sanders, nur um festzustellen, dass auch er gerade mit seinem Smartphone beschäftigt war, also begann ich schnell zu tippen und schrieb zurück: *»Wer sagt, dass ich gerettet werden will?«*

Natürlich wusste ich, wie verlogen meine Antwort war, doch so leicht wollte ich es Kennedy nicht machen. Schon gar nicht, weil ich nicht verstand, wie er darauf kam, mir gerade jetzt und in diesem Moment *so etwas* zu schreiben.

Es dauerte nur wenige Sekunden, da vibrierte mein Smartphone erneut.

»In diesem Augenblick? Dein Gesichtsausdruck.«

Ich hielt unweigerlich die Luft an und spürte, wie mein Herz zu flattern begann. Mein Puls beschleunigte sich automatisch, als mein Blick erneut nach oben flog und den Club und seine Gäste suchend abscannte. Von links nach rechts, von hinten nach vorn hüpfte er unkontrolliert durch die Menge, doch auch nach mehrmaligem Vergewissern konnte ich Kennedy nirgends entdecken.

Ernüchterung machte sich tief in mir breit, auch wenn ich bis eben noch nicht einmal gemerkt hatte, wie die Hoffnung mich nur kurz zuvor gepackt hatte.

»Stalkst du mich?«, schrieb ich leicht enttäuscht und nicht ohne aufflackernde Wut zurück.

»Mach dich nicht lächerlich, Evanna«, kam seine Antwort quasi postwendend.

Wieder schaute ich auf und überprüfte zunächst, ob Sanders noch abgelenkt war, bevor ich noch einmal meinen Blick schweifen ließ, in der verzweifelten Hoffnung, ich würde Kennedy irgendwo zwischen all den Gesichtern entdecken, die in mir Unbehagen und teilweise sogar Übelkeit auslösten. Doch auch jetzt konnte ich ihn nirgendwo erkennen, weder an oder hinter der Bar, noch an einem der Tische oder sonst irgendwo, von wo aus er mich hätte sehen oder beobachten können.

»Wo bist du?«, tippte ich resigniert.

»Dort, wo ich sein muss.«

Schnaubend über diese für ihn so typisch kryptische Antwort verdrehte ich die Augen.

»Und das wäre wo genau?«, bohrte ich hartnäckig weiter. Nicht nur, weil ich es wirklich wissen wollte, sondern weil ich so etwas zu tun hatte, was mich von all den Blicken und Menschen ablenkte, die mir das Gefühl gaben, erdrückt zu werden. Von Matthew Sanders mal abgesehen, der nach wir vor eher harmlos auf mich wirkte, jedoch nicht weniger berechnend.

Mir war klar, ich musste weiterhin vorsichtig sein in seiner Nähe. Doch immerhin musste ich mich nicht vor ihm verstecken, wie ich es bei den anderen Männern aus diesem Club häufig tun musste.

»Alles in Ordnung?«, fragte Sanders im nächsten Moment auch schon, als er mich verwundert dabei beobachtete, wie ich von meinem Platz aufstand, um einen letzten prüfenden Blick durch den Club schweifen zu lassen, um nach Kennedy zu sehen. Irgendwo musste er doch, verdammt nochmal, sein! Im selben Augenblick, als ich das dachte, ging auch schon die nächste Nachricht ein, die ich schnell und mit stark klopfendem Herzen öffnete.

»Setz dich gefälligst wieder hin, Evanna! Du lenkst damit nur noch mehr Aufmerksamkeit auf dich und ich glaubte nicht, dass du das willst.«

Dieser verfluchte Mistkerl! Wo zur Hölle steckte er und wie war es möglich, dass er mich sah, während er vollkommen unsichtbar blieb? Kennedy musste hier sein. Ich wusste zwar nicht, weshalb oder was zum Teufel er hier machte, aber es war Fakt, dass er mich von seinem Platz aus ganz genau beobachten konnte. Und ich wusste ehrlich nicht, ob mir das Angst einjagen oder ob ich mich dadurch eher beschützt und in Sicherheit fühlen sollte.

Seufzend ließ ich mich wieder zurück auf meinen Platz sinken und spürte, wie sich neben der Verwirrung in meinem Kopf und der Ernüchterung in meinem Bauch jetzt noch etwas anderes tief in mir ausbreitete: Bewunderung.

Ein beeindrucktes Lächeln schlich sich sanft auf meine Lippen, als ich wieder zu meinem Smartphone sah und zu tippen begann: *»Du bist wirklich das verfluchte Phantom, hab ich recht?«*

Eine Antwort darauf bekam ich allerdings nicht.

24

Als ich auch nach mehreren Minuten keine weitere Nachricht von Kennedy erhielt, steckte ich das Smartphone enttäuscht wieder ein und blickte in das undurchschaubare Gesicht von Matthew Sanders. Anscheinend hatte er mich die ganze Zeit beobachtet und jetzt absichtlich ein Pokerface aufgesetzt. Vermutlich auch, weil ich seine letzte Frage ignoriert hatte, in der er von mir wissen wollte, ob alles in Ordnung war.

Doch was hätte ich ihm darauf denn antworten sollen? Ich konnte unmöglich ehrlich sein und gleichzeitig darauf hoffen, er würde es nicht ausnutzen. Außerdem war ich mir sicher, dass es eine rein auf Höflichkeit basierte Frage war, die er eigentlich gar nicht ernst meinte. Immerhin schätzte ich ihn ohnehin so ein, dass er Menschen spielendleicht lesen konnte. So etwas lernte man in unseren Kreisen schließlich früh. Wie sonst könnte man später so manipulativ werden, wie die meisten dieser Elite es waren und es sogar weit nach oben in der Politik schaffen?

»Wem hast du denn die ganze Zeit geschrieben, Baby?«, wollte Sanders plötzlich neugierig von mir wissen, während er zu seinem Glas griff, in dem anders als bei mir Hochprozentiges steckte.

Wütend funkelte ich ihn an. Jetzt ging das schon wieder los. »Nenn mich nicht so. Ich bin nicht dein *Baby*.«

»Wie soll ich dich *dann* nennen? Darling? Häschen?« Spott erschien neben einem überheblichen Lächeln auf seinem Gesicht und es war spürbar, wie sich die Stimmung zwischen uns beiden schlagartig veränderte. »*Cleo?*«

Ich blinzelte. »Was hast du gesagt?«

Sanders Lächeln wuchs zu einem wissenden Grinsen heran. »Du hast mich schon verstanden, Kleines.« Mit lauerndem Blick sah er sich kurz im Club um, bevor er wieder mich ansah, bohrend und durchdringend. »Er wird nicht kommen und dich davor bewahren, was dein Dad von dir verlangt.«

Ich schluckte und gab mir Mühe, ruhig und gelassen zu bleiben. »Was verlangt mein Dad denn von mir? Und wer zum Teufel ist *er*?« Natürlich wusste ich sehr genau, worauf er hinaus wollte – sowohl bei dem einen als auch bei dem anderen. Mich allerdings dumm zu stellen, verschaffte mir immerhin ein paar Sekunden Zeit, um die Erkenntnis sacken zu lassen, dass Sanders weit mehr wusste, als ich bisher geahnt hatte. Nicht nur über die Beziehung zwischen meinem Dad und mir, sondern auch über ...

»Connall«, dröhnte Sanders Stimme im nächsten Moment durch mich hindurch, als er sich zu mir gebeugt und seine Lippen an mein Ohr gelegt hatte, damit uns niemand dabei belauschen konnte. »Nach *ihm* hältst du doch schon die ganze Zeit Ausschau, nicht wahr?«

Mein Herz stolperte. »Du kennst ihn also tatsächlich«, stellte ich mit zugeschnürter Kehle fest.

Matthew lachte kurz auf. »Wer nicht?«

»Was genau weißt du über ihn?«, begann ich zu bohren, weil es vielleicht die einzige Möglichkeit für mich war, mehr über Kennedy herauszufinden. Womöglich verriet Sanders mir etwas, womit ich etwas anfangen konnte. Ganz egal, was es war, ich war für jede noch so kleine Information dankbar.

»Genug, um dich vor ihm schützen zu wollen«, erwiderte Matthew knapp und ich musste mich zusammenreißen, nicht laut loszulachen. Witzig, dass er das sagte. Schließlich war es genau das, was auch Kennedy über Sanders behauptet hatte.

»Weil ich dir ach so wichtig bin, richtig?« Ich lächelte mein falschestes Lächeln.

»Weil du wertvoll für mich bist, ja«, gestand Matthew zu meiner Überraschung. »Aber damit erzähle ich dir nichts Neues, glaube ich.«

Nein, das tat er nicht. Und doch wunderte es mich sehr, dass er nun doch offen dazu stand, dass er nur aus einem einzigen Grund an mich herankommen wollte. Dennoch war ich mir in diesem Moment nicht sicher, in welche Richtung dieses Gespräch zwischen uns weiterlaufen sollte. Ich traute ihm nicht. Und gleichzeitig hatte ich nichts zu verlieren. Nicht, wenn wir tatsächlich mit komplett offenen Karten spielten.

»Du weißt genau, wie das hier zwischen uns laufen muss, damit wir beide da sauber und ohne Blessuren wieder herauskommen. Stimmt's, Baby?« Sanders zuckte mit den Schultern. Als wäre es *nicht* seine Schuld, dass wir überhaupt in dieser Situation waren und mein Dad nun von uns beiden verlangte, dass wir unsere verdammte Rolle spielten, von der er glaubte, es würde das Beste für unsere beiden Familien sein.

»Was auch immer du von meinem Dad willst, er wird es dir auch so geben. Du musst es nicht erst über mich versuchen. Ich bin für ihn nämlich nicht viel wert. Doch auch das solltest du eigentlich längst wissen, wenn du deine Hausaufgaben richtig gemacht hast«, entgegnete ich schließlich mit bitterem Lächeln.

»Oh, das habe ich«, kommentierte Matthew lachend, bevor er wieder ernst wurde und mich mit einem viel zu eindringlichen Blick ansah. »Und ich glaube, du unterschätzt deinen Marktwert bei Weitem, Schätzchen.« Er leckte sich kurz über die Lippen und musterte mich intensiv. »Du bist zurzeit in diesem Business derart kostbar, Evanna, dass es dumm von mir wäre, mich *nur* auf deinen Dad zu konzentrieren.«

»Was soll das bedeuten?«, wollte ich verwirrt von ihm wissen.

»Dass *jeder* dich haben will«, antwortete er, als wäre es selbstverständlich. »Aber ich will derjenige sein, der dich einfängt.«

Wütend presste ich die Lippen fest aufeinander. »Zu spät, fürchte ich. Ich stecke bereits in einem Käfig.«

»Aus dem du ausbrechen könntest, wenn du es nur wirklich wolltest«, erwiderte er mit stechendem Blick. »Tust du aber anscheinend nicht. Und deswegen glaube ich, dass dir durchaus bewusst ist, wie gut du es mit mir treffen würdest.« Seine Lippen verzogen sich erneut zu einem überheblichen, schmierigen Lächeln. »Dir ist bewusst, was das für dich bedeuten könnte, oder?«

»Ich habe keine verfluchte Ahnung, wovon du sprichst«, sagte ich gepresst und ruhig, kochte innerlich allerdings bereits vor Wut.

Sanders schnalzte mit der Zunge. »Davon, dass dich nie wieder einer dieser Schweine anfassen würde, wenn du mit mir zusammen wärst. Ganz offiziell, meine ich«, erwiderte er geradeheraus und ließ mein Herz für den Bruchteil einer Sekunde aussetzen. »Niemand würde es wagen, dich anzurühren. Und dein Dad würde auch nie wieder von dir verlangen, dich für seine Geschäfte zu bücken.«

Mit vor Schock aufgerissenen Augen starrte ich ihn an und versuchte, mein Entsetzen darüber, dass Matthew Sanders auch das von mir wusste, herunterzuschlucken und meine Gefühle unter Kontrolle zu behalten. Vor allem aber meine Wut, Verzweiflung und Angst.

Wenn Sanders von all dem wusste, wer noch? War ich nur ein Witz für all diese Männer? War es ein offenes Geheimnis in Dads Kreisen, dass man mit mir anstellen konnte, was man wollte? Weil es der Council selbst erlaubte?

Die altbekannte Übelkeit stieg plötzlich in mir auf und ich musste den Drang unterdrücken, den fürchterlichen Fruchtpunsch, den ich kaum angerührt hatte, wieder hervorzuwürgen.

»Ganz ruhig«, sagte Matthew auf einmal beinahe in sanftem und beruhigenden Ton, als er nach meiner Hand griff, die auf dem Tisch lag. »Es wird dir nichts passieren, hörst du? Nicht, wenn du in meiner Nähe bist. Das lasse ich nicht zu.« Er rückte mit seinem Stuhl näher an mich heran und legte seinen Arm schützend um mich, während sein Blick prüfend zwischen den anderen Tischen hüpfte. »Außerdem würden sie sich das auch nicht trauen. Man kennt mich schließlich.«

»Woher weißt du davon?«, fragte ich wispernd und mit bebendem Körper. Es war unmöglich, zu verbergen, wie sehr mich die Tatsache mitnahm, dass Sanders über all das Bescheid wusste. So sehr, dass ich kaum realisierte, was er mir da eigentlich gerade vorschlug.

»Was glaubst du denn?« Seufzend sah er mich an und für einen kurzen Augenblick hatte ich das Gefühl, ein anderer Matthew saß vor mir. Einer, der aufrichtig war und ehrliches Verständnis und Mitleid mit mir hatte. »Ich bin, genau wie du, in diese Welt hineingeboren worden und habe seit Jahren auch beruflich mit diesen Typen zu tun. Und wenn sie erst einmal etwas getrunken haben und lockerer geworden sind, dann ...«

»Sie reden darüber?«, unterbrach ich ihn bestürzt und voller Verzweiflung. »Sie erzählen sich Geschichten darüber, wie sie mich ...?«

»Hey, bleib stark«, sagte er sanft und legte seine Hand unter mein Kinn, damit ich den Kopf nicht senken konnte. »Zeig ihnen bloß nicht, wie schwach du bist. Verstanden?«

Ich war *nicht* schwach. Ich war nur ...

»Ich könnte dein Ausweg aus dem ganzen Schlamassel sein, Baby«, flüsterte Sanders im nächsten Moment mit hoffnungsvollem Lächeln und unterbrach dadurch meine Gedanken. »Deine Rettung.«

»Rette dich selbst«, schoss mir Kennedys Nachricht von vorhin automatisch durch den Kopf, während ich nachdenklich zu Matthew aufsah und mich langsam wieder beruhigte. Zwar klopfte mein Herz noch immer wie wild und meine Gedanken rasten nur so durcheinander, doch eine Sache sah ich plötzlich ganz klar und deutlich.

Bestimmt griff ich zu seiner Hand, die noch immer unter meinem Kinn lag, und schob sie beiseite. »Wie ich schon sagte: Ich bin nicht *dein* verdammtes Baby«, entgegnete ich, diesmal weniger gebrochen und verwirrt, als entschlossen. »Ich lasse mich nicht von einem zum nächsten Mann abhängig machen.«

Sanders konnte seine Überraschung darüber kaum verbergen, starrte mich im ersten Moment an, als hätte er mich nicht verstanden. Dann aber begann er wieder zu lachen. »Ich weiß nicht, ob ich dich dafür bewundern oder für dumm erklären sollte«, sagte er spottend. »Aber es ist natürlich deine Entscheidung, wie schwer du es dir selbst machst. Mein Angebot steht jedenfalls, solltest du dich eines Tages doch noch umentscheiden. Und bis dahin werden wir beide wohl oder übel nach der Pfeife deines Vaters tanzen müssen.«

Misstrauisch musterte ich ihn. »Hat er etwas gegen dich in der Hand oder wieso tust du das alles?«

»Ist es nicht offensichtlich?« Matthews Lippen verzogen sich zu einem arroganten Lächeln. »Ich will auf seinen verfluchten Posten, Evanna. Eure Familie hatte genug Zeit, dieses County zu regieren. Jetzt sind wir Sanders an der Reihe.«

Das hatte ich mir fast schon gedacht. Trotzdem wunderte es mich ein wenig. »Du willst ernsthaft Council von Harrison County werden? Mit Mitte zwanzig?«

Er schnaubte. »Ich bin nicht so naiv wie du, Baby. Ich weiß, dass auf mich noch jahrelange Arbeit wartet, bis ich dort bin, wo dein Vater längst ist. Doch es wird sich auszahlen. Und bis dahin krieche ich ihm weiter so tief in den Arsch, bis ich ihm oben wieder herauskomme.«

Diesmal war ich es, die bitter auflachte. »Klingt nach reichlich viel Scheiße, die du bis dahin schlucken wirst«, kommentierte ich mit verschränkten Armen.

Sanders sah schmunzelnd auf mich herab. »Dann haben wir zwei ja etwas gemeinsam, nicht wahr?«

Und das war der Punkt, an dem es mir doch etwas zu viel wurde.

Natürlich wusste ich sofort, was er damit meinte. Und dass er diese Information jetzt gegen mich verwendete und sich sogar darüber lustig machte, was mir widerfahren war, brachte das Fass nun doch schneller zum Überlaufen, als ich vor wenigen Minuten noch gedacht hatte. Mir reichte es endgültig mit diesem Kerl!

Wortlos stand ich von meinem Platz auf, nahm meine Tasche und wollte gerade von hier verschwinden und

Sanders sitzenlassen, da griff er plötzlich nach meinem Handgelenk.

»Cleo«, sagte er, gerade einmal so laut, dass nur ich es verstehen konnte.

Jeder Muskel in meinem Körper spannte sich an. Nicht nur, weil es sich falsch aus seinem Mund anhörte, wenn er mich so nannte. Sondern weil ich wusste, es würde nichts Schönes folgen, was er mir jetzt mitteilen würde. Dennoch drehte ich mich zu ihm um und sah ihn auffordernd an.

»So nennt er dich doch, oder?« Mit knappem, wissenden Lächeln ließ er mich los.

Innerlich schrie ich laut auf. Woher zur Hölle wusste Matthew Sanders, dass Kennedy mich Cleo nannte? Das war eigentlich unmöglich. Und noch dazu hasste ich die Tatsache, dass er davon wusste. Niemand sollte davon wissen. Niemand außer Kennedy und mir. Und wo zum Teufel steckte dieser verfluchte Mistkerl eigentlich? Wieso war er nicht hier und erlöste mich von Sanders, wenn er doch wollte, dass ich mich von ihm fernhielt? Warum hatte er mir überhaupt geschrieben, wenn ich doch nur so etwas wie eine Plage für ihn war – ein Klotz an seinem Bein, den er so schnell es ging loswerden wollte.

Was war das für ein krankes Spiel, das er mit mir spielte? Und wieso schaffte mein Herz es einfach nicht, eine Sekunde lang *nicht* an ihn zu denken?

Ich stand kurz davor, durchzudrehen.

25

Erwartungsvoll starrte Sanders mir entgegen und wartete darauf, dass ich etwas sagte. Dass ich mich zu erkennen gab und ihm vor allem die Bestätigung lieferte, dass Kennedy mich nicht kaltließ. Und auch wenn er recht damit hatte, würde ich den Teufel tun und mich verraten. »Sag, was du sagen wolltest, Matthew«, verlangte ich deswegen ungeduldig, statt seine Frage zu beantworten, und tat mein Bestes, gleichgültig und gelangweilt zu wirken. Dabei war ich angespannt bis in die Spitzen.

Sanders begann erneut überheblich zu grinsen. Offenbar sein Merkmal. »Du solltest wirklich besser aufpassen, mit welchen Leuten du dich umgibst.«

Ich lachte witzlos auf, konnte nicht anders. »Komisch, dasselbe hat er über dich auch gesagt.«

Er schmunzelte wissend. »Damit meine ich nicht nur Connall, der mich gerade mit seinen schneidenden Blicken anscheinend kastrieren will.«

Überrascht schnappte ich nach Luft. »Du weißt, dass er hier ist?« Mein Blick flog automatisch wieder durch den Club, kreuz und quer. Doch ich konnte Kennedy noch immer nirgends sehen.

Sanders zuckte mit den Schultern. »Er lässt es mich die ganze Zeit zumindest deutlich spüren, auch wenn ich ihn bisher noch nicht entdecken konnte.«

Prüfend musterte ich ihn. »Was hat er gegen dich, hm?«, wollte ich schließlich neugierig wissen, obwohl ich doch gerade eben noch gehen wollte. Allerdings hatte ich da noch nicht damit gerechnet, dass sich möglicherweise die nächste Chance für mich bot, etwas Neues über Kennedy herauszufinden. War es auch nur von Matthew Sanders. »Was hast du ihm getan, Matthew?«

Er gluckste amüsiert. »Du meinst, abgesehen davon, dass ich es wage, mit dir zu reden?« Seine Augen blitzten gefährlich auf. »Kannst du es dir wirklich nicht denken, naive, kleine Eve?«

Doch, konnte ich. Nur befriedigte mich diese Antwort leider nicht. »Du bist also auch einer seiner besten Kunden«, stellte ich ernüchtert, aber weniger überrascht fest.

Sanders verdrehte die Augen und seufzte. »Wer ist das nicht, der in der Gesellschaft, in der wir beide verkehren und aufgewachsen sind, bestehen bleiben will?«, fragte er rein rhetorisch. »Selbst du und deine Freundin tut es schließlich. Nicht wahr, Baby? Gras ist nicht das einzige, was deinen Körper schon einmal berauscht hat.«

»Ist das alles?«, fragte ich gereizt, statt ihm zu antworten. Er wusste vermutlich auch so schon längst, dass

Valerie, Clare und ich Connalls Pillen eingeschmissen hatten. Auch wenn es bisher nur einmal vorgekommen war. »Ist das der einzige Grund, weswegen Kennedy mich vor dir gewarnt hat? Weil du genau so ein Kokainjunkie bist, wie die meisten aus dem Bekanntenkreis meines Vaters?« Durchdringend starrte ich ihn an.

»Ach, Eve«, säuselte er gespielt und seufzte erneut. »Ich wünschte ehrlich, du würdest mein Angebot noch einmal überdenken. Es wäre wirklich zu schade um dich, sollten sie dich irgendwann doch noch brechen.« Er stand auf und kam näher, um sich zu mir herunterzubeugen und mich mit seinem Blick zu verspeisen. »Schrecklich schade«, flüsterte er mir anschließend ins Ohr, während ich mich unweigerlich versteifte. »Eine Frau, so klug und gleichzeitig so hübsch, wie du es bist ...« Sein Blick glitt von unten nach oben an mir entlang. »Noch dazu mit diesem Körper.« Er lächelte bedauernd. »Du hättest es weit schaffen können an meiner Seite. Und ich hätte dich auch garantiert gut behandelt. Besser als jeder von ihnen.«

Mein Atem ging schwer und ich musste mich zusammenreißen, ihn nicht von mir zu stoßen. Doch Kennedy hatte recht. Ich durfte keine Aufmerksamkeit erregen. Nicht mehr, als ich ohnehin schon bekam, weil ich mit Matthew Sanders hier aufgetaucht war. Darüber würde morgen ganz sicher bereits die ganze Stadt reden, geschweige denn die lokale Presse, die sich die Finger nach dieser Information lecken würde.

Matthew betrachtete mich einen Augenblick, intensiv und durchdringend. »Aber wie es aussieht, hast du dich bereits für einen anderen Weg entschieden«, sagte er dann, ruhig aber seltsam bedrohlich. »Nicht wahr, *Cleo*?« Sein Bedauern in seinem Blick schien verschwunden – zurück blieb nur etwas, das ich nicht so recht deuten konnte. Etwas, das mich jedoch stark an Eifersucht erinnerte. Eifersucht, die vollkommen unangebracht war und keinen Sinn ergab.

»Was bietet dir Connall, was ich dir nicht bieten kann? Geld, Ansehen oder Ruhm kann es schließlich nicht sein. Also, was genau ist es, was er hat, auf das du trotz aller Vernunft nicht verzichten kannst, hm?«, wollte er auf einmal drängelnd wissen, weil ich noch immer nichts auf seine ganzen Provokationen erwidert hatte.

Und auch wenn ich erst einmal zu verstehen versuchte, wie er auf den Gedanken kam, dass ich nicht auf Kennedy verzichten konnte – oder wollte –, so brannte die Antwort dennoch bitter und beinahe schmerzvoll auf meiner Seele. Sie brannte so lodernd und hell, dass ich sie nicht für mich behalten konnte. »Ehrlichkeit«, sagte ich deswegen hart schluckend und blickte Sanders dabei fest in die Augen. »Egal, wie schmerzhaft und demütigend sie auch sein mag.«

Matthews Augen weiteten sich ungläubig. Einen Moment später begann er auch schon zu lachen. »Da wäre ich mir an deiner Stelle nicht so sicher – mit der Ehrlichkeit von Connall.«

Ich schüttelte den Kopf. Viel eher über mich selbst als über ihn. Es hätte mir schließlich klar sein müssen, dass exakt diese Reaktion von ihm kam. Was hätte er auch anderes tun sollen? Mir recht geben? Ich glaubte nicht, dass Matthew Kennedy so gut kannte, dass er das überhaupt richtig einschätzen konnte. Trotzdem nervte mich sein Kommentar so sehr, dass ich wieder kurz davor war, zu gehen und ihn stehenzulassen.

»Wusstest du, dass er quasi mit einem Bein bereits im Knast steht?«, platzte es jetzt allerdings unerwartet aus Sanders heraus, ehe ich verschwinden konnte. »Wenn er Pech hat, schafft er es nicht mal mehr, seinen Abschluss zu machen, bevor sie ihn einbuchten.«

Bemüht, ihm meine wahre Reaktion auf das Gesagte nicht zu zeigen, zuckte ich gleichgültig mit den Schultern. Er sollte nicht wissen, dass ich bisher keine Ahnung davon hatte. »Ich kenne die ganzen Gerüchte, mach dir also nicht die Mühe, Matthew.« Dabei flehte alles in mir, mehr darüber zu erfahren.

War das überhaupt wahr? Oder wollte Sanders mich nur wieder provozieren? Ich wollte ihm nicht glauben. Und doch war es nichts, was unwahrscheinlich klang.

Immerhin wusste anscheinend jeder innerhalb Clarksburg und Fairmont, dass Kennedy mit Drogen dealte. Wieso also nicht auch längst das Sheriffs Department?

Sanders' Blick wurde finster, als er von mir nicht das bekam, was er wollte. Meine Reaktion schien ihn nicht zufriedenzustellen, also schob er noch etwas Dynamit nach: »Dir ist aber wenigstens klar, dass du nur ein weiteres Spielzeug für ihn bist, oder, Baby? So naiv bist selbst du nicht, dass du glaubst ...«

»Ich bin niemandes Spielzeug«, unterbrach ich ihn ungeduldig und spürte, wie die Wut erneut in mir aufkochte.

»Genau genommen sogar das deines Vaters.« Jetzt hatte er mich genau dort, wo er mich haben wollte. Ich hatte verloren, das wussten wir beide. Und genau deshalb breitete sich jetzt ein siegessicheres Lächeln auf seinen Lippen aus, als er den Blick über meinen Kopf hinweg schweifen ließ, während meine Hand unkontrolliert zuckte. »Korrigiere mich, wenn ich falschliege, aber waren nicht erst letztens die Finger des Finanzministers unter deinem Kleid ...«

Schon schnellte meine Hand nach oben, wurde allerdings, kurz bevor sie flach und peitschend in Matthew Sanders' Gesicht landen konnte, grob von hinten gepackt und festgehalten.

»Das würde ich an deiner Stelle nicht tun.«

Eine unbändige Gänsehaut breitete sich auf meinem ganzen Körper aus, als ich die Stimme dicht neben meinem Ohr erkannte.

Langsam zwang Kennedy mich dazu, meine Hand wieder sinken zu lassen, hielt mein Handgelenk jedoch weiterhin fest, um mich unter Kontrolle zu behalten.

»Wieso zum Teufel hat das so lange gedauert?«, bluffte Sanders ihn plötzlich an und ließ mich überrascht die Augen aufreißen. »Ich dachte schon, ich muss sie hier mitten auf dem Tisch ficken, damit du endlich deine Deckung aufgibst und dich blicken lässt!«

Wie bitte? Was sagte er da gerade? Hatte ich das richtig verstanden? Verwirrt starrte ich zuerst Sanders an, bevor ich mich zu Kennedy umdrehte und ihn fassungslos ansah. Was hatte das alles zu bedeuten?

»Jetzt bin ich ja hier, also ...« Kennedy klang ruhig und gelassen, ganz im Gegensatz zu Matthew, der Connall gerade ansah, als würde er ihn auf der Stelle zerfleischen wollen. »Was willst du von mir, Sanders?«

»Du weißt verflucht genau, was ich will«, knurrte Matthew so gereizt, wie ich ihn nie zuvor erlebt hatte. »Du bist mir etwas schuldig, verdammte Scheiße!«

Mein Kopf schoss erneut in Kennedys Richtung, als ich ihn fassungslos ansah. Was sollte das bedeuten, er schuldete Sanders etwas?

»Ziehst du deswegen diese lächerliche Show ab?« Kennedy wirkte schrecklich gelangweilt, doch ich wusste, dass es tief in seinem Inneren anders aussehen musste. Er war nur ein Meister darin, seine wahren Gefühle zu verbergen. Vermutlich tatsächlich, um die Beherrschung nicht zu verlieren, egal wem gegenüber.

»Nicht nur, nein.« Sanders schnaubte, bevor sein Blick erneut auf mich fiel. »Die Kleine ist in der Tat eine nette Ablenkung. Und sie bringt mich weiter, also hab ich wenigstens nicht meine Zeit mit ihr vergeudet«, sagte er, als wäre ich nur irgendein Ding, das ihn belustigen oder bei Laune halten sollte.

»Du beschissener Mistkerl«, fluchte ich leise, wurde allerdings von Kennedy erneut zurückgepfiffen, als er mein Handgelenk fester drückte.

»Halt dich da raus, Evanna«, raunte er in meine Richtung, ohne mich dabei auch nur einmal anzusehen. Überhaupt hatte er mich, seitdem er aufgetaucht war, keines Blickes gewürdigt und ich fragte ich, ob das alles nur Taktik war.

»Wie soll ich mich da raushalten, wenn es doch gerade eindeutig um mich geht?«, fauchte ich ungehalten, weil es mich langsam nervte, von allen Seiten bevormundet zu werden.

Mein Blick flog zu Sanders, dann wieder zu Kennedy, dessen Augen allerdings noch immer hart und kalt auf

Matthew gerichtet waren. »Scheiße, was zur Hölle läuft hier eigentlich? Ist das irgendein abgekartetes, krankes Spiel von euch beiden? Steckt ihr unter einer Decke, um meinen Dad zu stürzen und ihn zu Fall zu bringen? Denn ganz ehrlich, dabei helfe ich euch verflucht gern. Ihr müsst mich nur in eure Pläne einweihen«, sprudelte es nun ungewollt aus mir heraus, weil ich kurz davor stand, zu platzen.

Statt mich endlich loszulassen, wurde Kennedys Griff um mein Handgelenk noch eine Spur gröber, während Sanders' Blick teilweise amüsiert, teilweise voller Bedauern auf mir lag. »Ich hab es so gemeint, als ich gesagt habe, es wäre schade um dich, Eve«, sagte er dann, um seine Worte von vorhin zu wiederholen. »Noch hast du die Chance, deinen Hals aus der Schlinge zu ziehen. Du musst mir nur vertrauen.«

Vertrauen? Ich lachte ungläubig auf. »Und was dann? Soll ich deine verfluchte Freundin spielen, nur um mir die anderen vom Leib zu halten?«

Matthew schob irritiert die Augenbrauen zusammen und runzelte die Stirn. »Wer redet denn hier von Spielen? Du und ich – wir passen perfekt zusammen, auf so viele unterschiedliche Arten. Wieso sollten wir also nur so tun als ob? Du könntest meine *Jacky-O* sein – und ich dein ...«

»Kennedy«, schloss ich mit spottendem Lächeln. Da hatte er sich wohl gerade ein Eigentor geschossen. Wenn er mich schon mit Jacqueline Kennedy Onassis verglich, dann durfte er nicht vergessen, *wessen* Ehefrau sie ursprünglich einmal war.

»*John,* wollte ich natürlich sagen«, stammelte Sanders und wirkte für einen kurzen Moment leicht verunsichert, als sein Blick zwischen Kennedy und mir hüpfte. »Du und ich, wir könnten Jacky und John sein, das perfekte Paar. Findest du nicht auch?«

War das sein Ernst? Ich schüttelte verständnislos den Kopf. »Nur dass John seine Jacky nicht nur einmal mit einer weltbekannten Blondine betrogen hat …«

»Das wurde nie bewiesen«, unterbrach er mich augenblicklich und wollte noch etwas hinzufügen, doch Kennedys ungeduldiges Schnauben hielt ihn davon ab.

»Das reicht jetzt mit dem Präsidenten-Scheiß«, knurrte Connall neben mir unheilvoll. »Was, verflucht nochmal, willst du von mir?«, fragte er Sanders zum letzten Mal, bevor er endgültig die Geduld verlor.

Doch auch Matthews Geduld hing nur noch an einem seidenen Faden, als er sich dicht vor Connall aufbaute und ihn mit seinem verächtlichen Blick niederstarrte. Nach einigen Sekunden, in denen er offenbar abzuwägen schien, was er als Nächstes tun wollte, sagte er plötzlich: »Ich will sie!«

»Was?«, stieß ich überrascht und fassungslos aus, während Kennedy auch jetzt äußerlich völlig gelassen und ruhig blieb.

Sanders begann triumphierend zu schmunzeln, während er noch immer nur Kennedy in die Augen blickte, statt mich anzusehen. »Eigentlich wollte ich dich nur nach ein bisschen Koks fragen, weil du mir die letzten zwei Wochen nicht mehr geantwortet hast und ich nicht wusste, wie ich dich anders ködern oder erreichen soll«, gab er unerwartet von sich und zuckte mit den Schultern. »Doch jetzt hab ich es mir anders überlegt. Ich will stattdessen lieber sie.« Er deutete mit einem leichten Kopfnicken in meine Richtung, starrte aber weiter Connall an, als würde er auf irgendeine Reaktion von ihm warten. Ich wusste nur nicht, auf welche.

»Und wie zum Teufel, glaubst du, soll ich dir dabei behilflich sein können?« Kennedy klang genau so ungerührt und desinteressiert, wie er in diesem Moment aussah. Und ob ich wollte oder nicht, es verletzte mich.

»Lass dir etwas einfallen. Ist nicht mein Problem, wie du das anstellst«, erwiderte Matthew erneut schulterzuckend, bevor er Kennedy ein wissendes Lächeln schenkte und nach seinem Glas griff, um den restlichen Inhalt, der aus nichts als Whiskey bestand, herunterzukippen.

Offenbar wollte er sich aus dem Staub machen. Doch diesmal hielt ich ihn zurück. »Was bin ich eigentlich für dich?«, platzte es wütend aus mir heraus, bevor er verschwinden konnte.

»Von unschätzbarem Wert, Baby. Sagte ich doch schon.« Sanders sah mich mit einem Augenzwinkern an. »Wenn du also nach Ehrlichkeit suchst ...« Sein Blick glitt an meinem Körper entlang und blieb schließlich an meinem Handgelenk haften, das noch immer von Kennedys Hand fest umschlossen wurde. »Grab tiefer.«

26

Die eisige Kälte des Winters in West Virginia schlug mir unerbittlich entgegen, als ich mit Kennedy, der mich wie ein Stück Vieh hinter sich her zerrte, den Country Club verließ und hinaus ins Freie stolperte. Es fiel mir schwer, seinen großen, schnellen Schritten zu folgen. Erst recht, weil es die hohen Schuhe, die ich heute trug, beinahe unmöglich machten, unfallfrei über die spiegelglatte Oberfläche der Straße zu kommen.

»Was war das da drin gerade?«, fragte ich leicht außer Atem, als wir irgendwann auf einem kleinen Parkplatz ankamen, der zu meiner Verwunderung zwar offenbar dem Country Club gehörte, den ich allerdings bisher nie gesehen hatte. Kein Wunder, so abgelegen wie er vom Clubhaus und dem anderen Parkplatz war, auf dem meine Eltern sonst immer ihren Wagen abstellten.

Kennedy holte mit seiner anderen Hand, mit der er mich nicht festhielt, einen Autoschlüssel aus seiner Hosentasche und drückte auf einen Knopf. Schon erkannte ich den bereits bekannten hübschen Mustang, der fast verlassen und einsam zwischen einem uralten Honda und einem gefühlt noch älteren Jeep stand und zweimal kurz mit seinen Scheinwerfern zwinkerte, als würde er mich zu sich rufen wollen.

»Kennedy.« Weil er mich noch immer ignorierte, mich weder ansah, noch antwortete, blieb ich abrupt stehen und zwang ihn damit, ebenfalls endlich stehenzubleiben. »Was ist hier eigentlich los? Ich ...« Ich hatte keinen Schimmer, was ich ihn fragen oder was ich überhaupt denken sollte. Zu viele Gedanken rasten in meinem Kopf durcheinander und ließen mich vollkommen verwirrt zurück. »Scheiße, ich weiß gar nicht, was ich dazu sagen soll!«, zischte ich aufgebracht und wollte mich von ihm losreißen. Doch bevor ich das tun konnte, hatte er mich auch schon losgelassen.

»Dann lass es bleiben«, sagte er schlicht und stapfte davon. »Ich will ohnehin nichts von dir hören.« Ohne sich darum zu kümmern, was mit mir war oder ob und wie ich nach Hause kam, ging er zu seinem Wagen und ließ mich, wie er es immer tat, einfach zurück.

Perplex starrte ich ihm ein gigantisch großes Loch in den Rücken, während er die Tür seines feuerroten Mustangs öffnete, und wurde plötzlich panisch. Ich wollte nicht, dass er wieder abhaute. Und zurückgelassen werden wollte ich ebenfalls nicht. Nicht diesmal, nicht heute, verflucht nochmal! Es war Weihnachten. Da konnte er mich doch nicht einfach in dieser Kälte hier draußen stehenlassen, während ich nur ein knappes Kleid mit lächerlichen High Heels trug, in denen ich mir sicher noch den Hals brechen würde, müsste ich darin im Schnee nach Hause laufen.

Hätte ich geahnt, dass Sanders, mit dem ich hergefahren war, mich ebenfalls einfach stehenlässt, hätte ich garantiert Mantel, Schal und Stiefel angezogen. Aber wie zum Teufel hatte ich wissen können, dass heute Abend so etwas geschah?

»Wenn das wirklich so ist, wieso warst du dann überhaupt hier?«, rief ich voller Verzweiflung und wahrscheinlich auch viel zu laut, nur um Kennedy davon abzuhalten, mich alleinzulassen.

Tatsächlich hielt er unerwartet in seiner Bewegung inne, starrte allerdings einige Sekunden nur mit bebendem Körper stur vor sich hin, statt sich zu mir umzudrehen. Doch wenigstens konnte ich die Zeit dazu nutzen, um mit vorsichtigen Schritten zu ihm zu eilen, bevor er einfach einsteigen und verschwinden konnte.

Schnaubend schloss Kennedy plötzlich die Fahrertür und drehte sich zu mir um. Es war das erste Mal an diesem Abend, dass er mich ansah – direkt und unvermittelt. Nur dass sein Blick nicht mal annähernd das spiegelte, was ich mir erhofft hatte.

Dummes, naives Herz.

Wutentbrannt und voller Zorn sah mir Kennedy in die Augen. Als hätte ich gerade gestanden, dass ich seinen offenbar heißgeliebten Mustang geschrottet hatte. Dabei hatte ich weder seinem Wagen noch sonst irgendwem etwas getan. Ihm schon gar nicht. Er hatte also kein Recht, mich anzusehen, als hätte ich ihn regelrecht dazu gezwungen, heute Abend hier aufzutauchen. Es war nicht meine Schuld, ganz egal, ob er mich gerade dafür verfluchte.

»Was hattest du hier zu suchen, hm?«, fragte ich erneut, in der Hoffnung, doch noch irgendeine Antwort von ihm zu erhalten. »Wieso bist du überhaupt wieder in Clarksburg und beobachtest mich? Was soll der ganze Mist, Kennedy? Was hat das alles zu bedeuten?«

Sein Blick flog einmal kurz über meinen Körper, dann über mein Gesicht, bevor er mir wieder in die Augen sah und die Lippen hart aufeinanderpresste. »Stell keine Fragen, deren Antworten dir nicht gefallen könnten«, erwiderte er widerwillig und dennoch mal wieder vollkommen nichtssagend, bevor er erneut die Fahrertür seines Mustangs öffnete und Anstalten machten, einzusteigen.

»Ich stelle sie aber trotzdem«, sagte ich trotzig und schob mich schnell zwischen ihn und seinen Wagen, damit er keine Chance hatte, einzusteigen und zu verschwinden.

»Was soll der Scheiß, Evanna? Geh mir aus dem Weg«, knurrte er ungeduldig, doch ich blieb hartnäckig und rührte mich nicht von der Stelle. Seufzend verdrehte er die Augen. »Hatten wir das nicht schon einmal?«

Hatten wir, stimmt. Und trotzdem blieb ich stehen und versperrte ihm so weiter die Möglichkeit, einzusteigen und davonzufahren. Ganz egal, wie kindisch das von mir war. Ich würde mich keinen Millimeter von der Stelle bewegen, solange er mir nicht meine Fragen beantwortet hatte. Oder wenigstens ein paar von ihnen.

»Verflucht, Barnett! Legst du es ernsthaft wieder darauf an, dass ich dich packe und über meine Schulter werfe, um dich aus dem Weg zu räumen?«, warnte er bedrohlich leise und beugte sich zu mir vor, um seinen Worten mehr Gewicht zu verleihen und mich einzuschüchtern.

Der unverwechselbare Duft nach Freiheit stieg mir in die Nase und ich inhalierte ihn, so tief ich konnte. »Tu es«, forderte ich ihn heraus und spürte, wie mir nicht nur das Herz mittlerweile bis zum Hals schlug, sondern auch die Hitze, die jetzt in mir aufstieg, mich von innen wärmte und all die eisige Kälte des Winters aus meinem Körper drängte. »Ich habe keine Angst davor. Und vor dir schon gar nicht«, sagte ich hart schluckend und bemühte mich, meinen Blick nicht zu senken und hinab zu seinen Lippen zu sehen, nach denen ich mich bereits seit Tagen so schrecklich sehnte.

»Solltest du aber«, raunte er heiser und dunkel, ohne mich auch nur eine Sekunde aus den Augen zu lassen und mir so die Chance zu geben, Luft zu holen, die seine Nähe mir raubte.

Es fiel mir schwer, normal weiterzuatmen, wenn er mich mit seinem für ihn so typischen Skalpellblick ansah. Dieser Blick, bei dem ich immer das Gefühl hatte, er konnte damit so weit und tief in meinen Kopf eindringen und darin alles lesen, alles finden, was er je über mich wissen wollte.

»Beantworte mir eine Frage«, flehte ich inständig und stieß den Atem heiß und stockend hinaus, direkt in sein perfekt geschnittenes Gesicht, das so kantig und hart wirkte, dass ich mir manchmal nicht sicher war, ob es eine Maske war, die er trug. »Eine einzige, Kennedy. Mehr erwarte ich nicht. Nicht heute jedenfalls.«

»Eine einzige«, knurrte er nicht einmal eine Sekunde später vollkommen unerwartet, während sein Blick sich noch tiefer in mich hineinbohrte. »Überleg sie dir also gut, Evanna.«

Plötzlich fühlte ich mich, wie vor den Kopf gestoßen. Einfach aus dem Grund, weil ich nicht damit gerechnet hatte, dass er mir tatsächlich die Erlaubnis dazu geben würde, ihn etwas zu fragen. Schon gar nicht damit, dass er breit war, darauf zu antworten. Und jetzt wusste ich nicht, was ich als Erstes von ihm wissen wollte – oder eher, welche der tausend Fragen, die in meinem Kopf herumspukten, seitdem ich ihn kannte, wollte ich jetzt und in diesem Moment am allermeisten von ihm beantwortet haben. Was war es, was ich in diesem Augenblick so dringend und beinahe sehnsüchtig von ihm wissen musste, dass ich sonst drohte, verrückt zu werden?

Hunderte Möglichkeiten schossen mir gleichzeitig durch den Kopf, während Kennedys Blick mich zerschnitt und gleichzeitig wieder zusammensetzte, nur um mich dann wieder und wieder zu zerteilen.

Wer bist du? Wo lebst du? Was machst du in Clarksburg? Wieso bist du an Weihnachten nicht bei deiner Familie? Hast du überhaupt eine Familie? Was hat es mit Matthew Sanders auf sich? Wie lange kennst du ihn und wie lange meinen Dad? Wieso dealst du mit Drogen? Woher hattest du das Geld für diesen Mustang? Warum warst du heute Abend hier? Warum behauptet Sanders, du stündest bereits mit einem Bein im Knast und ist an der Behauptung etwas dran? War das alles geplant, dass wir uns begegnen? Wieso verkaufst du jedem außer mir Drogen? War das deine Freundin, die Clare und ich mit dir zusammen gesehen haben? Wie lange seid ihr schon zusammen? Liebst du sie?

Diese letzte Frage brannte mir unerträglich unter der Haut. Und doch war es etwas vollkommen anderes, das auf einmal ungehindert und unkontrolliert aus meinem Mund kam, ohne, dass ich vorher richtig darüber nachgedacht hatte: »Warst du heute Abend nur meinetwegen hier?«

Kennedys Blick veränderte sich. Zuerst schimmerte so etwas wie leichte Verwunderung in seinen Augen, doch die verschwand genauso schnell, wie sie gekommen war, und wechselte zu ... Zorn. »Von allen Fragen, die du mir hättest stellen können, hast du dich ernsthaft ausgerechnet *dafür* entschieden?«, vergewisserte er sich mit altbekannter Wut in seinem Blick. Und als ich stumm und angespannt nickte, verdunkelten sich seine stechend grünen Augen gefährlich. »Ich war nicht nur deinetwegen hier. Nein.«

Zu spät realisierte ich, dass dies seine Antwort war. Seine Antwort auf meine Frage. Und noch ehe die Enttäuschung mich packen und sich in mir ausbreiten konnte, schnappte ich leise nach Luft und sah ihn hilflos an. »Nein?«

Kennedys Kiefer spannte sich sichtlich an. »Was genau verstehst du an der Antwort nicht?«, knurrte er ungeduldig und erstickte damit auch den letzten Funken Hoffnung tief in meinem Inneren mit seiner grausamen, eiskalten Realität.

Verzweiflung ergriff mich, als ich begriff, dass ich von ihm tatsächlich niemals das bekommen würde, was ich mir so sehr wünschte. Die Brutalität von Kennedys Ehrlichkeit war hart zu ertragen. Und doch war ich dankbar dafür. Lieber riss er mir jetzt und ohne jeden Skrupel das Herz aus der Brust, als langsam und elendig auszubluten.

»Okay«, wisperte ich mit unvermeidbar zerbrechlicher Stimme, während ich zu verbergen versuchte, was seine Worte mit mir anrichteten. Kraftlos hob ich die Hände, um ihn sanft von mir zu schieben, damit ich zur Seite gehen und ihm den Weg frei machen konnte, in seinen Wagen einzusteigen und abzuhauen zu können. Doch statt von mir zurückzuweichen, griff er plötzlich fest um meinen Kiefer und presste seine Lippen hart und unnachgiebig auf meine, ließ mich gerade noch so überrascht nach Luft schnappen und mich an seine Jacke krallen, um den Halt unter meinen Füßen nicht zu verlieren.

Ein unvergessliches, raues Stöhnen entwich seinem Mund, mündete in meinem und ließ mich fallen. Ich fiel so tief wie noch nie zuvor. Nicht wegen so etwas, nicht wegen eines Kusses. Ein Kuss, nach dem ich mich so sehr gesehnt hatte, dass ich jetzt glaubte, zu träumen.

Kennedys Griff um meinen Kiefer war so fest, dass es schmerzte. Ebenso wie dieser Kuss, den er auf einmal löste und mich mit einem Blick ansah, der so hungrig und gleichzeitig wütend war, dass ich zu zittern begann. »Ich sagte, ich war nicht *nur* deinetwegen hier, Evanna. Hör mir das nächste Mal besser zu oder stell deine Fragen präziser, wenn du andere Antworten erwartest.«

Blinzend starrte ich ihn an, wusste nicht, was ich denken oder sagen sollte. Und noch ehe ich richtig verstand, was er damit meinte, presste er seine Lippen noch einmal auf meine und schob seine Zunge ohne jede Vorwarnung in meinen Mund.

Seufzend nahm ich sie auf und presste meinen Körper enger gegen seinen, um ihn spüren zu können. Alles. Überall. Ich wollte mehr von ihm, mehr Nähe, mehr Haut, mehr ... Kennedy. Ich wollte ihn ganz und gar. Wollte ihn inhalieren und in mir spüren. Wollte weitaus mehr, als ich wollen sollte. Und doch war es so.

Kennedy schmeckte weder nach Zigaretten noch nach etwas anderem, das ich erwartet hätte. Kein Alkohol, kein Marihuana. Stattdessen schmeckte er nach ... Freiheit. Er schmeckte genau so, wie er roch. Und ich bekam einfach nicht genug davon, spielte und focht mit meiner Zunge gegen seine, leckte neckend und sehnsüchtig über seine Lippen, forderte ihn heraus, dasselbe bei mir zu tun. Und als er fest, aber kontrolliert in meine Unterlippe biss, spürte ich plötzlich so etwas wie ein amüsiertes Grinsen an meinem Mund, das jedoch nicht mir gehörte, sondern ihm.

»Was ist so lustig?«, hauchte ich noch völlig benommen und schnappte nach Luft, um wieder zu Atem zu kommen. Der Atem, den er mir gestohlen hatte.

»Das wäre schon deine zweite Frage«, erwiderte er gewohnt rau.

Doch als ich die Augen öffnete und in seine sah, wusste ich, dass ich recht hatte. Kennedy Connall grinste.

Zart und sichtlich beherrscht – doch er grinste. Es schien ihm eine riesige Freude zu bereiten, mich zu verunsichern. Doch die Tatsache, dass wir uns noch immer so nah waren, dass seine Lippen permanent meine eigenen berührten, schwächte den Frust darüber spürbar deutlich.

»Bist du eigentlich immer so?«, wisperte ich mit überwältigtem Lächeln.

Kennedys Blick wurde erneut dunkler. »Deine Dritte.«

»Ist das dein Ernst?«, schnappte ich ungläubig, während seine Hand noch immer fest um meinen Kiefer lag und zudrückte.

»Vierte«, raunte Kennedy, sichtlich amüsiert über meinen verdutzten Gesichtsausdruck.

Ich schnaubte frustriert und wollte gerade etwas sagen, als er wieder seine Lippen auf meine legte und mich küsste. Diesmal ohne jede Wut und ohne jeden Zorn, den ich sonst immer in seinen Augen sah.

Zum tausendsten Mal an diesem Abend war ich so durcheinander, dass ich nicht wusste, wie ich damit umgehen sollte. Daher ließ ich Kennedy die vollständige Kontrolle darüber und ließ mich mit bebendem Körper an seinen ziehen und um den Verstand küssen. Seine Zunge glitt über meine Unterlippe, bis er erneut in sie hineinbiss und mich leise aufstöhnen ließ.

»Was bin ich doch für ein dämlicher Wichser, dass ich dich davon abgehalten habe, Sanders eine reinzuhauen«, murmelte er leise gegen meinen Mund und gab mir für eine winzige Sekunde das Gefühl, er wäre in diesem Moment zwischen uns ebenso verloren wie ich. Doch noch bevor ich etwas dazu sagen konnte, ließ er beinahe gehetzt von mir ab und stieß mich unsanft von sich. »Geh nach Hause, Evanna. Deine Eltern werden sich sonst wundern, wieso ihr zukünftiger Schwiegersohn ohne dich ins Haus zurückkehrt.«

Enttäuschung stieg in mir auf, doch ich unterdrückte sie. »Er ist nicht ihr ...«

»Halt den Mund und geh jetzt besser, bevor ich noch ganz die Beherrschung verliere«, drohte er knurrend und klang dabei so frustriert, wie ich mich fühlte.

Ich wusste, jedes Wort, jeder neue Versuch von mir, den Kennedy hervorzukitzeln, den ich eben noch in ihm gesehen hatte, würde vernichtende Folgen haben. Vermutlich würde er mich dann so weit von sich stoßen, dass ich nie wieder an ihn herankommen würde. Und das wollte ich keinesfalls riskieren. Nicht nach diesem Abend. Und schon gar nicht, nachdem er mich *so* geküsst hatte. Als hätte er schon viel zu lange darauf warten müssen.

Bevor ich all das verlor – und ihn gleich mit –, hielt ich, wie er verlangte, den Mund und begab mich durch

Kälte und Schnee in meinem Kleid und den High Heels auf den Weg nach Hause.

Weihnachten war damit für mich endgültig gelaufen.

27

Wie ich es geschafft hatte, auch den letzten Weihnachtsfeiertag bei meinen Eltern ins Clarksburg hinter mich zu bringen, während Matthew Sanders immer noch unser Haus belagert hielt, verstand ich bis jetzt nicht so richtig. Doch um ehrlich zu sein, war es mir egal. Ohnehin schien alles, seitdem Kennedy mich nach unserem Kuss nach Hause geschickt hatte, nur noch wie ein Film an mir vorbeizulaufen. Sowohl der letzte Tag bei meinen Eltern, als auch die Fahrt zurück nach Fairmont und schließlich die vergangenen Stunden, bis zuerst Clare, dann auch Valerie zurück in unsere Wohnung kehrten.

Befand ich mich zuvor in einer Art Trance und nahm kaum noch etwas von oder aus meiner Umgebung wahr, so wurde ich durch meine beiden Freundinnen endlich wieder richtig wach. Dennoch schaffte ich es nicht, die immer weiter kreisenden Gedanken an Kennedy und seine Küsse, aber eben auch an die Situation im Country Club mit Sanders abzustellen. Es war unmöglich, nicht daran zu denken. Ganz egal, wie viel Mühe ich mir gab, mich abzulenken.

»Brauchst du noch lange da drin?« Vals Kopf tauchte in unserem Gemeinschaftsbadezimmer auf, als ich gerade dabei war, mir die Beine zu rasieren. Sie und Clare hatten darauf bestanden, dass wir heute Abend wieder einmal die Stadt unsicher machten und in einen Club gingen, um zu tanzen und unsere Frustration, die sich bei uns allen während der Weihnachtsfeiertage angestaut hatte, zu vertreiben. Ich hatte ganz sicher nichts dagegen und hoffte wirklich, dieser Abend könnte mich für einige Stunden auf andere Gedanken bringen. Clare und Val würden schon dafür sorgen, da war ich mir fast sicher.

»Du kannst von mir aus schon reinkommen. Ich bin gleich fertig«, sagte ich grinsend und schmiss meiner besten Freundin ein Handtuch entgegen.

Valerie betrat das Badezimmer und begann, sich langsam auszuziehen, um unter die Dusche zu steigen. »Übrigens«, schmiss sie plötzlich leise und beinahe kleinlaut ein, drehte sich mit dem Rücken zu mir, um mich vermutlich nicht ansehen zu müssen. »Tut mir leid, wie ich mich letztens benommen habe. Ich weiß auch nicht, was los war. Und ehrlich gesagt, erinnere ich mich auch nicht mehr an sehr viel von diesem Abend«, gestand sie schließlich, bevor sie nach ihrem Shampoo griff und das Wasser in der Duschkabine anstellte.

Ich lächelte, weil ich wusste, wie schwer es ihr fiel, sich bei mir zu entschuldigen. Bei Clare war es ihr schon immer deutlich leichter gefallen. Doch das lag daran, dass uns beiden bei Clare schlicht und ergreifend alles leichter fiel. Sie hatte schon immer eine Art an sich, die es uns unmöglich machte, sie zu belügen oder vor den Kopf zu stoßen.

Schon seltsam, dass gerade Val und ich, die beste Freunde waren, uns das Leben manchmal gegenseitig schwerer machten, als es nötig wäre. Statt manchmal offen und ehrlich miteinander zu reden, schluckten wir vieles einfach hinunter oder fraßen es sogar in uns hinein. So lange, bis es irgendwann aus einem von uns beiden herausplatzte und entweder in einem großen Streit endete oder darin, dass wir uns heulend in den Armen lagen. Häufig beides – in selbiger Reihenfolge.

Jetzt aber sollte nicht einer dieser Moment zwischen uns werden, weshalb ich einzulenken versuchte, um sie nicht noch weiter zu bedrängen oder wie ein Moralapostel zu klingen, der ich eindeutig nicht war und auch absolut kein Recht dazu hatte, so mit ihr zu reden. Nicht nachdem ich so vieles in meinem Leben falsch gemacht hatte. Einiges davon, was ich mir zuvor geschworen hatte, niemals zu tun. Wie, zum Beispiel, mich ein weiteres Mal von einem Mann dermaßen kontrollieren zu lassen, dass ich abhängig von ihm wurde. Denn genau das war ich jetzt: Ich war unleugbar abhängig von Kennedy Connall.

Ich war abhängig von seiner Aufmerksamkeit, sehnte mich nach ihr, wie ich mich kaum nach etwas anderem sehnte. Und das war etwas, was ich nur schwer ertragen konnte. Nicht die Tatsache, dass er sie mir nach wie vor ständig verwehrte, immer dann, wenn ich sie wollte. Nein, am bittersten zu ertragen war die Erkenntnis, wie tief ich gesunken war. So tief, wie ich niemals sein wollte. Und all das nur wegen eines Mannes.

Mom wäre stolz auf mich.

»Du weißt, du musst dich nicht dafür entschuldigen, dass es dir beschissen geht«, erwiderte ich Valerie seufzend, bevor ich den Nassrasierer weglegte und meine Beine mit etwas Wasser abspülte.

Val drehte sich um und sah mich verwundert an, während sie nur noch in Unterwäsche vor mir stand. »Wer sagt, dass es mir beschissen geht?«

Ich trocknete meine Beine ab, bevor ich nach der Lotion griff, um sie einzucremen. »Ist das nicht der Grund, warum es an diesem einen Abend so eskaliert war?«, fragte ich überrascht.

Sie verzog das Gesicht. »Ich sage ja: Ich erinnere mich kaum noch an etwas.«

Ungläubig weitete ich meine Augen und sah sie entgeistert an. »Heißt das, du weißt nicht mehr, was oder wer dich an diesem Abend dazu getrieben hat, dich so sehr abschießen zu wollen?«, wollte ich wissen, bevor ich mir vom schmalen Badewannenrand aufstand und die Lotion zurück ins Regal stellte.

Valerie, die noch immer was Wasser in der Dusche laufen ließ, zuckte mit den Schultern. »Ich schätze, ich hatte einfach nur einen üblen Tag.« Sie entledigte sich ihres BHs, gefolgt von dem Slip, ehe sie ihren nackten Körper mit dem Handtuch bedeckte, das ich ihr vorhin gegeben hatte. »Du kennst das doch«, meinte sie währenddessen beiläufig und seufzte. »Du hattest doch letztens auch erst so einen Tag. Erinnerst du dich daran? Das letzte Mal, dass du so übel drauf warst, musste ich Kennedy Connall beinahe auf Knien anbetteln, dass er mir ein paar seiner Wunderpillen verkauft.«

Wie bitte? Ich starrte sie sprachlos an, während sie weitersprach und langsam in die Duschkabine, jedoch noch nicht unter das Wasser stieg, das Handtuch noch immer um ihren Körper. »Du wolltest dich an diesem Abend unbedingt mit irgendwas abschießen und hast dann die doppelte Dosis eingeschmissen. Und selbst das hatte dir nicht gereicht, sodass du dann ...«

»Das kannst du doch nicht vergleichen«, unterbrach ich sie fassungslos.

»Wieso nicht?«, fragte sie schnippisch und sah mich mit gehobener Augenbraue an. »Weil dein Tag damals noch übler war als meiner? Weil du es nötiger hattest als ich?«

»Das habe ich doch auch gar nicht gesagt«, wehrte ich hastig ab.

»Aber gedacht. Richtig, Evanna?« Valerie durchbohrte mich mit ihrem Blick und ich wusste, wenn sie mich einmal Evanna statt Eve nannte, stand sie kurz davor, den dritten Weltkrieg auszurufen. Und das war nichts, was ich in den letzten Tagen dieses ohnehin schon beschissenen Jahres gebrauchen konnte.

»Lass uns nicht streiten, Val«, sagte ich beschwichtigend und schluckte, wie so oft, meinen Ärger über meine beste Freundin hinunter. Am liebsten hätte ich sie gepackt und kräftig durchgeschüttelt. Doch ich hatte kein Recht dazu. Schließlich hatte sie keine Ahnung, in welches Wespennest sie stach, wenn sie mir Vorwürfe wie diese machte. Sie hatte keinen blassen Schimmer davon, was ich in den letzten Jahren alles ertragen musste. Und wer wusste schon, ob nicht auch sie ein Geheimnis hatte, das sie genauso wenig wie ich schaffte, zu erzählen? Es würde mich jedenfalls nicht wundern, wenn es auch bei Val etwas gab, dass sie vor Clare und mir bisher verschlossen hielt. Natürlich wünschte ich mir, es wäre nicht so. Doch ausschließen konnte ich es leider nicht.

»Ich bin tierisch froh, wieder hier zu sein – mit Clare und dir. Und ich freue mich einfach nur, heute Abend mit euch tanzen gehen zu können. Deswegen lass uns die Vergangenheit vergangen sein und dafür die Gegenwart unsicher machen«, schlug ich mit entschuldigendem Lächeln vor und sah sie hoffnungsvoll an.

Valerie schnaubte verächtlich auf. »Weihnachten in Politikerfamilien ist einfach nur scheiße«, kommentierte sie augenverdrehend und begann schließlich zu grinsen. Damit hatte sie mein Friedensangebot angenommen und zwischen uns war alles wieder genau so, wie es sein sollte.

Zumindest fast.

»Amen«, sagte ich leise lachend. »Und jetzt geh duschen, du verschwendest Unmengen von Wasser«, drängelte ich und hielt die Arme auf, damit sie mir das Handtuch zuwarf, das noch immer um ihren Körper gewickelt war.

Val kicherte, nahm mein stummes Angebot an und warf mir das Handtuch entgegen, damit ich es vor die Duschkabine an einen der Halterungen an die Wand hing. Ich fing es schmunzelnd auf, als mein Blick unweigerlich über ihren nackten Körper glitt und kurz an einer Stelle unterhalb ihrer linken Brust haften blieb, die in einem fürchterlichen grün und blau leuchtete.

Ich verkniff mir die Frage, die sich mir augenblicklich aufdrängte. Valerie hätte sie mir ohnehin nicht ehrlich beantwortet. Nicht jetzt und nicht heute zumindest. Und doch war für mich klar, ich musste sie die nächsten Tage darauf ansprechen. Ganz egal, wie unangenehm dieses Gespräch zwischen uns verlaufen könnte. Ich musste erfahren, ob es meiner besten Freundin gut ging. Schließlich war es nicht das erste Mal in den letzten Wochen, dass ich mir Sorgen um sie machte.

Ob Dallas etwas darüber wusste? Ich erschrak, als mir ein böser Gedanke durch den Kopf schoss: Was, wenn diese Hämatome von Dallas stammten?

Cleo, du siehst nur Gespenster, redete ich mir automatisch selbst ein, um mich zu beruhigen. Vielleicht standen Val und Dallas ja auch auf so etwas? Was wusste ich schon, was Valeries Vorlieben beim Sex waren? Wäre immerhin nicht ungewöhnlich. Und meiner besten Freundin wäre es allemal zuzutrauen. Dallas sowieso. Vermutlich sah ich also wirklich nur Gespenster. Nach allem, was mir widerfahren war, war das auch nicht weiter verwunderlich.

»Das war die beste Idee, die wir seid Langem hatten, Mädels«, schrie Clare beinahe über die viel zu laute Musik im Club hinweg, als wir uns gegenseitig zuprosteten. »Scheiß auf Weihnachten, scheiß auf Familie und alle, die uns in den letzten Tagen den letzten Nerv geraubt haben!«

»Scheiß auf Matthew Sanders«, rief ich laut lachend und schüttete mir anschließend den kleinen Shot in einem Rutsch hinunter, ehe ich mich vor Ekel schüttelte. Ich hasste Tequila. Vor allem, wenn es weder Zitrone noch Salz dazu gab. Dennoch war ich dankbar dafür, dass Val den Barkeeper vom Campus kannte und er nichts von unserem Ausweis wissen wollte, als wir unsere Getränke bestellt hatten.

»Matthew Sanders?«, fragte Clare verwirrt, nachdem auch sie sich den Tequila heruntergekippt hatte. »Etwa dieser Typ von letztens, der dich dumm von der Seite angequatscht hat?«

Ich nickte grinsend.

»Welcher Matthew Sanders? Wieso zum Teufel hab ich das verpasst?«, fragte Val kreischend, weil wir uns sonst alle wegen der lauten Musik nicht verstehen würden. »Ist er süß? Hat er Potential?«, schob sie sofort neugierig hinterher, noch ehe Clare oder ich antworten konnten.

Die nächste halbe Stunde verbrachten meine Freundinnen und ich in der Nähe der Bar, an der es wesentlich leiser war. Schließlich musste ich Valerie über einiges aufklären, von dem sie bisher keine Ahnung hatte und sich aufgrund ihres Deliriums, in dem sie sich damals auf der Party befundene hatte, nicht mehr erinnern konnte.

Ich erzählte ihr von der ersten Begegnung mit Sanders, bis zu allen Details darüber, wie er Weihnachten bei meiner Familie aufgetaucht und die Feiertage bei uns verbracht hatte. Auch über den Abend im Country Club hatte ich Val und auch Clare erzählt, die bisher auch noch nichts davon wusste. Nur eins ließ ich dabei ganz aus: Kennedy Connall.

Ich wollte meinen Freundinnen nichts davon sagen. Weder dass er im Country Club aufgetaucht war, noch dass wir uns geküsst hatten. Schon wieder. Und wieder. Und wieder.

Ich wollte nicht, dass sie das wussten, wollte nicht, dass sie die Wahrheit über Kennedy und mich erfuhren. Die Wahrheit darüber, wie sehr ich mich von diesem Mistkerl angezogen fühlte. Wie sehr ich ...

Sie durften einfach nichts davon erfahren. Denn so lange sie es nicht wussten, hatte ich noch eine Chance, mir einzureden, dass es nicht stimmte. Dass ich nicht von Kennedy Connall abgängig geworden war. Und das war womöglich meine letzte Hoffnung, ihn aus meinem Kopf, Leben und schließlich aus meinem Herzen zu verdrängen. So, wie ich es über all die Zeit mit anderen Dingen schon immer getan hatte.

28

Der Bass vibrierte angenehm und elektrisierend durch meinen Körper, während ich zusammen mit Clare und Valerie auf der Tanzfläche stand und mich mit geschlossenen Augen völlig der Musik hingab, die vom DJ des Clubs gespielt wurde. Nach den letzten Tagen war es eine Wohltat, mich einfach mal gehenlassen zu können. Ohne Hemmungen, ohne Kontrolle und ohne jede Verurteilung von anderen. Ich ließ mich fallen, bewegte mich im Takt der Melodie und spürte zum ersten Mal seit Langem wieder meinen Körper.

Es hatte Ewigkeiten gedauert, mich daran zu gewöhnen, dass es nach wie vor meine Haut war, die ich unter meinen Fingerkuppen spürte, wenn ich mit meinen Händen über meine nackten Beine fuhr. Es hatte Ewigkeiten gedauert, mir einzugestehen, dass es noch immer mein Körper war, meine Arme, meine Hüften, Brüste und mein Hintern – das alles gehörte nach wie vor mir allein, ganz egal, wie viele fremde Hände das alles bereits berührt hatten. Ganz egal, wie sehr ich mir jedes verfluchte Mal Mühe gegeben hatte, diesen Körper von mir, meiner Seele, zu lösen. Weil ich ihn hasste. Weil ich ihn verabscheute und es nicht ertragen konnte, dass er zu mir gehörte und mich jedes Mal daran erinnerte, was er in seinem jungen Leben schon spüren und über sich ergehen lassen musste.

Heute hasste ich ihn nicht. Nein, heute zelebrierte ich ihn, weil er mich nach allem, was war und allem, was vielleicht noch kommen würde, nicht im Stich ließ. Niemals. Und ich war stolz auf ihn, so wie er war. Ich hatte noch nie zu den Mädchen gehört, die über zu kleine Brüste oder über einen zu dicken Po gejammert hatten. Mir war es egal, dass ich nicht perfekt war. Es störte mich nicht. Wahrscheinlich auch weil ich froh und stolz darauf war, dass er alles, was mir widerfahren war, ertragen hatte, ohne auseinanderzubrechen.

Blessuren und Narben verblassten mit der Zeit. Und zumindest für heute Abend würde ich es nicht zulassen, dass sie mich an etwas erinnerten, was mich ausbremste und die kurze Unbeschwertheit zusammen mit meinen Freundinnen zerstörte. Ich würde nicht zulassen, dass sie mich daran hinderten, heute Nacht Spaß zu haben. Und vielleicht schaffte ich es sogar, die Blicke und Berührungen der Männer im Club, die um Val, Clare und mich herum tanzten, zuzulassen und seit gefühlt einer Ewigkeit mit einem von ihnen zu flirten. Oder gar mehr.

Ich hatte nichts gegen ein bisschen Nähe, solange sie nicht aufdringlich und nur von einer Seite ausging.

Solange ich es erlaubte und genießen konnte, war es durchaus möglich, mich auf einen kleinen One-Night-Stand einzulassen. Nicht, dass ich so etwas jemals getan hatte. Denn bisher hatte sich weder je eine richtige Gelegenheit ergeben, noch war ich damals bereit dazu, mich von einem wildfremden Mann anfassen zu lassen. Auch dann nicht, wenn ich es wollte. Da war immer so etwas wie eine Blockade in meinem Kopf, die jede Romantik oder gar Lust im Keim erstickte.

Jetzt und heute aber war irgendetwas anders. *Ich* war vielleicht anders. Und verflucht, ich konnte mich nicht mehr daran erinnern, wann ich das letzte Mal solche Sehnsucht nach einem männlichen Körper hatte, der mich Dinge fühlen ließ, die ich schon ewig nicht mehr gefühlt hatte. Ich wollte Lippen, die meine erhitzte Haut küssten, Hände, die mich zum Höhepunkt brachten und Augen, die mich mit ihrem hungrigen, schneidenden Blick verspeisten. Ich wollte ...

Kennedy.

Meine Gedanken rissen unweigerlich ab und ich hörte abrupt auf zu tanzen, als ich ihn am anderen Ende der Bar entdeckte, von der aus er mich beobachtete, als wäre ich der Mittelpunkt der Welt und um ihn herum würde nichts anderes außer mir existieren.

Mein Puls schoss automatisch nach oben, obwohl er durch das Tanzen und die vier Tequila Shots von vorhin ohnehin schon so hoch war, dass es mir schwerfiel, ruhig zu bleiben. Ich blinzelte einmal, um mich zu vergewissern, dass ich ihn mir nicht nur einbildete. Doch Kennedy saß noch immer auf seinem Hocker an der Bar, ungerührt und erhaben. Als wäre er der verfluchte König dieses Clubs. Vermutlich war er das auch. Zumindest fiel es sogar von der Tanzfläche deutlich auf, dass ihm selbst an der Bar keiner der anderen Clubgäste zu nahe kommen wollte und alle lieber einen großen Bogen um ihn machten. Vielleicht aber auch nur, um nicht in Verdacht zu geraten, einer seiner Kunden zu sein.

Kennedy ließ mich keine Sekunde lang aus den Augen, als Clare mich von hinten an der Schulter antippte und sich nach mir erkundigte. Sie schien bemerkt zu haben, dass ich aufgehört hatte zu tanzen und wie betäubt zur Bar starrte. Und als ich ihr nicht antwortete und sie meinem Blick folgte, schnappte sie so laut nach Luft, dass ich es selbst über die laute Musik hinweg hören konnte.

»Scheiße, Eve! Was zum Teufel will der Typ eigentlich von dir? Warum taucht er überall auf, wo du bist? Was hat das zu bedeuten?« Clare schien wütend, beinahe außer sich, als auch Val sich jetzt neben uns stellte und sich wunderte, was los war.

Ihr Blick flog ebenfalls zu Kennedy an die Bar. Nur reagierte sie vollkommen anders als Clare und hob lediglich anerkennend die Augenbrauen. »Jetzt verstehe ich auch, wieso er letztens bei uns in der Wohnung auf der Party war«, kommentierte sie mit amüsiertem Grinsen.

Clare schüttelte den Kopf. »Auf keinen Fall! Eve und Connall haben nichts miteinander. Richtig, Eve?« Sie sah mich prüfend und mit einem dermaßen durchdringenden Blick an, dass ich es nicht wagte, sie zu belügen.

Und auch wenn ich gar nicht wusste, was zur Hölle das zwischen Kennedy und mir eigentlich war, so entsprach es schließlich nicht ganz der Wahrheit, dass ich so gar nichts mit ihm gehabt hatte. Wir hatten uns geküsst. Mehrmals. Und das erst zuletzt am ersten Weihnachtsfeiertag. Was also sollte ich meiner Freundin jetzt sagen?

Valerie riss überrascht die Augen auf, als ich offenbar ein wenig zu lange schwieg und Clares Frage nicht beantworten konnte. Und auch Clare starrte mich jetzt fassungslos und entsetzt an, öffnete unweigerlich den Mund, nur um ihn einige Sekunden später wieder zu schließen.

Sie war sprachlos. Das sah ich ihr deutlich an. Anders als Valerie, die jetzt plötzlich zu kichern begann wie ein kleines Mädchen. »Ist vielleicht nicht unbedingt der Hauptgewinn, den du hättest schießen können. Zumindest nicht mit seinem Background, aber ... Wenigstens ist er rein äußerlich kaum zu toppen«, sagte sie schulterzuckend und schmunzelte.

Clare funkelte Valerie an. »Genau so, wie Dallas *dein* Hauptgewinn ist, oder wie meinst du das? Der Typ ist doch mindestens genauso zwielichtig wie dieser.« Sie deutete zu Kennedy an der Bar und ich schwöre, für einen kurzen Moment sah ich, wie seine Mundwinkel verräterisch zuckten. Als amüsierte es ihn unwahrscheinlich, dass sich meine Freundinnen und ich über ihn unterhielten und Clare gerade sichtlich kurz davor stand, Val und mir eine zu verpassen, damit wir endlich wieder zur Vernunft kamen und die Finger von Typen wie Kennedy oder Dallas ließen. Bei Letzterem musste ich ihr in jedem Fall recht geben.

»Jetzt reg dich ab, Clare. Ich bin sicher, Eve weiß, was sie da tut«, erwiderte Val lachend, ohne unsere Freundin richtig ernst zu nehmen. »Außerdem habe ich euch schon einmal erklärt, dass die Sache mit Dallas nichts als Spaß und Zeitvertreib ist. Es läuft nichts Ernstes zwischen uns.« Sie warf einen Blick zu Kennedy, bevor sie sich dann wieder zu mir und Clare umdrehte. »Offenbar ganz im Gegensatz zu Eve und Connall«, sagte sie plötzlich überrascht und sah mich ungläubig an.

»Was ist?«, schnappte ich abwehrend und spürte, wie der Durst meine Kehle austrocknete. »Wieso siehst du mich auf einmal an, als hätte ich den Wunsch geäußert, in die verdammten Fußstapfen meines Vaters treten zu wollen?« Wir wussten beide, das würde niemals passieren. Nicht, dass ich das nicht schaffen würde. Die Sache war, dass ich das unter keinen Umständen wollte. Niemals!

Clare schnaubte wütend, riss Val und mich aus unserer Diskussion, und stapfte auf einmal los Richtung Bar.

»Scheiße, was hat sie vor?«, fragte meine beste Freundin panisch, während ich geistesgegenwärtig nach ihrer Hand griff und Clare zu folgen versuchte, damit sie keinen Blödsinn anstellte. Sie konnte unmöglich, wie ein schmächtiges Zornprinzesschen zu Kennedy stürmen, um ihm den Kopf zu waschen oder ihn zur Rede zu stellen. Das durfte ich nicht zulassen.

Valerie wusste das ebenfalls und eilte mir deswegen ohne jede weitere Frage hinterher, um unsere Freundin davon abzuhalten, mit nur einem Bissen vom bösen Wolf gefressen zu werden. Jemand wie Clare war nichts als ein lächerlicher, knochiger Snack auf Connalls Speisekarte.

»Du ...«, wetterte sie auch schon mit drohend gehobenem Zeigefinger los, ehe sie richtig bei Kennedy angekommen war.

Bevor sie ihm wieder den Finger in seine harte Stahlbrust bohren konnte, bekam ich den Seidenstoff ihrer Bluse zu fassen und hielt sie zurück. »Du wolltest sicher noch etwas zu trinken bestellen für uns, richtig, Clare?« Atemlos sah ich sie warnend an und hoffte, sie verstand meine stumme Aufforderung, Kennedy in Ruhe zu lassen und es ja nicht zu wagen, ihn anzusprechen.

Meine Freundin starrte mich leicht irritiert an. »Was? Nein! Ich wollte diesem Blödmann hier gerade ...«

»Geh zum Barkeeper und bestell uns ein paar Shots, Clare«, verlangte Valerie jetzt etwas ausdrücklicher als ich gerade, weil wir mittlerweile direkt vor Kennedy standen und er nicht nur alles mitansehen, sondern auch hören konnte. Das allein war schon unangenehm genug.

Wenigstens verstand Valerie die Kritikalität dieser Situation eindeutig besser als Clare und schnappte sich daher ihre Hand, um sie ein paar Meter weiter zur anderen Seite der Bar oder hinaus in den Gang, wo die Toiletten waren, zu schleifen. Egal wohin, Hauptsache weg von Kennedy Connall.

»Auch Chihuahuas können unschöne Bisswunden an den Waden verursachen«, ließ sein spöttischer Kommentar keine paar Sekunden auf sich warten – wie ich erwartet hatte.

Seufzend drehte ich mich zu ihm um und setzte mir ein falsches Lächeln auf, um zu verbergen, dass ich mich tatsächlich innerlich viel zu sehr darüber freute, dass er hier war. Mehr als ich sollte. »Du vergleichst Clare ernsthaft mit einem Chihuahua?«, fragte ich, als ich einen weiteren Schritt auf ihn zukam und direkt neben ihm an der Bar stehenblieb.

Sofort spürte ich die vielen neugierigen Blicke auf mir, die mir die anderen Clubgäste zuwarfen, weil sie es entweder nicht glauben konnten, dass ich mich traute, mit Kennedy Connall zu sprechen, oder weil sie Sorge hatten, er würde mich gleich in tausend Stücke reißen, wenn ich nicht sofort verschwand und ihn in Ruhe ließ.

»Ein Pitbull ist sie ganz sicher nicht«, erwiderte Kennedy, die Blicke der anderen konsequent ignorierend. »Das würde wahrscheinlich mehr zu Valerie passen. Findest du nicht?«

Natürlich fragte ich mich, woher er glaubte zu wissen, wie meine beiden Freundinnen in Wirklichkeit waren. Doch gleichzeitig wunderte es mich nicht allzu sehr, dass er sie mit dem Chihuahua und Pitbull durchaus sehr treffend beschrieben hatte.

»Und was bin dann ich in deinen Augen?«, wollte ich wissen und sah ihn abschätzend an. Ich rechnete damit, dass er, nur um mich wieder einmal zu erniedrigen, als einen Terrier oder gar Mops bezeichnete. Doch als seine Mundwinkel erneut zuckten, wusste ich, er hatte etwas anderes im Sinn.

Ausgiebig ließ Kennedy seinen lodernden Blick über meinen Körper gleiten, setzte meine Haut unter meiner Kleidung dadurch unweigerlich in Flammen. »Eine Katze«, sagte er schließlich vollkommen unerwartet. »Eigensinnig, launisch und schrecklich nervtötend.«

Im ersten Moment stieg Empörung in mir auf. Allein schon, weil er schon wieder erwähnte, wie sehr ich ihn doch zu nerven schien. Doch dann erkannte ich den für ihn normalerweise unüblichen Schalk in seinen grünen Augen und wusste, er wollte mich mit dieser Beschreibung nur provozieren. Also lächelte ich belustigt. »Ich weiß ja nicht, welche kratzbürstigen Katzen dir anscheinend bisher in deinem Leben so über den Weg gelaufen sind, aber ...« Ich schluckte meine Nervosität mühsam hinunter. »Die Katzen, die ich kenne, sind jedenfalls alles andere als launisch oder nervtötend.«

»Ist das so?« Kennedys Augen blitzten neugierig auf. »*Wie* sind sie dann?«, wollte er wissen. Und es war uns beiden klar, dass wir hier ganz eindeutig nicht mehr nur über Katzen im Allgemeinen sprachen. Wir sprachen über *mich*.

Ich nickte mit wissendem Lächeln. »Sie sind in den meisten Fällen überaus intelligent«, sagte ich selbstbewusst, auch wenn *ich* in Wirklichkeit alles andere als klug war in letzter Zeit. Oder zumindest nicht sonderlich smart gehandelt hatte. Dennoch wollte ich mich vor Kennedy natürlich bestmöglich verkaufen. Ganz egal, ob er es mir glaubte oder nicht. »Sie sind in der Regel sehr verspielt und ... loyal«, schloss ich.

»Verspielt, hm?« Zum wiederholten Mal zuckten seine Mundwinkel amüsiert, doch wie immer beherrschte er sich, es nicht zu offensichtlich zu zeigen.

Ich sah ihn fasziniert an. »Hast du heute gute Laune oder wieso zupft ständig ein unterdrücktes Lächeln an deinen Lippen?« Woher ich plötzlich den Mut nahm, so mit ihm zu reden, wusste ich auch nicht. Aber ich schob es auf die paar Tequila Shots, die ich spätestens morgen dafür verantwortlich machen würde, sollten sie mir Ärger einbringen.

»Ich habe niemals gute Laune«, knurrte Kennedy in gewohnt finsterem Ton. Dennoch hörte ich heraus, dass er sich dafür diesmal reichlich Mühe geben musste. »Sie ist neutral. Nichts weiter.«

Unweigerlich lachte ich belustigt auf. »Auf jeden Fall nicht ganz so mies, wie sie offenbar sonst immer ist«, kommentierte ich leichtsinnig. Was ich ebenfalls auf den Tequila schob.

Doch zu meiner Überraschung schien Kennedy sichtlich amüsiert darüber, dass ich in seiner Gegenwart plötzlich so todesmutig war und es sogar wagte, ihn zu verspotten. Denn plötzlich ließ er es zu: Kennedy Connall begann ernsthaft und aufrichtig zu lächeln. Und diesmal war es ganz allein mein Verdienst, nicht der von Clare oder jemand anderes.

Stolz breitete sich wild und tobend in meiner Brust aus, ohne dass ich es verhindern konnte. Ebenso wie das triumphierende Lächeln, das sich jetzt auf meine Lippen schlich – das Lächeln, das Kennedys Blick wie von selbst auffing und mich auf einmal hoffen ließ, er würde mich noch einmal küssen wollen. Hier, jetzt, heute, morgen – ständig. Und immer wieder.

»Du solltest besser zurück zu deinen Freundinnen gehen, bevor Clare mich das nächste Mal, wenn sie mich sieht, doch noch in die Eier tritt«, sagte er allerdings im nächsten Moment, statt mich endlich zu packen und seine Lippen auf meine zu pressen, wie er es schon einmal getan hatte.

Scheiße! Ich war süchtig nach seinen Küssen. Das wurde mir jetzt ebenso bitter bewusst, wie ich längst wusste, wie verloren ich deswegen war – und es auch bleiben würde. Denn Kennedy Connall würde umgekehrt vermutlich niemals süchtig nach einem Mädchen werden. Schon gar nicht nach ihren Lippen. Und erst recht nicht nach meinen.

Ob das damals in der Stadt wirklich seine Freundin war? Jetzt ärgerte ich mich doch ein bisschen, dass ich ihm Weihnachten nicht lieber diese Frage gestellt hatte, statt wissen zu wollen, ob er nur meinetwegen im Country Club gewesen war. Andererseits ... Hätte er mich dann überhaupt geküsst? Wahrscheinlich nicht.

»Verdient hättest du es«, erwiderte ich einige Sekunden später mit mutigem Grinsen, nachdem ich meine Gedanken abgeschüttelt hatte. Mit zuckenden Schultern wollte ich mich gerade umdrehen und, wie er es sagte, zu meinen Freundinnen zurückgehen. Doch als sein Blick sich veränderte und viel zu intensiv und hungrig an meinem Körper entlangglitt, blieb ich noch einmal stehen.

»Treib es nicht zu weit, Evanna«, warnte er mich mit dunkler, bedrohlicher Stimme. Was mich allerdings nur noch mehr dazu anstachelte, ihn weiter herauszufordern und so vielleicht ein kleines Bisschen mehr über sein wahres Ich herauszufinden, sollte ich es dadurch aus ihm herauskitzeln können.

Provozierend biss ich mir auf die Unterlippe, was erneut – und genau wie erhofft – seinen Blick einfing. »Du hast mir nichts zu sagen, Kennedy Connall«, erwiderte ich mit teuflischem Lächeln. »Ich treib es heute, so weit und mit wem ich will.«

29

Natürlich würde ich es heute Nacht mit absolut niemandem treiben. Nicht, wenn es nicht Kennedy Connall war zumindest. Und dass ich überhaupt allein schon an so etwas dachte und mir es offensichtlich wünschte, bewies nur ein weiteres Mal, wie ungesund und gefährlich das war, was ich mittlerweile für diesen Mistkerl empfand.

Ich hatte keine Ahnung, welcher Art diese Gefühle waren, geschweige denn, wie tief sie bereits gingen. Fakt war nur, dass sie unbestreitbar da waren. Ganz egal, wie wenig ich bisher über ihn wusste oder wie sehr er sich mir verwehrte. Ich konnte nicht leugnen, dass ich mich nicht nur schrecklich von ihm angezogen fühlte, sondern ... dass da auch Gefühle waren. Gefühle, die es mir so verdammt schwer machten, in seiner Gegenwart oder Nähe einen kühlen Kopf zu bewahren.

So viel zu meiner Theorie, ich wäre mit einer Katze zu vergleichen.

Lächerlich, zu glauben, das hätte ihn auf irgendeine Art und Weise beeindruckt. Es hatte ihn amüsiert. Nicht mehr und nicht weniger. Insgeheim machte er sich noch immer lustig über mich. Und ich konnte es ihm nicht einmal verübeln. Schließlich war es meine eigene Schuld, dass ich mich ihm gegenüber immer so dämlich anstellte.

Wieso hatte ich ihn eben nicht endlich zur Rede gestellt? Er schuldete mir immerhin noch ein paar Antworten. Auf jeden Fall die, was zur Hölle das mit Matthew Sanders an Weihnachten sollte. Und ob es wirklich stimmte, was Sanders über Kennedy und den Knast gesagt hatte.

Seitdem Matthew es erwähnt hatte, zerbrach ich mir den Kopf darüber, was er damit gemeint haben könnte. Doch eigentlich war es vollkommen klar. Falls Kennedy wirklich kurz davor stand, in den Bau zu wandern, dann mit großer Sicherheit wegen der Drogen. Und tatsächlich war es nicht sonderlich unwahrscheinlich, dass er deswegen längst der Polizei ins Visier geraten war.

Trotzdem wollte ich es aus seinem Mund hören – ich wollte, dass Kennedy mir das selbst sagte. Doch wieso sollte er das tun? Er brauchte sich vor mir nicht zu rechtfertigen. Schon gar nicht, wenn es etwas war, womit ich nichts zu tun hatte und es mich eben deswegen auch genau genommen überhaupt nichts anging.

»Ich bin maßlos enttäuscht«, ließ Clare mich mit erbostem Blick und aufgewühlt hoher Stimme wissen, als ich sie und Valerie in dem schmalen Gang des Clubs wiedergefunden hatte, in dem sie in der langen Schlange vor der Frauentoilette standen. »Von euch beiden!«, schob sie wütend nach und drehte sich dann auch zu Val, um sie ebenfalls erbost anzufunkeln. »Wie konntet ihr es nur zulassen, dass …«

»Komm mal wieder runter, Clare«, unterbrach Valerie sie schnell und grinste. »Eve und mir geht es gut. Glaubst du wirklich, Typen wie Dallas oder Kennedy schaffen es, uns kaputt zu machen? Oder uns das Herz zu brechen? Niemals!« Val sah mich hilfesuchend an. »Richtig, Eve?«

Ehrlich gesagt, war ich mir da nicht mehr sicher. Weder bei dem einen noch bei dem anderen. Ebenso wenig, wie ich mir sicher war, dass zwischen Val und Dallas wirklich nichts Ernstes lief. Dennoch musste ich meine beste Freundin natürlich bestärken. Erst recht, wenn ich Clare damit ein wenig beruhigen konnte.

»Ich glaube, was Val damit sagen will, ist: Du musst dir keine Sorgen um uns machen, Clare. Ehrlich nicht. Wie Valerie schon sagte, hat sie nichts Ernstes mit Dallas …« Gut, das Letzte war tatsächlich eher eine Hoffnung von mir, doch immerhin war es keine richtige Lüge. »Und was mich betrifft … Himmel, du glaubst doch nicht ernsthaft, dass jemand wie Kennedy Connall etwas mit mir …«

Fassungslos riss sie die Arme hoch, bevor sie mich grob am Arm packte und aus dem Gang hinaus in den Clubraum zerrte. »Scheiße, sieh ihn dir doch bitte mal an!«, verlangte sie erregt, während sie mit mir am anderen

Ende der Bar stehenblieb und Valerie uns hinterher eilte. »Glaubst du, so sieht jemand aus, der null Interesse an dir hat? Mach die Augen auf, Eve!«

Kennedys Blick durchlöcherte mich auf der Stelle. Als hätte er nur darauf gewartet, bis ich wieder vor seinen Augen auftauchte.

Noch immer konnte ich selbst von hier noch den Zorn darin erkennen, den ich vor wenigen Minuten offenbar in ihm geweckt hatte. Der Zorn darüber, es gewagt zu haben, ihn mit meiner kleinen Ansage – die selbstverständlich nicht ernst gemeint und nur ein Scherz war – zu provozieren. Lodernd brannte sich seine Iris in meine und setzte alles in meinem Körper in Flammen.

Hitze stieg in mir auf und mir wurde innerhalb weniger Sekunden unerträglich heiß.

»Also in dem Punkt«, mischte sich Valerie jetzt ein und blickte ebenfalls zu Connall an der Bar, » muss ich Clare eindeutig recht geben.«

»Ihr spinnt doch«, presste ich mit zugeschnürter Kehle hervor und wünschte mir etwas Abkühlung und etwas zu trinken. Sehr, sehr viel zu trinken. »Connall hat nur Interesse daran, mich mit ordentlich viel Beton um meine Füße im West Fork River zu versenken, das ist alles.«

Clare knurrte ungehalten und drehte sich hilfesuchend zu Val um. »Will sie es nicht sehen oder ist sie wirklich so blind?«

Ich seufzte. »Könnten wir das Thema bitte einfach lassen und stattdessen auf die Tanzfläche gehen? Ich muss noch den letzten Tag Weihnachten aus meinen Knochen vertreiben«, sagte ich und winkte den Barkeeper zu uns heran, um uns ein paar Getränke zu bestellen. Diesmal verzichtete ich jedoch auf Alkohol, der nur dafür sorgen würde, dass sich später mein Kopf fürchterlich drehte und ich womöglich doch noch Kennedy um den Hals fiel und ihn darum anbettelte, mich zu nehmen. Am besten gleich hier und auf der schmuddeligen Clubtoilette, so wie dieses Mädchen aus der Uni, das ihn mit ihrem Mund verwöhnen durfte.

Unwillkürlich leckte ich mir über die Lippen, als mein Blick erneut den von Kennedy kreuzte. Wie es ihm wohl gefallen hatte, sich von der Studentin einen blasen zu lassen? War sie gut? Hatte sie ihn befriedigen können?

»Dazu werde ich garantiert kein Veto einlegen«, riss Valeries Stimme mich zu meinem Glück im nächsten Moment aus den Gedanken, bevor sie eine Richtung einschlugen, die mich noch den Verstand verlieren ließ.

»Fein«, stöhnte Clare hinter mir auf und nahm ihren alkoholfreien Drink entgegen, den ich ihr mit triumphierendem Lächeln reichte. »Aber nur weil ich es genauso nötig habe, die verdammten Weihnachtsfeiertage aus mir heraus zu tanzen!« Das hatte sie ganz offensichtlich.

Wie jedes Jahr war alles einzig und allein an Clare hängengeblieben – die ganze Vorbereitung für das Weihnachtsessen bei ihrer Familie, die Besorgung der Geschenke und auch alles andere, was die Feiertage normalerweise schön und besinnlich machte. Sie war es, die sich um alles kümmerte und dafür sorgte, dass ihre gesamte Familie ein schönes Weihnachtsfest hatte.

Ihre ältere Schwester hatte es nie interessiert, einen Beitrag dazu zu leisten. Ihre Mom und ihr Dad hatten schlicht ergreifend nicht genug Zeit, weil sie gerade in der Vorweihnachtszeit zu viel arbeiteten. Und ihre beiden jüngeren Geschwister – ein außergewöhnlich ungleiches Zwillingspärchen – waren dafür noch zu klein, um Clare dabei helfen oder unterstützen zu können.

Hauptsächlich ihretwegen machte sie sich jedes Jahr diese Arbeit, auch wenn Val und ich das nie hatten nachvollziehen können. Valerie und ich waren Einzelkinder, was in unserem Gesellschaftskreis ziemlich üblich war. Wir hatten deswegen keinen Schimmer, wie es sich anfühlen musste, Geschwister zu haben und mit ihnen alles teilen zu können. Manchmal war es Fluch, manchmal Segen, wenn ich mir so Clares Leben anschaute. Ich wusste nicht, ob ich mit ihr hätte tauschen wollen.

Andererseits ... Nach allem, was war und so, wie meine Zukunft gerade von Dad geplant und auf den Weg gebracht wurde, würde ich mittlerweile vermutlich sogar selbst mit einem zahnlosen Obdachlosen tauschen, würde es bedeuten, dass ich endlich frei und unabhängig sein durfte. Alles war besser als das. Und es spielte nun mal keine Rolle, ob der Käfig, in dem ich gefangen gehalten wurde, aus Gold war. Davon konnte ich mir die Freiheit auch nicht erkaufen.

Etwa zwei Stunden später schleppten Clare, Val und ich uns zurück an die Bar. Unsere Beine taten vom exzessiven Tanzen weh und unsere Kehlen waren so trocken, wie die Wüste in der Sahara. Clare orderte uns eine Runde Cocktails, die wir jedoch innerhalb einer Minute herunterstürzten, als wäre es Wasser.

Schließlich entschlossen wir einstimmig, langsam nach Hause zu fahren und es uns noch ein wenig bei einer Serie auf Netflix auf der Couch gemütlich zu machen – ein klassischer Mädelsabend also. Doch bevor wir den Club verließen, machten wir zu dritt einen kurzen Abstecher auf die Toiletten. Gerade war es ohnehin beinahe leer hier, sodass wir diesmal auch nicht anstehen mussten.

»Ich hole schon mal unsere Jacken an der Garderobe ab«, verkündete Clare, die sich lediglich nur die Hände hatte waschen wollen, während Val und ich in jeweils einer der schmalen Kabinen verschwanden.

»Aber lass dir bloß nicht wieder eine Fälschung statt meines Louis Vuitton Mantels andrehen, hörst du?«, witzelte Val aus ihrer Kabine heraus und brachte mich dadurch unweigerlich zum Lachen, nachdem Clare anscheinend schon verschwunden war.

Vermutlich hatte sie nur augenverdrehend den Kopf über Vals Kommentar geschüttelt – so, wie sie es oft tat. Kurz darauf schien meine beste Freundin bereits fertig und ich hörte, wie sie anschließend ebenfalls den Wasserhahn aufdrehte, um sich die Hände zu waschen. Als sie das Wasser wieder abdrehte, hörte ich nur noch, wie sie plötzlich erschrocken nach Luft schnappte. Dann herrschte absolute Stille und ich wurde automatisch unruhig.

Es dauerte keine Minute, da trat ich auch endlich aus meiner Kabine heraus und stand nicht wie erwartet Valerie gegenüber, sondern Kennedy Connall.

Verwirrt flog mein Blick durch den Raum, weil ich meine Freundin nirgends entdecken konnte. »Was zum –?«, brachte ich gerade noch hervor, als er auch schon die Hand wieder einmal auf meine Lippen presste und mich rückwärts zurück in die kleine, schmutzige Kabine drängte.

Mit dem Rücken an die dünne Holzwand gedrückt, spürte ich, wie Kennedys Körper sich ungeduldig gegen meinen drängelte. Sein Blick war so dunkel, dass er mich auf der Stelle verschluckte. Und wie schon die letzten Male ... genoss ich es.

»Keine Sorge, deine Freundin ist draußen vor der Tür und wartet dort brav auf dich«, knurrte er wie ein tollwütiger Hund und ließ mich hart schlucken.

Wieder einmal schossen mir so viele Fragen gleichzeitig durch den Kopf. Ich fragte mich, wie er Val dazu bekommen hatte, den Raum zu verlassen, wenn es doch offensichtlich war, dass sie ihn gesehen haben musste, als er reinkam. Deswegen hatte sie nach Luft geschnappt – da war ich mir ganz sicher. Wieso war sie jetzt also nicht hier? Warum ließ sie mich mit ihm allein? Clare wäre ausgerastet an ihrer Stelle. Und sie würde definitiv ausrasten, wenn sie später *davon* erfuhr.

»Manchmal glaube ich, du unterschätzt die Macht, die ich über manche Menschen habe, Evanna«, sagte Kennedy, während er mit intensivem Blick mein Gesicht betrachtete. Fast hatte ich das Gefühl, für ihn hatte es etwas Meditatives an sich. Zumindest beruhigte es ihn spürbar, wenn auch nicht gänzlich. Aber immerhin wirkte er jetzt nicht mehr ganz so wild wie noch vor wenigen Sekunden.

Wie gerne hätte ich ihm gesagt, dass er es schon wieder tat – dass er mich schon wieder gegen eine verfluchte Wand drückte, als wäre es seine Lieblingsbeschäftigung. Doch das war unmöglich, solange seine Hand schmerzlich fest auf meinem Mund lag.

Inständig sah ich ihn deswegen an und hoffte, er verstand, dass ich ihm nicht antworten konnte, selbst wenn ich wollte. Und tatsächlich wurde der Druck auf meinen Lippen schließlich weniger. Bis nur noch sein Daumen auf ihnen liegenblieb.

»Ich hasse diese Farbe«, knurrte er auf einmal unzufrieden und wischte mir grob und alles andere als einfühlsam mit dem Daumen über den Mund, verwischte dadurch meinen Lippenstift. »Sie passt nicht zu dir.«

Ich schluckte erneut und spürte, wie sich mein Körper seinem langsam aber stetig freiwillig entgegenpresste. »Und welche passt deiner Meinung dann zu mir?«

»Keine«, raunte er heiser. »Ich hasse es generell, wenn Frauen sich die Lippen anmalen.« Sein Blick flog automatisch wieder zu meinem Mund, bevor er noch einmal mit seinem Daumen darüber strich – diesmal unerwartet zärtlicher.

»Wieso?«, quetschte ich hervor, vollkommen verloren in seinen Augen.

Kennedy seufzte leise und beinahe ergeben. »Weil sie dann nicht mehr nach sich selbst schmecken.«

Seine Lippen legten sich auf meine und raubten mir buchstäblich den Atem. Ich hatte nicht erwartet, heute tatsächlich noch einmal von ihm geküsst zu werden.

Doch ich hatte es gehofft. Ich hatte es mir so verdammt sehr gewünscht. Und jetzt ...

Kennedys Zunge schob sich ungeduldig zwischen meine Lippen und ich ließ sie mit einem wohligen, sehnsüchtigen Seufzen herein. Doch bevor ich mich überhaupt richtig fallen lassen und meine Hände in Kennedys Shirt krallen – oder gar mit meinen Fingern unterhalb dieses Shirts fassen – konnte, ließ er plötzlich von mir ab und trat einen Schritt zurück, ließ mich vollständig los.

Scheiße! Er konnte nicht schon wieder gehen, nicht jetzt!

»Ich brauche mehr von dir«, stolperte es beinahe panisch und absolut hilflos aus mir heraus, weil ich es nicht verhindern konnte. Ebenso wenig, wie ich verhindern konnte, so verzweifelt zu klingen.

Doch statt wieder wütend zu werden, wie ich es erwartet hatte, sah Kennedy mich beinahe ebenso verzweifelt an. »Mehr als das kann ich dir nicht geben, Cleo«, sagte er, noch immer heiser vom Kuss. Es wunderte mich, dass er überhaupt noch hier war und vor mir stand, statt wie so oft abzuhauen und mich alleinzulassen.

»Willst oder kannst du nicht?«, rutschte es erneut ungehindert aus mir heraus. Ich wusste, dass ich wieder einmal ziemlich erbärmlich klang. Doch jetzt und in diesem Moment war es mir egal. Ich wollte, dass er antwortete. Wenigstens darauf!

»Du stellst schon wieder zu viele Fragen, Evanna«, erinnerte Kennedy mich auch schon, wie ich es gewohnt war, kam jedoch wieder einen Schritt auf mich zu, sodass ich seinen Körper noch einmal an meinem spüren konnte.

»Ist es wegen deiner Freundin?«, bohrte ich dennoch stur weiter und legte meine Hände an seine Brust, die sich unter meiner Berührung spürbar hart anspannte. »Die hübsche Brünette, mit der Clare und ich dich letztens gesehen haben, meine ich.«

Kennedy musterte mich einen Augenblick, dann schnaubte er. »Wie oft soll ich dir das eigentlich noch sagen? Halt dich aus meinem Leben raus.« Mag sein, dass es wie eine Drohung klingen sollte. Doch für mich klang es in diesem Moment viel mehr nach einem ... Flehen. »Du bist dem nicht gewachsen, was dich dort erwarten würde.«

Wütend schob ich die Augenbrauen zusammen und krallte mich in sein Shirt, so, wie ich es hatte tun wollen, als er mich geküsst hatte. »Wann hörst du endlich auf, in verfluchten Rätseln zu sprechen? Du bist nicht Meister Yoda, verdammt nochmal!«, fluchte ich aufgebracht und ohne jede Kontrolle. »Außerdem bist *du* doch gerade hier aufgekreuzt!«

Ein amüsiertes, knappes Lächeln zupfte wieder einmal an seinen Lippen, doch auch diesmal blieb er beherrscht.

Zumindest weitestgehend. »Meinst du nicht eher Konfuzius?«, spottete er über meinen in der Tat äußerst dämlichen Vergleich, statt darauf einzugehen, warum *er* es schließlich war, der gerade hier aufgetaucht war – mit welcher Absicht auch immer.

Dieser Typ verwirrte mich komplett!

»Gib mir wenigstens etwas, woran ich mich festhalten kann«, flehte ich mit zitternder Stimme, weil ich wusste, gleich war es wieder so weit. Gleich würde er mich wieder verlassen und mir keine einzige meiner weiteren Fragen beantworten. »Damit ich nicht untergehe.«

Kennedys Blick durchbohrte mich. »Du hast bereits zu viel von mir bekommen, Cleo.«

Jeder Muskel in meinem Körper spannte sich automatisch an beim Klang meines Namens aus seinem Mund – meines für mich *echten* Namens. Es war mir egal, wie verzweifelt, klein, schwach oder fragil ich klingen musste. Ich wollte, dass er wusste, was er mit mir tat. Was er mit antat.

»Nicht genug«, erwiderte ich deswegen protestierend. »Noch lange nicht«, fügte ich hauchend hinzu, doch dieses Hauchen mündete in seinem Mund, als er unerwartet noch einmal seine Lippen auf meine legte.

Doch dieser Kuss ... er war anders. Er schmeckte nicht nach ihm, schmeckte nicht nach Freiheit oder Erlösung. Dieser Kuss schmeckte nach ... Abschied.

4

30

Silvester. Die letzten Stunden des Jahres brachen an und ich konnte es kaum erwarten, dass es endlich endete. Die letzten Wochen und Monate hatten mehr an meinen Kräften gezehrt, als ich bisher gedacht hatte. Weitaus mehr, als ich verkraften konnte. Und doch stand ich jetzt wieder hier, machte mich hübsch für eine Party, auf die ich eigentlich keinesfalls gehen wollte – alles nur Valerie zuliebe, der ich das versprochen hatte.

Ich hasste es, das tun zu müssen, hasste es, den letzten Abend dieses fürchterlichen Jahres ausgerechnet in Clarksburg, meiner Heimat, verbringen zu müssen. Vielleicht sogar mit oder unter Menschen, die ich von früher kannte und mit denen ich nichts mehr zu tun haben wollte. Und doch würde ich mein nettestes Lächeln aufsetzen und mich für meine beste Freundin zusammenreißen. Schließlich war es das Einzige, was sie sich dieses Jahr zu Weihnachten von mir gewünscht hatte.

Val wusste, dass sie mich unter keinen anderen Umständen dazu bekommen hätte, mit ihr und Clare auf diese geheimnisumwobene Party in Clarksburgs Villengegend zu gehen, von der anscheinend niemand so recht wusste, was ihn dort erwartete. Selbst Valerie nicht, die über die Kontakte ihres Dads irgendwie dazu gekommen war, dass wir auf der angeblich äußerst exklusiven Gästeliste standen. Ich wollte gar nicht wissen, was sie dafür getan hatte, damit wir dort draufstanden. Doch Fakt war, ich würde ihr heute Abend diesen Gefallen tun und versuchen, mich zu amüsieren. Allein schon, weil sie Clare gegenüber bis heute nichts von Kennedys kleinem Überfall auf mich in dem Club verraten hatte.

Seit jener Nacht vor drei Tagen hatte ich versucht, mit ihr darüber zu reden und sie zu fragen, wieso sie es getan hatte. Warum sie Kennedy und mich einfach alleingelassen hatte, während sie draußen vor der Tür, genau, wie er es gesagt hatte, auf mich gewartet hatte. Ich verstand es noch immer nicht. Und jetzt, da Clare gerade unter die Dusche gehüpft und Val weder in ihrer Nähe noch allein unterwegs war, konnte ich sie zum ersten Mal darauf ansprechen.

Musternd beobachtete ich sie dabei, wie sie sich in dem kurzen, goldenen Glitzerkleid vor dem großen Wandspiegel betrachtete und mich anschließend zufrieden anlächelte.

»Siehst gut aus, Barnett. Die Neunzehn-Zwanziger stehen dir«, sagte sie anerkennend, nachdem sie auch mein Outfit begutachtet hatte.

Ich trug als Gegensatz zu ihr ein silbernes Glitzerkleid, das allerdings weniger kurz war als ihres. Dazu schimmerte eine silberne Feder in meinen in sanften Wellen fallenden Haaren. Clare würde sich später in ein kupferfarbiges Kleid zwängen, damit sie perfekt zu Val und mir passte. Denn das Einzige, was wir über die Silvesterparty in Clarksburg wussten, zu der unsere Freundin uns schleppen wollte, war, dass es eine Art Kostümparty war, mit dem Motto der zwanziger Jahre – ganz nach Vorbild von »*The Great Gatsby*«, den Val unbeschreiblich liebte. Eigentlich also kein Wunder, dass sie unbedingt dort hin wollte.

»Wieso hast du es getan?«, fragte ich, ohne groß drumherum zu reden, als ich ihr Zimmer betrat und hinter ihr stehenblieb, sie durch den Spiegel hindurch ansah.

»Was getan?« , wunderte Valerie sich und zog ihre perfekt zurechtgezupfte Augenbraue hoch.

»Du weißt, wovon ich spreche«, erwiderte ich seufzend, als sie sich zu mir umdrehte und mich schließlich mit wissendem Lächeln ansah.

»Du meinst, das mit Connall im Club vor drei Tagen?«

Ich nickte, ehe ich einen kurzen Blick hinaus in den Flur warf, um sicherzustellen, dass wir ungestört waren. »Warum hast du Clare nichts verraten? Und wieso hast du ihn überhaupt mit mir alleingelassen? Hat er dir gedroht oder so?«

Valerie weitete die Augen, schüttelte aber den Kopf. »Nein. Er musste nichts sagen.«

Ich runzelte verwirrt die Stirn und setzte mich auf ihr Bett. »Was soll das heißen? Du hast ihn einfach zu mir gelassen, ohne zu wissen, was er vor hat?«, wollte ich ungläubig von ihr wissen.

»Na ja ...« Sie zuckte mit den Schultern. »Ja, das habe ich.«

Entsetzt starrte ich sie aus großen Augen an. »Bist du wahnsinnig? Ich meine, er hätte sonst etwas tun können ...«

»Nein, hätte er nicht«, unterbrach sie mich bestimmt und seufzte. Sie wusste genau, dieses Gespräch war überfällig. Egal, wie sehr es sie anstrengte, mit mir zu diskutieren, da musste sie jetzt durch.

»Was meinst du?«, fragte ich verunsichert.

Val verdrehte die Augen und setzte sich neben mich. »Eve, er ist Drogendealer, kein Massenmörder oder Serienvergewaltiger.«

Schnaubend sah ich sie fassungslos an. »Woher willst du das wissen?«

»Ich weiß es nicht«, gab sie ehrlich zu und presste die Lippen fest aufeinander. »Es ist nur so ein Gefühl.«

Ich lachte argwöhnisch auf. »Du nimmst mich doch auf den Arm, oder?«

Meine beste Freundin sah mich eindringlich an. »Warum regst du dich so auf? Es ist doch nichts passiert, oder?« Sie beobachtete meine Reaktion ganz genau. Vermutlich weil sie exakt wusste, dass ich ihr insgeheim quasi sogar dankbar dafür war, dass sie nichts dagegen unternommen und Kennedy zu mir gelassen hatte. »Nichts ... Schlimmes, meine ich. Hab ich recht?«

Ich schluckte ertappt. »Trotzdem hättest du mich nicht einfach alleinlassen dürfen.«

Wieder zuckte sie nur lächelnd mit den Schultern. »Habe ich ja auch nicht. Ich war direkt vor der Tür. Du hättest nur schreien müssen, dann wäre ich gekommen und hätte ihm meinen Stiletto in die Weichteile gerammt«, sagte sie voller Überzeugung, während sich ihr Lächeln in ein amüsiertes, breites Grinsen verwandelte. »Aber ...«

»Aber, was?«, zischte ich, weil ich bereits ahnte, was jetzt kommen würde.

»Ich hatte nicht das Gefühl, dass so etwas nötig sein würde«, meinte sie schlicht.

Erneut runzelte ich verwirrt die Stirn. »Und wie kommst du darauf?«

Ihr Grinsen vertiefte sich eine Spur mehr. »Es schien mir, als hättest du die ganze Nacht eigentlich nur darauf gewartet, dass er auftaucht und dir den Verstand aus dem Kopf vögelt.«

»Val!«, schnappte ich empört und riss die Augen auf. Dabei wusste ich, dass es blödsinnig war, ihr etwas vorzumachen. Uns beiden war längst klar, dass es nichts als die Wahrheit war. Ich hatte Kennedy in dieser Nacht gewollt. Und ich wollte ihn immer noch. Ganz egal, was mein Verstand dazu sagte. Ich wollte ihn. Jetzt erst recht, weil ich nicht wusste, was dieser letzte Kuss von ihm bedeutet hatte. Alles daran hatte sich nach Abschied angefühlt. Doch das konnte nicht sein. Es durfte nicht. Nicht jetzt, nicht, nachdem ich wusste, wie sich seine Lippen auf meinen anfühlten. Wie er schmeckte.

Verflucht, es durfte noch nicht vorbei sein. Dabei wusste ich gar nicht, wie so etwas überhaupt gehen sollte. Wie sollte etwas enden, wenn es doch noch gar nicht begonnen hatte? Wenn es niemals beginnen würde. Nicht, wenn es nach ihm ging offensichtlich. Und doch war er es schließlich, der letztendlich meine Nähe suchte und der jedes Mal wie aus dem Nichts auftauchte, obwohl ich ihn nicht darum gebeten hatte.

Kennedy befahl mir immer, mich von ihm fernzuhalten. Doch er war es, der sich nicht daran hielt. Er war ständig in meiner Nähe. Manchmal vermutlich sogar, ohne, dass ich etwas davon mitbekam.

»Willst du es ernsthaft leugnen?« Vals Blick durchbohrte mich und riss mich aus meinen Gedanken. »Ausgerechnet vor mir?« Sie durchschaute mich. Natürlich tat sie das. Ich hatte nichts anderes von ihr erwartet.

Trotzdem fühlte ich mich plötzlich verunsichert und ertappt. Was Schwachsinn war. Valerie war immerhin meine beste Freundin. Wenn es also jemand verstand, was ich für jemanden wie Kennedy empfand, auch wenn ich ganz eindeutig nichts für ihn hätte empfinden dürfen, dann war es sie. Ganz besonders sie. »Und selbst wenn ...« Ich seufzte ergeben und verschränkte die Arme vor der Brust, weil ich mich so ein bisschen mehr geschützt fühlte. »Es ist nur rein körperlich. Genau wie bei Dallas und dir, schätze ich.«

Valerie musterte mich einen langen Augenblick, prüfend und intensiv. »Das heißt, du steigst ernsthaft mit Connall ins Bett?«, wollte sie dann plötzlich wissen.

Ich warf die Arme in die Luft und seufzte. »Nein. Nichts dergleichen«, sagte ich die Wahrheit und sah sie inständig an.

Val nickte und wirkte beinahe ein wenig erleichtert. »Aber du fühlst dich von ihm angezogen, hm?« Ihr Blick wurde sanfter, beinahe mitfühlend, als sie meine Hand nahm.

»Mehr als mir lieb ist«, gestand ich schrecklich leise und sah sie einige Sekunden nachdenklich an. Ich hatte das Gefühl, sie verstand mich, statt mich dafür zu verurteilen, wie Clare es vermutlich getan hätte. Und deswegen fragte ich sie noch einmal: »Warum hast du es Clare gegenüber verheimlicht?«

»Weil sie es nicht verstanden hätte«, bestätigte sie meine Gedanken seufzend, bevor sie nun ebenfalls einen kurzen Blick hinaus in den Flur warf, um nachzusehen, ob unsere Freundin in der Nähe war. »Wir wissen doch beide: Sie ist nicht so, wie du und ich.« Val begann zu lächeln.

Ich erwiderte es und drückte ihre Hand. »Und das ist in jedem Fall auch besser so für sie.«

Meine beste Freundin nickte bestätigend, ehe sie wieder vom Bett aufstand. »Ganz genau.«

»Es bleibt also weiter unser kleines Geheimnis?«, hakte ich dennoch noch einmal vorsichtig bei ihr nach. Nicht, dass ich Angst vor Clares Urteil hatte. Ich wusste nur wirklich nicht, wie ich ihr all das erklären sollte. Schließlich verstand ich es doch selbst nicht. Nicht im Geringsten. Und daran würde sich auch in den nächsten Tagen sehr wahrscheinlich rein gar nichts ändern.

»Was davon meinst du? Dass du Connall verfallen bist oder dass ihr auf der schäbigen Toilette eines Clubs rumgemacht habt?« Valeries Augen funkelten gespielt herausfordernd, als sie mich ansah. »So, wie sein Blick geglüht hat, als er reinkam, wundert es mich, ehrlich gesagt, dass ihr nicht auf der Stelle …«

»Val«, unterbrach ich sie bestimmt. »Lass jetzt gut sein, okay?« Ich setzte ein Lächeln auf, das mir diesmal allerdings nicht sonderlich gelingen wollte. »Nur weil ich mich körperlich von ihm angezogen fühle, heißt das noch lange nicht, dass irgendetwas zwischen uns passiert. Oder je passieren wird.«

Meine beste Freundin sah mich verwundert an. »Wieso denkst du das?«

Auch ich stand langsam von ihrem Bett auf und strich mein silberfarbenes Kleid zurecht. »Weil er es mir mehr als nur einmal sehr deutlich gemacht hat. Kennedy Connall will mich weder auf die eine noch auf die andere Weise, wenn du verstehst, was ich meine. Wahrscheinlicher ist, dass er mich lieber tot sehen wollen würde, als irgendetwas mit mir anzufangen. Und sei es nur so etwas, was zwischen dir und Dallas läuft. Dafür gehe ich ihm definitiv zu sehr auf die Nerven.«

Valerie lachte. »Hat er das gesagt, ja?«

Ich verdrehte die Augen. »Er wird zumindest nicht müde, es mir *nicht* zu sagen.«

Val kicherte amüsiert, doch ich nahm es ihr nicht übel. Für Außenstehende hatte das Ganze sicher durchaus eine gewisse Komik, vermutete ich. Vielleicht sogar für Kennedy selbst, wer wusste das schon? Für mich allerdings fühlte es sich immer wieder schmerzvoll an. Ganz egal, wie oft ich mir einzureden versuchte, es wäre nicht so.

»Was ist das für eine Party, auf die wir eigentlich gleich gehen, hm?«, fragte ich meine Freundin, nur um von diesem Thema endlich loszukommen. Schließlich hatte ich jetzt meine Antworten von ihr – zumindest auf Kennedy Connall bezogen. Was ich allerdings noch immer nicht wusste, war, wieso zum Teufel Val tatsächlich heute Nacht unbedingt zu dieser einen Party gehen wollte. Es konnte nicht nur an dem Gatsby-Motto liegen, das wollte ich einfach nicht glauben. Dafür war sie in den letzten Wochen zu beharrlich gewesen, mich anzubetteln, mitzukommen. Es musste also mindestens einen weiteren Grund dafür geben. »Ich meine, wieso ist es dir so wichtig, dass wir heute Abend *dort* sind? In Fairmont hätte es sicher auch ein paar nette Silvesterfeiern gegeben.«

Val schnaubte. »Du sagst es: *nett*. Ich will nichts *Nettes* für heute Nacht. Ich will dieses Jahr irgendwie ... *besonders* abschließen. Verstehst du?«

Sie hatte ja keine Ahnung, *wie* gut ich das verstand. Immerhin war mein Jahr ähnlich beschissen verlaufen und ich wollte nichts lieber, als es endlich zu begraben, um anschließend auf eben diesem Grab zu tanzen. Dennoch war ich immer noch der Meinung, dass wir das genauso gut auch hier in Fairmont haben konnten. Dazu mussten wir nicht zurück in unsere Heimatstadt, wo wir ohnehin bekannt waren, wie zwei bunte Hunde.

»Und du glaubst, dort findest du so etwas?«, zweifelte ich nachdenklich, während ich am Saum meines Kleides zupfte – ein Kleid, das Kennedy sicher hassen würde.

»Wenn nicht dort, dann weiß ich ehrlich nicht, wo sonst«, erwiderte sie beinahe resigniert und kam auf mich zu, um noch einmal meine Hände in ihre zu nehmen. »Ich weiß, du hast keine Lust, in Clarksburg zu sein. Allein schon weil es in der Nähe deiner Eltern ist und uns zwei dort gefühlt jeder kennt. Aber vertrau mir, Eve. Heute Abend wird es legendär.«

Kapitulierend begann ich zu lächeln. Es nützte ja doch nichts. Ob ich nun wollte oder nicht, ich würde Valerie natürlich ihren Weihnachtswunsch erfüllen und mit ihr und Clare zu dieser Party in Clarksburg gehen. Vielleicht war es also an der Zeit für mich, den Verstand für den restlichen Abend auszuschalten und einfach ... loszulassen.

Was sollte schon passieren? Ich war schließlich weder allein noch mit einem zwielichtigen Typen unterwegs. Zu dritt würde uns nichts geschehen. Schon gar nicht, wenn wir aufeinander aufpassten, so, wie wir es immer taten. Da spielte es auch keine Rolle, ob wir in Fairmont oder Clarksburg auf einer Party waren. Hauptsache, wir waren zusammen dort.

Neckend blickte ich Val mit einem amüsierten Grinsen an. »Ich wusste ja, dass du besessen bist von Fitzgeralds Schöpfung des Gatsby, aber ...«

»Nichts aber«, protestierte sie prompt. »Vielleicht finde ich ihn ja dort. Wer weiß das schon?«

»Gatsby ist aus gutem Grund nur reine Fiktion, das ist dir doch klar, oder?«, foppte ich sie.

Valerie seufzte enttäuscht. »Genau so, wie dir sicher klar ist, dass jemand wie du niemals eine ernsthafte Verbindung mit jemandem wie Kennedy Connall eingehen kann. Das hält dich aber anscheinend trotzdem nicht davon ab, es zu versuchen. Richtig?«

Überrascht schnappte ich nach Luft und wusste im ersten Moment nicht, was ich dazu sagen sollte. Ich wollte natürlich widersprechen, doch ...

Die Wahrheit war, dass sie auch damit recht hatte. Etwas, ganz tief in mir, würde niemals auf die Vernunft hören und es dennoch immer wieder probieren, Kennedys Mauern, die er meterhoch um sich herum erbaut hatte, zu sprengen und niederzureißen. Etwas, das sich verdächtig nach meinem Herzen anfühlte. Und vollkommen gleich, wie dumm, absurd und falsch das war, ich konnte nichts dagegen tun. Ich war machtlos diesem unaufhaltsamen Schicksal gegenüber. Offenbar dasselbe Schicksal, was vor vielen, vielen Jahren auch meine Mom erfasst hatte und sie schließlich zu dem Menschen wurde, der sie heute war.

Eine absolute Schande, ja.

Und doch war es eine Schande, die ich nicht abzuwenden wusste.

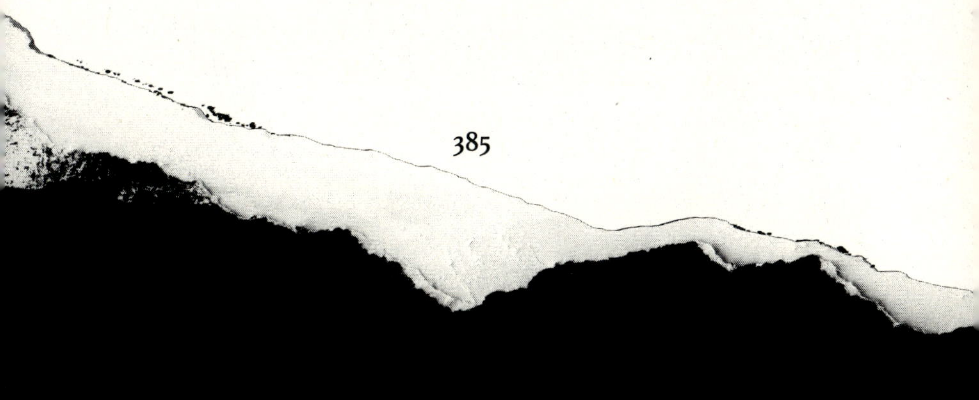

31

Als Valerie, Clare und ich in Clarksburg vor einer großen für die Stadt typischen viktorianischen Villa standen, war ich froh, dass wir bereits zuhause eine Flasche Wein geköpft hatten, bevor wir mit dem Taxi hergefahren waren. Diese Party, in diesem Haus, mit dieser Art Menschen würde genau so werden, wie ich es erwartet hatte. Und obwohl ich sehr gerne darauf verzichtet hätte, hier zu sein, tat ich mein Bestes, um meiner besten Freundin mit meiner am Boden kriechenden Laune diesen Abend und diese Nacht *nicht* zu versauen.

Es war schließlich Silvester. In nur wenigen Stunden war immerhin dieses beschissene Jahr vorüber und ab morgen, so hoffte ich, würde schon alles besser werden. Zumindest, wenn ich es diesmal endlich schaffte, stark zu sein – und es auch zu bleiben.

Scheiß auf Typen wie Kennedy Connall oder Matthew Sanders. Ich würde mich nicht mehr von ihnen manipulieren oder einlullen lassen. Und vor allem scheiß auf Dad und seine Erwartungen an mich. Ich würde keinesfalls so enden wie Mom. Würde nicht mehr alles mit mir machen lassen und würde es erst recht nie wieder zulassen, benutzt oder ohne mein Einverständnis angefasst zu werden.

Ich war kein Spielzeug. Nicht mehr. Weder das meines Dad noch sonst eines anderen Mannes.

Fast war es witzig, dass es ausgerechnet Kennedy war, der mich zu diesem Punkt gebracht hatte. Nach allem, was ich mir von ihm hatte gefallen lassen, hatte ich es dennoch nicht verhindern können, ihm zu verfallen. So sehr, dass er bereits jetzt viel zu tief in mein Herz vorgedrungen war. Wie genau er das allerdings geschafft hatte, davon hatte ich keinen blassen Schimmer.

»Du meine Güte, sieht es in jeder Villa hier in Clarksburg eigentlich so aus wie hier?«, fragte Clare, völlig von den Socken, als wir das Haus betraten, in dem die Silvesterparty stieg, auf die Val uns geschleppt hatte. Sie hatte an der Tür lediglich eine vergoldete kleine Einladungskarte vorzeigen und unsere Namen nennen müssen, schon wurden wir von den drei schrankgroßen Bulldoggen hereingelassen, die am Eingang als Türsteher postiert wurden.

Wir gaben unsere Winterjacken und Mäntel bei einer netten Dame im Foyer ab, bevor Valerie sich mit breitem Grinsen zu Clare und mir umdrehte. »Mädels, das wird heute der absolute Hammer, das spüre ich«, sagte sie euphorisch, ohne auf Clares eher rhetorische Frage einzugehen.

Mühevoll setzte ich mir ein Lächeln auf, das vermutlich mehr gequält als gelöst wirkte, und ließ mich von Clare an der einen und Val an der anderen Hand durch die sich mit Menschen gefüllten Räume ziehen. Einer war schöner als der andere – sowohl die Zimmer als auch die Leute, denen ich begegnete.

Es war offensichtlich, welche Kreise heute Abend hier verkehrten und es wunderte mich, dass Clare noch keine Anstalten machte, gehen zu wollen. Häufig fühlte sie sich unter zu vielen der Elite Angehörigen nicht wohl und wollte dann lieber nach Hause – oder wenigstens woanders hin. Doch heute schien sie das seltsamerweise nicht zu stören. Oder aber sie zeigte ihr Unwohlsein nicht, um Valerie den Spaß nicht zu versauen. Genau so, wie ich es tat.

»Unfassbar schön«, stieß Clare jedoch im nächsten Moment zu meiner weiteren Verwunderung aus, als wir in dem Hauptsaal angekommen waren, in dem die Party stattfand. Und ja, Saal war hier der absolut korrekte Ausdruck für dieses gigantisch große Zimmer mit der vermutlich sechs Meter hohen Decke und dem prunkvollen Stuck, der sich an ihr und ebenso an den Türen und Fenstern befand.

Alles war in glänzendem Gold und Glitzer dekoriert, genau so, wie man es von einer typischen Gatsby-Party erwartete. Nur ich in meinem silbernen Kleidchen passte hier nicht sonderlich gut rein, wie mir schien. Weil Silber, im Gegensatz zu dem Kupfer von Clares Kleid, nicht sonderlich gut zum Kontrast passte. Viel eher biss es sich mit dem vielen Gold an jeder Ecke. Nichts, was meiner ohnehin schon beschissenen Laune half, sich in den nächsten Stunden zu bessern.

Ich fiel auf. Beinahe wie ein bunter Hund, ohne wirklich etwas Buntes zu tragen. War das nicht absurd? Die meisten Gäste trugen seltsamerweise ein elegantes Schwarz. Nur ein paar wenige hatten sich mehr zugetraut und hatten zu etwas Weißem oder, wie meine beiden Freundinnen, zu Gold oder eben Kupfer in ihrem Schrank gegriffen – noch mutigere sogar zu einem hübschen und kräftigem Rot. Doch selbst das passte perfekt zur goldenen Dekoration und fiel nicht so aus der Reihe, wie ich mit dem Silberkleid.

Seufzend ließ ich den Blick durch den Saal schweifen, während ich Val in Gedanken verfluchte, dass sie mich dazu überredet hatte, diesen dämlichen Fummel heute Abend anzuziehen. Es traf weder meinen Geschmack noch passte es mir richtig. An einigen Stellen war es, meiner Meinung nach, eindeutig zu eng. Val war da hingegen anderer Auffassung und beneidete mich darum, wie sich der dünne Silberstoff um meine Kurven schmiegte.

»Wir sollten etwas zu trinken bestellen«, schlug ich vor, als ich zu meiner Rechten eine vermutlich extra nur für diese Party aufgebaute Bar entdecken konnte. Ohne weiteren Alkohol würde ich die nächsten Stunden nicht überstehen. Nicht, ohne vorher meine Maske fallenzulassen und allen Menschen, meinen beiden Freundinnen inklusive, diese Silvestersause vollständig zu vermiesen.

Etwa eine Stunde später stand ich noch immer an der verfluchten Bar und kippte den ... Ich war mir nicht mehr sicher, der wievielte Shot das tatsächlich gerade war, doch auch diesen schüttete ich in nur einem Rutsch in mich hinein und kniff anschließend die Augen angewidert zusammen. Ich hasste dieses Zeug! Und doch gab es hier für mich heute nichts Besseres, um meine Abneigung, die ich all diesen Menschen hier, ausgenommen Val und Clare, gegenüber verspürte, in den Griff zu bekommen und buchstäblich herunterzuwürgen.

Während Valerie mit einem Typen tanzte, der aussah, als wäre er viel zu alt für sie, flirtete Clare gerade unerwarteterweise mit einem anderen weiter hinten in einer etwas ruhigeren Ecke. Sie hatten offensichtlich Spaß, alle beide. War das zu fassen? Ausgerechnet hier in Clarksburg und unter einer Schar von privilegierten, weißen Amerikanern, die sich einen Dreck darum scherten, dass da draußen, nur etwa fünf Meilen weiter, Menschen vor

Hunger auf der Straße verreckten und nicht einen verfluchten Gedanken daran verschwendeten, dass in weniger als drei Stunden das neue Jahr begann.

Nein, diese Menschen hatten ganz andere Probleme. Echte. Probleme, von denen die Elite Clarksburgs nicht den Hauch einer Ahnung hatte. Genau so wenig, wie es sich anfühlte, Hunger zu leiden, während gerade Unmengen von Essen in einer vermutlich durch Korruption bezahlten Villa weggeschmissen wurden, weil es nur ein paar Minuten zu lange draußen am Buffet stand.

Leicht angetrunken beobachtete ich mit angewidertem Blick die armen Kellner, die dazu verdonnert wurden, das Buffet zu erneuern und ihrem Herren, der sie eingestellt hatte, wie verdammte Sklaven zu dienen. *Natürlich* gehörte diese Villa einem Mann. Und natürlich war es auch er, der diese Party veranstaltete und alles bezahlte.

Witzigerweise kannte ich ihn sogar noch von früher. Er war hin und wieder mit Dad Golfen gewesen, bis mein Vater ihn für seine Zwecke benutzt und wie ein gebrauchtes Kondom anschließend entsorgt hatte. Seitdem hatte ich nie wieder etwas von ihm gehört.

Ehrlich gesagt, wunderte es mich, dass er überhaupt noch zu Clarksburg Elite gehörte. Denn wenn mein Dad einmal mit jemandem fertig war, blieb kaum noch etwas von ihm übrig. Dieser Mann musste also etwas Besonderes sein. Und allein die Tatsache, dass er mich in den letzten Jahren im Gegensatz zu vielen anderen nicht ein Mal angerührt hatte, bewies das ganz eindeutig.

Ich entschied mich dazu, dieser Party doch noch eine Chance zu geben. Ihm zuliebe – Mr. Barnes, wenn ich mich nicht täuschte. Er war zwar noch lange kein Greis, doch es war trotzdem erstaunlich, dass er noch in der Lage war, solche Partys in Clarksburg steigen zu lassen. Partys, die offenbar beinahe legendär waren. Woher sonst hätte Valerie davon schon vor Wochen gehört?

Entschlossen, zu versuchen, die nächsten Stunden bestmöglich zu genießen, bis wir irgendwann mit dem Taxi zu Valeries Elternhaus fuhren und bis morgen dortbleiben würden, bestellte ich mir einen weiteren Drink. Diesmal jedoch keinen Shot, sondern einen Longdrink, damit ich mehr davon hatte. Meinen Eltern hatte ich selbstverständlich nichts davon erzählt, dass ich heute und auch morgen in Clarksburg sein würde. Ich wollte auf keinen Fall riskieren, dass sie mich dazu zwangen, bei ihnen vorbeizuschauen. Denn dann würde das neue Jahr genauso beschissen beginnen, wie dieses endete.

Prüfend ließ ich den Blick noch einmal zu meinen beiden Freundinnen schweifen, die allerdings nach wie vor damit beschäftigt waren, wildfremde Typen um ihren Finger zu wickeln. Bei Val wunderte mich das nicht im Geringsten. Es war nichts Neues, dass sie keine Probleme mit ihrer Sexualität hatte und sich gerne mal austobte.

Clare hingegen ... Sie schien den Typen, den sie gerade einmal vor einer halben Stunde kennengelernt hatte, sichtlich zu mögen. Allein *das* überraschte mich. Doch dass sie tatsächlich sogar offenkundig mit ihm flirtete, verwunderte mich wohl am meisten.

Mit amüsiertem Lächeln griff ich nach meinem Glas, in dem ein Mix aus Wodka und einem Energiedrink auf mich wartete, und sah mich nach einer Möglichkeit um, irgendwo frische Luft schnappen zu können. Ganz rauszugehen schloss ich aus, denn dann müsste ich noch einmal an den drei Türstehern vorbei und mich von ihnen begrapschen lassen, damit sie mich nach möglichen Waffen abtasten konnten. Und das wollte ich keinesfalls – nicht, wenn ich allein war.

Ich sah mich nach einer Tür zu einem der vielen Balkone dieser Villa um, doch als ich einen Blick nach hinten in den breiten Gang warf, von dem aus man in weitere Räume kam, spürte ich, wie mein Smartphone in meiner anderen Hand vibrierte. Ich hatte es, ganz paranoid, wie ich manchmal war, bei mir behalten, statt es zusammen mit meinem Mantel an der Garderobe jemandem anzuvertrauen, den ich nicht kannte. Etwas, das mein Dad mir schon sehr früh eingebläut hatte – gerade dann, wenn es um mein Handy ging, in dem jeder, der es darauf anlegte, alles über mich oder meine Familie finden konnte.

Prüfend warf ich einen Blick aufs Display und erstarrte.

»Hau ab von hier, solange du noch kannst, Evanna.«

Kennedy.

Ich blinzelte ein Mal, um zu realisieren, dass ich mir nichts einbildete. Hatte er mir ernsthaft wieder geschrieben? Ich starrte wie gebannt auf mein Smartphone und war fassungslos. Nicht nur, dass er wieder einmal von mir verlangte, dass ich von hier verschwinden sollte – genau so, wie er es damals von mir auf dieser Party auf dem Campus verlangt hatte. Er war ganz offensichtlich schon wieder irgendwo in meiner Nähe, ohne, dass ich es bemerkt hatte.

Dieser Kerl war wirklich unglaublich! Hatte ich noch bei unserem letzten Aufeinandertreffen geglaubt, dieser eine Kuss war so etwas wie ein Abschied, wusste ich jetzt, dass ich mich getäuscht hatte. Kennedy Connall war hier. Und er beobachtete mich. Wie er es anscheinend immer tat. Ich wusste nur noch immer nicht, weswegen.

»Geh. Sofort«, kam auch schon die nächste ungeduldige Nachricht von ihm, noch ehe ich ihn irgendwo zwischen all den Menschen entdecken konnte. *»Schnapp deine beiden Freundinnen und verpisst euch von hier.«* Offenbar reagierte ich für seinen Geschmack eindeutig zu langsam, dafür, dass er mit seiner Forderung derart drängelte.

Schnaubend tippte ich eine Antwort. *»Ich denk nicht dran!«*

Mir reichte es mit seiner herrischen Art und dass er mich ständig wie eine verfluchte Puppe durch die Gegend schubste. Immer dann, wenn es ihm passte und wenn es ihm Freude bereitete. Mal war er ein Arschloch und stieß mich von sich, dann tauchte er wie aus dem Nichts auf, presste mich gegen irgendeine beschissene Wand und küsste mich, als wäre ich der Katalysator für seine unbändige Wut. Ich hatte die Schnauze voll davon, abhängig von ihm zu sein.

Dabei war mir durchaus bewusst, dass Kennedy kaum etwas dafür konnte, dass mein Körper sich freiwillig dazu entschieden hatte, ganz allein *ihm* zu gehören. Trotzdem musste ich nicht jedes Mal springen, wenn er es von mir verlangte. Solange ich noch Herr meiner Sinne war, würde ich mich mit aller Kraft dagegen sträuben, ihm noch einmal derart zu verfallen, dass ich vollkommen hörig wurde. Ich war *keine* verfluchte Puppe und schon gar kein Spielzeug. Auch nicht für ihn.

Kurz schloss ich meine Augen, um dieses verzweifelte Mantra tief in meinem Inneren zu verfestigen und nicht wieder schwachzuwerden, sollte er hier gleich aufkreuzen und ich mich, wie so oft, in seinen stechend grünen Augen verlieren. Doch noch ehe ich überhaupt durchatmen und versuchen konnte, Kennedy zu vergessen.

Oder ihn zumindest zu ignorieren, kam bereits die nächste Nachricht.

»Das ist eine Warnung, Evanna. Du solltest besser auf mich hören«, schrieb er mit erwarteter Ungeduld und ließ mich erneut schnauben. Warum glaubte er, mich ständig warnen zu müssen? Als wäre die ganze verfluchte Welt hinter mir her. *»Wenigstens dieses eine Mal«*, kam es nur zwei Sekunden später hinterher, was mich leicht stutzen ließ. Fast klang dieser letzte Satz wie eine verzweifelte Bitte. Doch das bildete ich mir sicher nur ein. Ein Kennedy Connall bat um nichts und niemanden. Er befahl, forderte ein und nahm sich das, was er wollte. Nicht mehr und nicht weniger.

»Komm und zeig dich mir. Dann klären wir das von Angesicht zu Angesicht«, schrieb ich wütend zurück, weil mir klar war, dass er das ohnehin nicht tun würde. Schließlich versteckte er sich gerade nicht ohne Grund. Entweder war er auf dieser Party kein gerngesehener Gast, oder aber es war schlicht zu riskant für ihn, sich hier offen zeigen zu lassen. Immerhin kannte ihn in dieser Stadt anscheinend beinahe jeder. Zumindest jeder, der schon einmal irgendwelche Drogen konsumiert hatte.

Mein Smartphone vibrierte erneut in meiner Hand, nachdem ich etwa Zweidrittel meines Longdrinks mit durstigen Schlucken hinuntergestürzt hatte.

»Du willst mir jetzt lieber nicht begegnen«, schrieb er, wie so oft in Rätseln, und hatte dabei anscheinend nicht die leiseste Ahnung, *wie* falsch er damit lag. Denn ganz egal, wie oft ich mein inneres Mantra von gerade eben tief in mir echote, dieses Gefühl ... die Sehnsucht danach, ihn heute wenigstens ein Mal kurz sehen zu können, wuchs von Sekunde zu Sekunde, ohne, dass ich es stoppen oder verhindern konnte.

»Und wieso nicht?«, fragte ich ganz naiv, ohne ihm etwas von meinen Gedanken zu verraten.

»Weil ich dich dann eigenhändig hier rausschleife, wenn ich muss«, kam es prompt zurück, was mich kurz auflachen ließ. *»Du weißt, dass ich das tue, wenn du mir keine andere Wahl lässt.«*

Oh ja, und wie ich das wusste. Und genau *deswegen* legte ich es genau *darauf* an.

Schmunzelnd stürzte ich auch den Rest meines Longdrinks hinunter, bevor ich eine Antwort tippte. *»Das Risiko gehe ich gerne ein.« Dafür, dass ich dich heute Nacht sehen kann,* fügte ich in Gedanken hinzu und wusste sogleich, wie dumm und selbstzerstörerisch das von mir war. Schließlich tat ich genau das, was ich mir vor nicht einmal einer Stunde selbst geschworen hatte, nicht mehr zu tun.

Ich wollte nicht wie Mom enden, wollte mich nicht mehr von einem Mann kontrollieren lassen. Stattdessen bettelte ich beinahe förmlich darum, dass Kennedy genau *das* mit mir tat.

Er hatte von Anfang an recht. Ich *war* erbärmlich. Damals, als ich ihm das erste Mal begegnet war und auch heute, auch jetzt noch. Erbärmlich durch und durch.

»Du störrisches Mädchen, wann hörst du endlich auf mich?«

32

Es hätte mir fast klar sein müssen, dass meine letzte Nachricht ihn unweigerlich hervorlocken würde. Allein schon aus purem Zorn auf mich. Dennoch erschrak ich beim Klang seiner eisig kalten Stimme hinter meinem Rücken und zuckte leicht zusammen.

Eine Gänsehaut breitete sich ganz automatisch auf meinem Körper aus, bevor ich mich zu ihm umdrehte und sein schneidender Blick mich auf der Stelle zerteilte. »Scheiße, du wirst deinem Ruf als Phantom absolut gerecht, nicht wahr?«, witzelte ich, nur um meine Unsicherheit zu verbergen und ihm auf keinen Fall zu zeigen, wie sehr er mich in Wirklichkeit einschüchterte.

Doch statt einer Antwort oder sonst irgendeiner Reaktion auf meinen dämlichen Kommentar, umschloss er lediglich mein Handgelenk und zerrte mich, wie er es ständig tat, hinter sich her.

Es hätte mich verwundern müssen, dass er sich in dieser Villa offenbar bestens auskannte – ebenso wie in meinem Elternhaus –, doch das tat es nicht, um ehrlich zu sein. Ich hatte fast damit gerechnet. Schließlich war er ganz sicher auch diesmal nicht nur meinetwegen hier, sondern vor allem, um die sehr gutbetuchte Kundschaft mit Drogen zu versorgen, die ihnen diese Silvesternacht noch ein wenig mehr versüßte.

Kennedy zerrte mich quer durchs Haus, bis nach oben ins zweite Stockwerk und von dort direkt durch eine doppeltürige Terrassentür, die bereits offenstand. Zu meiner Überraschung befand sich jedoch absolut niemand auf der weitläufigen Terrasse, die hoch oben über Clarksburgs Dächern lag und von der man einen traumhaft schönen Ausblick auf die Stadt unterhalb hatte.

Gierig sog ich die frische Winterluft in mich ein. Es roch nach frischgefallendem Schnee und Eis. Ich liebte diesen Duft. Er erinnerte mich an Frieden und ... *Freiheit*. Genau wie Kennedy es tat.

In diesem Moment wurde mir die Absurdität meiner Gedanken zum ersten Mal bewusst, was mich verbittert in die sternenklare Silvesternacht lächeln ließ. Kennedy war vielleicht vieles. Aber Freiheit bedeutete er für mich ganz sicher nicht. Nicht, so lange mein Herz beabsichtigte, ihm zu gehören. Genau so, wie es mein Körper längst entschieden hatte.

Tränen schossen mir ungehindert in die Augen und verschwommen meine Sicht, während ich mit dem Rücken zu Kennedy am Geländer der Dachterrasse stand und hinunter zu meiner Heimatstadt starrte, dessen Lichter jetzt zu tanzen schienen.

»Wie lange bist du mit deinen Freundinnen schon hier?«, fragte er mit ungewohnt angespannter Stimme, bevor er sich dicht hinter mich stellte und seinen Arm beinahe schon vorsichtig um meinen Körper legte. Vermutlich um mich festzuhalten. Oder davon abzuhalten, zu fallen. Oder gar zu springen.

Schließlich konnte er nicht wissen, ob ich nicht womöglich doch vollkommen lebensmüde war. Und um ehrlich zu sein, war ich mir da selbst nicht so sicher.

»Endlich mal etwas, das du nicht über mich weißt, was?«, erwiderte ich gehässig, mit bitterem Lachen und versuchte die angenehme Wärme, die von seinem Körper auf meinen überging und mich vor der eisigen Kälte hier draußen schützte, mühevoll zu ignorieren.

Kennedys heißer Atem kitzelte meinen Hals, als er mich noch enger an sich heranzog. »Wie viel hast du bereits getrunken? Ich habe nicht gesehen, dass du ...«

Wütend drehte ich mich in seinem Arm zu ihm um und funkelte ihn fassungslos an. »Also stalkst du mich doch! Wusste ich's!«

»Verflucht, Mädchen!«, stieß er frustriert aus, während ich vergebens probierte, mich aus seinem Griff zu befreien und Abstand zwischen uns zu bringen. »Ich versuche doch nur, auf dich aufzupassen.«

Abrupt hörte ich auf zu zappeln und starrte ihn mit aufgerissenen Augen an. »Ist das ein Witz?«, wollte ich perplex wissen. »Denn ganz ehrlich, ich brauche niemanden, der ...«

»Ganz offensichtlich doch«, unterbrach er mich kalt und zerrte mich plötzlich vom Geländer weg. »Oder hast du überhaupt eine Ahnung, was für eine Party das hier ist? Oder ... *wessen*?«

»Eine Silvesterparty, was sonst?«, antwortete ich schnippisch und kniff kurz meine Augen zusammen, weil sich die Welt um mich herum zu schnell zu drehen schien. Oder war es nur mein Kopf, der mir einen Streich spielte? »Von diesem Barnes, falls ich das vorhin richtig gesehen habe und das tatsächlich sein Name war«, fügte ich leicht verwirrt hinzu. Ich war mir nämlich in der Tat nicht mehr allzu sicher, ob ich mich an diesen Mann richtig erinnerte.

Kennedy taxierte mich einige Sekunden lang mit seinem für ihn so typischen Skalpellblick, dachte offensichtlich über etwas nach. Nur hatte ich keinen Schimmer, worüber. »Wo sind deine Freundinnen?«, fragte er schließlich schwer seufzend.

Trotzig hob ich mein Kinn. »Wieso sagst *du* es mir nicht? Du weißt doch sonst immer alles. Außerdem hast du mich doch schon die ganze Zeit beobachtet, richtig?«

Er schnaubte genervt. »*Dich*, nicht *sie*. Also, wo sind sie?«

Schulterzuckend drehte ich mich von ihm weg, damit ich ihm nicht weiter in die Augen sehen und die Verachtung mir gegenüber darin erkennen musste. »Ich bin mir nicht sicher. Val hat vorhin mit irgendeinem Typen getanzt und Clare mit einem anderen irgendwo in einer stillen Ecke geflirtet. Keine Ahnung, ob sie das noch immer tun.«

»Fuck!«, fluchte er auf einmal, vollkommen außer sich vor Wut.

»Kein Grund, auszurasten, Connall. Sie kommen auch ohne dich ganz gut klar, genau wie ich«, erwiderte ich empört, bevor ich ohne jede Vorwarnung von ihm herumgerissen wurde und dazu gezwungen wurde, ihn wieder anzusehen.

Fest umschloss Kennedy meinen Kiefer mit seiner Hand, genau so, wie er es letztens schon einmal im Club getan hatte. Bevor er mich geküsst hatte, als hinge sein verdammtes Leben davon ab. Nur dass er das jetzt nicht tun würde. Dafür war er zu meiner Verwunderung nicht wütend genug. Nicht mehr. Viel mehr sah er ... verzweifelt aus. Vollkommen verzweifelt sogar.

»Du hast ja keine beschissene Ahnung, Kleines«, knurrte er wispernd mit seinen Lippen hauchzart an meinen, ohne mich jedoch zu küssen – genau, wie ich es erwartet hatte. Dennoch reichte seine Verzweiflung anscheinend aus, um sich selbst zu gestatten, mir gerade so nah zu kommen, wie er es verantworten konnte.

»Wovon?«, hauchte ich, völlig verloren in dem tosenden Sturm, der in seinen Augen wütete. »Darüber, wer du bist? Stimmt. Ich habe nicht den Hauch eines Schimmers. Und trotzdem kann ich aus einem mir unerklärlichen Grund einfach nicht aufhören, dich zu ...« Erschrocken riss ich die Augen auf, als seine Hände auf einmal begannen, mich abzutasten.

Verflucht, was sollte das werden? Ich war wie vor den Kopf gestoßen. »Was tust du denn da?«, fragte ich deswegen leicht aus der Fassung, genoss jede seiner Berührungen dennoch viel zu sehr, als dass ich ihn darum bitten würde, aufzuhören.

»Ich suche deine Karte für die Garderobe«, gab er nur trocken von sich und stieß mich damit ein weiteres Mal komplett vor den Kopf. Meine Schlüsselkarte für die Garderobe? Die hatte ich ohnehin nicht bei mir. Clare hatte sie an sich genommen – genau wie die von Valerie.

»Du hättest mich auch einfach danach fragen können«, sagte ich hart schluckend, erwähnte allerdings nicht, dass ich sie gar nicht besaß. Er würde es ohnehin gleich merken, wenn er damit fertig war, meinen ganzen Körper mit seinen Händen abzutasten.

»Das bezweifle ich«, raunte er schließlich, als er bemerkte, dass ich die Karte nicht bei mir haben konnte. »Du bist nämlich völlig hinüber.«

»Was soll das denn heißen?«, zischte ich wutschnaubend und wollte ihn erneut von mir stoßen. Doch auch dieser Versuch scheiterte kläglich daran, dass er mir körperlich und auch sonst anscheinend in jeder Hinsicht komplett überlegen war.

»Betrunken, Evanna. Du bist bis oben hin voll.« Kennedys Hände blieben auf meinen Hüften liegen, während er mich weiterhin festhielt, als gehörte ich ihm allein. Was ich zu meiner Schande tatsächlich tat. Nur war ihm das noch nicht bewusst. Und ich würde es ihm ganz sicher nicht sagen. Nicht, solange mein Verstand mich davor bewahrte.

Ich wollte protestieren und Kennedy widersprechen, weil ich mir sicher war, nicht zu viel getrunken zu haben. Nicht so, wie er das vielleicht glaubte. Doch mein Mund schien deutlich langsamer als sonst und noch dazu war ich gerade nicht in der Lage, klar zu denken, weil er mir viel zu nah war. Und seine Hände, die es nicht lassen konnten, über den viel zu dünnen Stoff meines Kleides zu fahren, machten mich ohnehin verrückt.

Mein Körper glühte regelrecht, strahlte von innen so viel Hitze ab, dass ich den verfluchten Schnee damit zum Schmelzen bringen könnte, würde auf dieser Terrasse welcher liegen. Scheiße, wieso wollte ich ihn so sehr, dass es beinahe schmerzte? Warum verzehrte ich mich nach ihm so verdammt sehr, dass ich das Gefühl hatte, auseinanderzubrechen, wenn er mich nicht endlich erlöste?

»Du hättest heute wirklich nicht herkommen dürfen, glaub mir.« Kennedys geflüstertes Knurren klang wütend und hilflos zugleich und ich verstand noch immer nicht, weshalb.

»Ich weiß aber nicht, was ich dir glauben soll und was nicht«, gestand ich ehrlich und kratzte das letzte Bisschen Mut zusammen, um ihm zumindest einen kleinen Teil der Wahrheit sagen zu können, von dem, was und wie er mich fühlen ließ. »Wie soll ich das auch wissen, wenn du mir nie etwas von dir gibst? Wenn du dich mir ständig verwehrst und mir stattdessen immer nur irgendwelche absurden Befehle erteilst? Ich bin doch nicht deine verfluchte Magd!«

Kennedys Blick huschte für den Bruchteil einer Sekunde über meinen Kopf hinweg, bevor sein Kiefer sich sichtlich anspannte. »Halt jetzt besser den Mund, Evanna.«

Fassungslos schnappte ich nach Luft. »Da! Schon wieder verbietest du mir den Mund! Du bist echt nicht besser als alle anderen Männer in meinem Leben. Nein, du bist sogar noch weitaus schlimmer, weil …«

»Ich sagte, halt den Mund, Cleo«, unterbrach er mich und klang plötzlich alles andere als bestimmt. Viel mehr klangen seine Worte nach einer Bitte – einem Flehen, das allerdings unmöglich aus seinem Mund kommen konnte.

Perplex blinzelte ich ein paar Mal, wie ich es oft tat, wenn mich etwas überforderte. Und diese Situation tat es ganz eindeutig. Ich war vollkommen durcheinander, innerlich dermaßen aufgewühlt, wie ich es selten zuvor war. Und das alles nur seinetwegen. Kennedy Connall machte ein vollständiges Wrack aus mir, wenn ich nicht bald die Reißleine zog und mich endlich von ihm fernhielt.

»Wieso nennst du mich mal Evanna und mal Cleo? Was hat das zu bedeuten?«, wisperte ich trotzdem verloren vor mich hin, als letzten erbärmlichen Versuch, irgendetwas von ihm zu erhalten. Etwas, das mir Hoffnung gab, dass ich nicht die Einzige war, die so empfand, wie sie definitiv nicht empfinden sollte. Nicht für jemanden wie Kennedy Connall.

Doch statt einer Antwort oder überhaupt irgendeiner Reaktion würdigte er mich auf einmal keines Blickes mehr, sondern starrte nur ausdruckslos in die Leere hinter meinem Rücken.

Verletzt riss ich mich gewaltsam von ihm los und schloss kurz die Augen, um mich davon abzuhalten, hier und jetzt – direkt vor ihm – in Tränen auszubrechen.

Lächerlich von mir, zu glauben, ich wäre für ihn möglicherweise mehr als ... was auch immer ich jemals für ihn gewesen war.

Es war wie jedes Mal, wenn ich auch nur eine Sekunde lang daran glaubte, endlich etwas gefunden zu haben, das mir einen Grund gab, eines Tages doch noch glücklich werden zu können. Ich wurde enttäuscht. Von den Menschen, die mir vermeintliche Hoffnung gaben. Und vor allem auch von mir selbst.

Schließlich war ich selbst schuld an meinem Dilemma. Hätte ich es niemals so weit kommen lassen, dass Kennedy Connall sich in mein krankes, kaputtes Herz stiehlt, wäre ich jetzt nicht wieder an dem Punkt, an dem ich bereits viel zu oft stand – ausgerechnet mitten auf der verfluchten Dachterrasse eines Clarksburg Elite Anhängers.

Es war genauso ironisch, wie es auch poetisch war.

»Ich werde hierbleiben«, ließ ich Connall eiskalt wissen. »Allein schon, weil *du* dagegen bist.« Mühsam riss ich mich zusammen und versuchte, ihm die Bitterkeit nicht zu zeigen, die tief in meinem Inneren tobte. Wie ein gewaltiger Hurrikan, der alles, woran ich in den letzten Wochen zu Hoffen gewagt hatte, aus den Angeln hob, zuerst in Stücke und schließlich mit sich hinfort riss.

»Evanna ...« Kennedys Worte blieben ihm regelrecht im Hals stecken, als er meinen Blick erkannte, mit dem ich ihn ansah. Und in diesem Moment war es mir absolut egal, *wie* erbärmlich ich diesmal in seinen Augen aussehen musste.

Hart schluckte ich erneut meine aufsteigenden Tränen hinunter und setzte ein tapferes, trotziges Lächeln auf. »Du erhältst keine Kontrolle mehr über mich, Kennedy Connall. Hörst du?« Ich trat einen Schritt auf ihn zu, nur um ihm deutlich zu machen, wie ernst ich es meinte. Wie sehr er mich verletzt hatte und dass ich mich ihm gegenüber nie wieder fügen würde. Vollkommen gleich, was er von mir verlangte und erst recht vollkommen gleich, wie sehr mein Herz und mein Körper sich nach ihm verzehrten. Ich hatte genug davon, nur benutzt zu werden. Egal von wem, egal für was.

»Niemand wird jemals wieder Kontrolle über mich erhalten. Niemand außer mir selbst«, murmelte ich viel mehr zu mir selbst, als ich bemerkte, wie jegliche Kraft mich plötzlich verließ und ich beinahe zu Boden sank, hätte Kennedy mich nicht festgehalten.

»Was um alles in der Welt ...?« Mir war so schrecklich schwindelig, dass ich gar nicht mehr richtig wusste, wo wir gerade waren. Oder ob das alles überhaupt gerade passierte.

Vorsichtig ließ Kennedy mich in seinen Armen zu Boden sinken, bis ich nur noch auf Knien vor ihm saß. Genau wie bei unserem ersten Aufeinandertreffen vor einigen Wochen. Nur dass ich diesmal weder um irgendwelche Pillen bettelte, noch vorhatte, ihn dafür oral zu befriedigen. Dennoch fühlte ich mich in diesem Moment ebenso hilflos wie damals. Ebenso verzweifelt. Und ebenso verloren.

Meine Sicht verschwomm langsam vor meinen Augen, als ich hilfesuchend zu ihm aufsah. Doch alles, was ich erkennen konnte, war ein sanftes Nicken seinerseits. Nicht zu mir. Sondern zu jemandem, der direkt hinter mir stehen musste.

Im nächsten Augenblick wurde ich von zwei starken Armen fixiert, während mir gewaltsam etwas vor Mund und Nase gepresst wurde.

Panisch riss ich die Augen auf und atmete tief und hektisch ein, um Luft zu bekommen. Doch je häufiger ich das tat, desto schwerer wurde alles um mich herum. Mein Körper sank innerhalb kürzester Zeit in sich zusammen, ohne, dass ich es verhindern konnte. Und alles, was ich wahrnahm, bevor die Dunkelheit mich vollständig verschluckte und es vor meinen Augen schwarz wurde, war Kennedys Gesicht dicht vor meinem und drei letzte Worte, die seine Lippen verließen.

»Verzeih mir, Kleines.«

FORTSETZUNG FOLGT

Paperscars

PAPERCUTS 2

FRÜHJAHR 2021

Danksagung

Gerade *weil* dieses Buch etwas ganz Besonderes für mich ist und mich als Autorin geprägt und verändert hat, mache ich es in meiner Danksagung diesmal kurz und knapp – genau so, wie Kennedy es vermutlich tun würde. Nur nicht ganz so unterkühlt und grob. ;-)

Ich danke allen Lesern für ihre Begeisterung und Freude für meine Bücher und Charaktere, insbesondere für euer Feuer für Kennedy und Evanna. Ich hoffe, sie geben euch genau das, was ich während des Schreibens gefühlt und verspürt habe.

Tausend dank auch diesmal wieder an die fantastische und wundervolle Jessi S. Sie weiß hoffentlich mittlerweile, *wofür*. ;-) Ohne sie wäre ich ein kleines Wrack und ziemlich planlos. Danke, dass du auch nach eineinhalb Jahren noch bei mir bist und mich nie im Stich gelassen hast, Sparkles.

Dankeschön an alle meine wundervollen Blogger und Rezensenten für ihre Unterstützung und Hilfe!

Ein zusätzliches und riesengroßes Dankeschön geht an dieser Stelle ganz besonders an Ines P., die mich mit ihrer eigenen Geschichte und deren Protagonisten wieder daran erinnert hat, wer ich bin, was ich kann und was ich tun möchte. Sie hat mir das wiedergegeben, was ich eine Zeit lang aus den Augen verloren hatte, und ist seitdem meine heimliche, aber sehr inspirierende Muse. Danke für alles, liebe Ines! Dieses Buch ist auch dein Verdienst.

Vielen Dank auch an meine Familie und Freunde und alle anderen, die mich immer und überall unterstützen, für mich da sind und mir die Liebe und Kraft geben, die ich manchmal brauche.

Und wie immer, *last but never least*: Danke dir für alles, mein Held. Nach einem Jahr wie 2020, weiß ich mehr denn je zu schätzen, was ich an dir habe. Was *wir* haben – und das nach nun bald schon sechszehn Jahren. Wir zwei gegen den Rest der Welt – *jetzt erst recht!*

Über die Autorin

Katie Weber wurde 1986 in Sibirien geboren. Seit 1992 lebt sie in Deutschland. Schon als Kind wollte sie Schriftstellerin werden und schrieb oft und gerne Kurzgeschichten.

Bereits seit 2012 schreibt sie Bücher und hat sich 2016 dazu entschieden, diese zu veröffentlichen. Mit ihrem Lebensgefährten lebt sie in der Nähe von Heidelberg im schönen Odenwald.

Weitere Informationen unter:

katieweber.de

Instagram: @katieweberautorin
Facebook: facebook.com/katieweberautorin